r-

hyper-

e-

徐薇
影音教學書

英文字根大全（下）

-age

-orexi-

學會一招單字拆解法
鍛鍊英文真功夫！

-ery

g-

-tory

本書介紹
立即掃
搶先看

◆一招快拆法，
0個延伸進階單字
一網打盡

見字拆字
放碼過來

◆一掃QR碼，
播放徐薇老師親授
125段影音解析

一日速成英語學霸
一本全年齡英語控
的部首全書

◆一生必學的
字根字首字尾：
陌生單字
一看就懂 一學就會

-dur-

序言

乍看到書名「影音教學書」，您可能會好奇，這本書又沒有 DVD，哪來的「影音」？答案就在這本書裡的 QR-code！

我教英文三十年，看過太多原本立定志向要好好學英文的人，不是推託沒時間、就是買了一堆書，沒看幾頁就束之高閣，因為太枯燥又難懂，怎麼讀都提不起勁。任何學習本來就應該伴隨著老師的教學，才會事半功倍，所以這套「徐薇影音教學書」，就是要透過我的影音教學，幫您破除英文學習障礙。跟著這套有老師在教的書來學，就可以把我這三十年的英文功力都接收起來！

坊間各式英文學習書，除了羅列單字句子外，大多只附上老外的字句朗讀 MP3，對英文學習的幫助效果有限；但這套「徐薇影音教學書」裡，有我親自錄製的影音教學，幫您將艱澀的觀念、難懂的單字，轉化為易懂、簡單、好上手的英文知識，透過 QR-code 影像教學傳授給各位認真的英文學習讀者們。

最棒的是，您還不用大費周章準備電腦或是 DVD，只要用手機掃描書上的 QR-code，輕輕鬆鬆、隨時隨地，都能「把徐薇老師帶著走」，不論坐車、等人還是排隊，三、五分鐘的空檔就是學英文的最佳時機。（現在就翻到後面立即掃碼、即刻學習吧！）

「徐薇影音教學書」系列是全新的出版概念，以 reader-friendly 為出發點，將影音教學與紙本結合，讓您用最省力省事的方式，不需要到補習班，就能跟著徐薇老師學好英文，首先推出的就是「英文字首字尾大全」與「英文字根大全」。

介紹完影音教學的優點，接下來就要介紹這本書的字根重點了。

英文就像中文一樣有「部首」：放在單字前面的叫「字首」，放在單字

後面的叫「字尾」，這個部分我們在字首字尾書已介紹過了。但或許你會問：「我字首字尾都認識了，可是中間那部分還是看不懂怎麼辦？」不怕，徐薇老師跟你說，那不是英文字，而是英文字的「字根」。

字根就是「單字的根源」。英文字源遠流長，現在的英文字大多是由古拉丁文或希臘文演變而來，它們都具有特定的意義，只要掌握了字根，你就能快速背下任何英文單字。

比方說有個字根 -bio- 表示 life 生命，加上 technology 科技，biotechnology 就是很流行的「生物科技」；或是在 -bio- 後面加上表示學科名稱的字尾 -logy，biology 生命的學科，就是「生物學」；或是用 -bio- 加上字根 -graph- 表示「書寫、畫畫」，biography 寫畫出生命樣貌的東西，就是一個人的「傳記」；若再將 biography 前面加上字首 auto- 表示「self 自己」，autobiography 自己寫的傳記，就是「自傳」。

再舉個例子：有個字根 -spect- 表示「look 看」，前面加上字首 re- 表示「一再、回來」，respect 一再地看回來就表示你很「尊敬」；字首 in- 表示「在裡面」，inspect 進到裡面去看個仔細，就是在「檢查」；還有個字首 ex- 表示「out 向外」，expect 一直向外看，表示你很「期待、預期」。

這些字根，加上字首與字尾，正是打造無敵單字力的必要三元素。這套英文字根大全共分為 (上)、(下) 兩本，我精心挑選了 250 個能幫您快速提升單字力的必學字根，並且依使用頻率分為三個 Level：「Level One 翹腳輕鬆背」、「Level Two 考試你要會」、「Level Three 單字控必學」；每一個字根也都有我親自錄製的獨門記憶法影音教學，帶您記字根、拆單字，背一個字就能同時背上好幾個字，讓您舉一反三、反三十、甚至反三百都不成問題！

徐薇影音教學書之後還會陸續出版各式英文學習出版品，隨書您都可看得到徐薇老師的獨家影音教學。讓徐薇老師帶您一路過關斬將，不只讓您的單字力 Level Up，英文實力更能一路 UP、UP、UP！

徐薇

Contents

2 LEVEL TWO 考試你要會

和「動作」有關的字根

3 LEVEL THREE：單字控必學

和「動作」有關的字根

使用說明

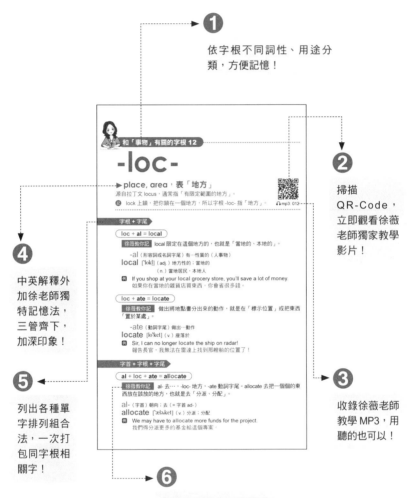

❶ 依字根不同詞性、用途分類，方便記憶！

❷ 掃描 QR-Code，立即觀看徐薇老師獨家教學影片！

❸ 收錄徐薇老師教學 MP3，用聽的也可以！

❹ 中英解釋外加徐老師獨特記憶法，三管齊下，加深印象！

❺ 列出各種單字排列組合法，一次打包同字根相關字！

❻ 徐薇老師教你記憶訣竅：字根、字首、字尾，見招拆招最有效！

以下為卡片內容：

和「事物」有關的字根 12
-loc-

▶ **place, area**，表「地方」

源自拉丁文 locus，通常指「有限定範圍的地方」。

🔑 lock 上鎖，把你鎖在一個地方，所以字根 -loc- 指「地方」。

🎧 mp3: 012

字根 + 字尾

loc + al = local

徐薇教你記 local 限定在這個地方的，也就是「當地的、本地的」。

-al（形容詞或名詞字尾）有…性質的（人事物）
local [ˋlokl]（adj.）地方性的；當地的
　　　　　　（n.）當地居民、本地人

🔹 If you shop at your local grocery store, you'll save a lot of money.
如果你在當地的雜貨店買東西，你會省很多錢。

loc + ate = locate

徐薇教你記 做出將地點畫分出來的動作，就是在「標示位置」或把東西「置於某處」。

-ate（動詞字尾）做出…動作
locate [loˋket]（v.）座落於

🔹 Sir, I can no longer locate the ship on radar!
報告長官，我無法在雷達上找到那艘船的位置了！

字首 + 字根 + 字尾

al + loc + ate = allocate

徐薇教你記 al- 去…，-loc- 地方，-ate 動詞字尾。allocate 去把一個個的東西放在該處的地方，也就是去「分派、分配」。

al-（字首）朝向；去（= 字首 ad-）
allocate [ˋæləket]（v.）分派；分配

🔹 We may have to allocate more funds for the project.
我們將分派更多的基金給這個專案。

❼ 單字元素併列呈現，一
看就知單字怎麼背！

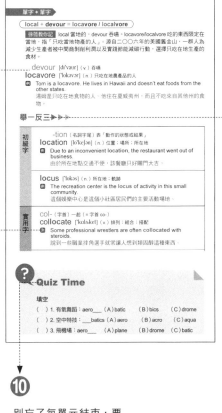

單字 + 單字

local + **devour** = locavore / localvore

綠藤教你記 local 當地的，devour 吞噬。locavore/localvore 吃的東西限定在當地，指「只吃當地物產的人」。源自二〇〇六年的美國舊金山，一群人為減少生產者被中間商剝削利潤以及實踐節能減碳行動，選擇只吃在地生產的食材。

devour [dɪˈvaʊr] (v.) 吞噬
locavore [ˈlokəvɔr] (n.) 只吃在地農產品的人

例 Tom is a locavore. He lives in Hawaii and doesn't eat foods from the other states.
湯姆是只吃在地食物的人。他住在夏威夷州，而且不吃來自其他州的食物。

舉一反三 ▶▶▶

初級字

-tion（名詞字尾）表「動作的狀態或結果」
location [loˈkeʃən] (n.) 位置；場所；所在地

例 Due to an inconvenient location, the restaurant went out of business.
由於所在地點交通不便，該餐廳只好關門大吉。

locus [ˈlokəs] (n.) 所在地；軌跡

例 The recreation center is the locus of activity in this small community.
這個娛樂中心是這個小社區居民們的主要活動場地。

實用字

col-（字首）一起（= 字首 co-）
collocate [ˈkɑləket] (v.) 排列；組合；搭配

例 Some professional wrestlers are often collocated with steroids.
說到一些職業摔角選手就常讓人想到類固醇這種東西。

❓ Quiz Time

填空

( ) 1. 有氧舞蹈：aero___ (A) batic　　(B) bics　　(C) drome
( ) 2. 空中特技：___batics (A) aero　　(B) acro　　(C) aqua
( ) 3. 飛機場：aero___　(A) plane　　(B) drome　　(C) batic

❽ 相關單字分初級、實用、進階三級，讓你快速舉一反三、單字量快速升級！

❾ 所有單字皆附實用例句，學單字也知道怎麼用單字！

❿ 別忘了每單元結束，要做練習，加深印象喔！

MEMO

LEVEL TWO
考試你要會

2

Ruby

和「動作」有關的字根 1

-cad-/-cid-

▶to fall，表「掉落」

變形包括 -cas-, -cay-。

🎧 mp3: 001

字首 + 字根

de + cay = decay

徐薇教你記 事物向下掉落，也就是表示要「變衰弱、衰敗、腐爛」。

de-（字首）離開
decay [dɪˋke] (v.) 衰弱；衰敗；腐爛

例 She eats so much sugar that her teeth are **decaying** rapidly.
她吃太多糖了，所以她的牙齒都快速蛀掉了。

字根 + 字尾

cas + al = casual

徐薇教你記 在某種情況才會掉下來，不是持續一直都有的，就是「偶然的」，後衍生為「隨便的、非正式的」。

-al（形容詞字尾）表「屬性；情況」
casual [ˋkæʒʊəl] (adj.) 偶然的；隨便的；非正式的

例 You shouldn't wear such **casual** clothes at this office.
在這間辦公室你不該穿得這麼隨便。

字首 + 字根 + 字尾

ac + cid + ent = accident

徐薇教你記 會有東西掉出來一定是很突然的、突發的，引申就有「突發狀況、意外」的意思。

ac-（字首）朝向（= 字首 ad-）
accident [ˋæksədənt] (n.) 突發狀況；意外

例 Kim just wasn't the same after the car **accident**.
金在車禍之後就變得不一樣了。

2

(in + cid + ent = incident)

徐薇教你記　東西掉在上面，也就是在視線可見的範圍內，後衍生為「發生的事件」。

in-（字首）在…之上
incident [ˈɪnsədənt]（n.）事件

例　When Ray and Gary got into a fight, everyone at school heard about the **incident**.
當瑞和蓋瑞吵架時，全校每個人都聽說了這件事。

舉一反三 ▶ ▶ ▶

初級字	-ty（名詞字尾）表「狀態；性格；性質」 **casualty** [ˈkæʒjʊəltɪ]（n.）死傷人數；災禍 例　The plane caught fire while landing; but fortunately, there were no **casualties**. 飛機在降落時起火了，所幸沒有造成任何傷亡。
	OC-（字首）向著；相對（= 字首 ob-） **occasion** [əˈkeʒən]（n.）時機；事件 例　The singer wears her luxury gown only on special **occasions**. 那位歌手只在特殊場合穿她那奢華的晚禮服。
實用字	CO-（字首）一起 **coincide** [ˌkoɪnˈsaɪd]（v.）同時發生；相符 例　My daughter's wedding **coincides** with the football game. 我女兒的婚禮和美式足球賽在同個時間。
	-ence（名詞字尾）表「情況；性質；行為」 **coincidence** [koˈɪnsɪdəns]（n.）一致；巧合的事 例　Your scarf is just the same as mine. What a **coincidence**! 你的圍巾和我的一模一樣。真是巧啊！
進階字	**cascade** [kæsˈked]（n.）小瀑布 　　　　　　　　　　　　　（v.）像瀑布般流下 例　The soap **cascaded** down the side of the bath tub. 肥皂泡泡像小瀑布般沿著澡盆邊流下。

-ence（名詞字尾）表「情況；性質；行為」

decadence [`dɛkədəns]（n.）衰微；墮落

例 The **decadence** of the famous actor can be attributed to his bad script choices.
那個名演員走下坡可歸因於他不擅長挑劇本。

Quiz Time

依提示填入適當單字

1. 穿便服　　wear ＿＿＿＿＿＿＿＿＿＿＿＿＿＿ clothes

2. 好巧啊！　What a ＿＿＿＿＿＿＿＿＿＿＿＿！

3. 車禍　　　a car ＿＿＿＿＿＿＿＿＿＿＿＿

4. 蛀牙　　　a tooth ＿＿＿＿＿＿＿＿＿＿＿

5. 槍擊事件　a shooting ＿＿＿＿＿＿＿＿＿＿

解答：1. casual　2. coincidence　3. accident　4. decay　5. incident

和「動作」有關的字根 **2**

-cred-

▶to believe，表「相信」

🎧 mp3: 002

字根 + 字根

cred + it = credit

徐薇教你記　一直在相信的狀態中進行，所以願意借錢給你，引申為「將所借的款項記到銀行帳戶中」，當名詞則是「從銀行借來的借款、貸款」。

-it-（字根）進行

credit [`krɛdɪt] (n.) 信用；榮譽、功勞；賒帳

例 You don't give me enough **credit** for all my hard work.
對於我的努力工作你並沒有給我足夠的讚賞。

補充 credit card 信用卡 → 因為銀行相信你，所以把錢借給你，事後再跟你收錢

字首 + 字根 + 字尾

in + cred + ible = incredible

徐薇教你記 不能相信的，就是「難以置信的」；引申為「極好的、極棒的」。

in-（字首）表「否定」
-ible（形容詞字尾）可…的

incredible [ɪn`krɛdəbl̩] (adj.) 難以置信的、極好的、極棒的

例 It's **incredible** what you can do with just one hundred dollars if you are clever.
如果你夠聰明的話，你可以用一百塊做到的事會超乎你的想像。

舉一反三 ▶▶▶

初級字	-ible（形容詞字尾）可…的 **credible** [`krɛdəbl̩] (adj.) 可信的 例 Your aunt is not a **credible** source of information. 你阿姨的消息來源並不可靠。
	credo [`krido] (n.) 信條 例 The **credo** of Catholics is that God is actually three beings: The Father, the Son, and the Holy Spirit. 天主教的信條為：神有三種本質，即天父、天子及聖靈三位一體。 補充 源自古印歐字根 *kerd-，意為「將心置入」，引申為「相信、信念」。至十五世紀才衍生出「信仰的論述或方法」，也就是現在所說的「信條」。
實用字	-ity（名詞字尾）表「狀態、性質」 **credibility** [ˌkrɛdə`bɪlətɪ] (n.) 可信度；確實性 例 This affair certainly damaged his **credibility** as the chairman of the charity. 這件緋聞當然使他擔任慈善機構主席的信譽受損。

dis- （字首）除去；拿開
discredit [dɪsˈkrɛdɪt] （v.）使丟臉；敗壞…的名聲
例 The lawyer did everything he could to **discredit** the witness.
該名律師做了所有他能做的來詆毀該名證人。

進階字

ac- （字首）朝向（= 字首 ad-）
accredited [əˈkrɛdɪtɪd] （adj.）公認的
例 Our English program is **accredited** by Department of Education.
我們的英文課程是獲得教育部認可的。

credulous [ˈkrɛdʒələs] （adj.）輕信的；易受騙的
incredulous [ɪnˈkrɛdʒələs] （adj.）不輕信的；懷疑的
例 When I told him why I was quitting, he became **incredulous**.
當我告訴他我辭職的原因時，他抱著懷疑的態度。

? Quiz Time

從選項中選出適當的字填入空格中使句意通順

credo / credit / credible / credibility / incredible

1. The scandal damaged his _____ as the chairman of the charity.

2. Do you understand the _____ of Catholics?

3. Ed's performances are just _____.

4. He doesn't have any _____ evidence to support his claims.

5. You don't give me enough _____ for all my hard work.

解答：1. credibility 2. credo 3. incredible 4. credible 5. credit

和「動作」有關的字根 3

-damn-/ -demn-

▶to blame, to inflict loss upon，表「責怪、使受損」

🎧 mp3: 003

衍生字

damn [dæm]（v.）指責（adv.）很；非常（excl.）該死；可惡

例 The CEO of the company was **damned** for his reckless speech at the press conference.
這間公司的執行長因為在記者會的魯莽發言而受到指責。

字根 + 字尾

dam + age = damage

徐薇教你記 所有損失集合起來就是所造成的「傷害、損害」。

　　-age（名詞字尾）表「集合名詞或總稱」
damage [ˋdæmɪdʒ]（v./n.）損害；傷害

例 The earthquake followed by a tsunami caused great **damage** to the island.
地震後又加上海嘯對這個島造成嚴重傷害。

舉一反三 ▶▶▶

初級字

　　-ing（形容詞字尾）表「動作的狀態」
damaging [ˋdæmɪdʒɪŋ]（adj.）有害的

例 Update your system to prevent from a **damaging** cyber attack.
把你的系統更新一下以防會造成損害的網路攻擊。

-able（形容詞字尾）可…的

damnable [ˋdæmnəb!]（adj.）可惡的；該死的

例 Why do they put so many **damnable** pop-ups on their website? That really pisses me off!

為何他們在網站上放那麼多該死的彈跳式視窗？真的讓我很火大！

con-（字首）共同；一起

condemn [kənˋdɛm]（v.）譴責；宣判

例 The officials were **condemned** for embezzling funds from the charities.

那些官員們因將慈善機構公款挪作私用而受到譴責。

in-（字首）表「否定」

indemnity [ɪnˋdɛmnətɪ]（n.）賠償金

例 The injured man claimed **indemnity** under the insurance policy.

那受傷的男子依據保險條款要求賠償金。

-fy（動詞字尾）使做出…

indemnify [ɪnˋdɛmnəˏfaɪ]（v.）保障；賠償…的損失

例 I was required to **indemnify** my neighbor for the damage caused by my renovation.

我鄰居要我賠償裝修房子時對他造成的損害。

-est（形容詞字尾）形容詞最高級，表「最…的」

damnedest [ˋdæmdɪst]（adj.）離譜的；出乎意料的
（n.）竭盡全力，全力以赴

例 The team vowed to try their **damnedest** to win the game.

該隊誓言要竭盡全力打贏比賽。

? Quiz Time

填空

( ) 1. 譴責：＿＿＿demn （A）re （B）in （C）con

( ) 2. 傷害：dam＿＿＿ （A）age （B）aging （C）ity

( ) 3. 賠償金：indemn＿＿＿ （A）ify （B）ity （C）age

( ) 4. 該死的：damn＿＿＿ （A）est （B）able （C）age

( ) 5. 賠償損失：in＿＿fy （A）damn （B）demn （C）demni

解答：1. C 2. A 3. B 4. B 5. C

和「動作」有關的字根 4

-fend-/ -fens-

▶to strike，表「打擊」

🎧 mp3: 004

衍生字

fence [fɛns]（n.）柵欄；籬笆

例 I still remember the paper flowers covered all over the **fence** around my granny's house.
我還記得奶奶房子周圍的籬笆爬滿了九重葛。

fend [fɛnd]（v.）抵擋；擊退

例 Pauline spent the entire morning trying to **fend** off those annoying door-to-door salesmen.
寶琳花了一整個上午試著打發那些惱人的上門推銷的銷售員。

(of + fend = offend)

> **徐薇教你記** 朝著你打,也就是要「侵犯、冒犯」。

of- (字首) 對著 (= 字首 ob-)

offend [ə`fɛnd] (v.) 侵犯;冒犯

例 He didn't really mean to **offend** you by tapping on your head.
他輕敲你的頭並不是真的要冒犯你。

offense [ə`fɛns] (n.) 冒犯;違法行為 (= [英] offence)

例 I mean no **offense**, but do you think it is proper to wear a T-shirt to the ceremony?
我無意冒犯,但你覺得穿件 T 恤去參加典禮合適嗎?

(de + fend = defend)

> **徐薇教你記** 把人打離開、打走,就是在「防禦、保衛」。

de- (字首) 離開;拿開

defend [dɪ`fɛnd] (v.) 防禦;保衛

例 All the guards were equipped with bulletproof vests to **defend** themselves against attacks.
所有的衛兵都配備了防彈背心以防禦攻擊。

defense [dɪ`fɛns] (n.) 防禦;辯護 (=[英] defence)

例 The government is trying to increase the **defense** budget.
政府正試著增加國防預算。

(de + fend + er = defender)

-er (名詞字尾) 做⋯動作的人

defender [dɪ`fɛndə] (n.) 守衛者;防守隊員;後衛;辯護律師

例 The prime minister was described as a determined **defender** of national interests.
這名首相被描述為堅決的國家利益守護者。

舉一反三 ▶▶▶

初級字	-ant (名詞字尾) 具⋯身分的人
	defendant [dɪ`fɛndənt] (n.) 被告
	例 The **defendant** remained silent at the court.
	被告在法庭中一直保持沉默。

實用字

-ive（形容詞字尾）有…性質的
offensive [əˋfɛnsɪv]（adj.）冒犯的；令人不愉快的
例 His remarks were considered **offensive** to some politicians.
他的評論讓一些政治人物覺得不快。

defensive [dɪˋfɛnsɪv]（adj.）防衛的；防禦的；有戒心的
例 The police put up some barricades in front of the gate for **defensive** purposes.
警方為了防禦目的在大門前放了一些路障。

in-（字首）表「否定」
inoffensive [ˌɪnəˋfɛnsɪv]（adj.）無害的；不冒犯人的
例 She wrote an **inoffensive** article to describe the whole event.
她寫了一篇不得罪人的文章來描述整個事件。

進階字

-ible（形容詞字尾）可…的
defensible [dɪˋfɛnsəbl̩]（adj.）有防衛能力的
例 They built the castle on a hilltop because it was easily **defensible**.
他們將城堡建造在山頂上因為這樣易於防守。

co-（字首）一起；共同
codefendant [ˌkodɪˋfɛndənt]（n.）共同被告
例 He has been charged as a **codefendant** in the murder case.
他被列為這起謀殺案的共同被告。

? Quiz Time

拼出正確單字

1. 防禦；保衛　＿＿＿＿＿＿＿＿

2. 侵犯　＿＿＿＿＿＿＿＿

3. 籬笆　＿＿＿＿＿＿＿＿

4. 被告　＿＿＿＿＿＿＿＿

5. 令人不愉快的　＿＿＿＿＿＿＿＿

解答：1. defend　2. offend　3. fence　4. defendant　5. offensive

和「動作」有關的字根 5

-flam-/ -flagr-

►to burn，表「燃燒」

🎧 mp3: 005

衍生字

flame [flem]（n.）火焰（v.）燃燒

📖 The chef roasted the whole chicken over the **flames**.
主廚將全雞直接放在火上烤。

單字 + 字尾

flame + proof = flameproof

-**proof**（形容詞字尾）防⋯的
flameproof [ˋflemˏpruf]（adj.）防火的；耐火的

📖 This company specializes in producing children's clothing with **flameproof** fabric.
這間公司專精於生產以防火纖維製成的童裝。

字首 + 字根

in + flam = inflame

徐薇教你記 讓人心中產生火焰、使心中燃起熊熊怒火，就是去「激怒」。

in-（字首）使進入；使成為（= 字首 en-）
inflame [ɪnˋflem]（v.）燃燒；激怒

📖 The official's irresponsible speech **inflamed** the angry protesters.
官員不負責任的言論讓抗議群眾更加憤怒。

舉一反三 ▶▶▶

和「動作」有關的字根 **-flam-/-flagr-**

初級字	**flamingo** [fləˋmɪŋgo]（n.）紅鶴；火焰鳥
	例 When you get into the zoo, you can see a big pond where many **flamingos** walk around.
	當你進到動物園裡，你可以看到一個大池塘，旁邊有很多紅鶴走來走去。

-able（形容詞字尾）可…的

flammable [ˋflemǝbl̩]（adj.）易燃的；可燃的

例 The spray is **flammable**, so keep it away from heat or fire.

這種噴劑是易燃物，所以要讓它遠離熱源或火。

inflammable [ɪnˋflæmǝbl̩]（adj.）易燃的；易怒的

例 Petrol is a highly **inflammable** liquid.

石油是非常易燃的液體。

補充 flammable 和 inflammable 都是指「易燃的」，許多人會因為前面字首 in- 以為 inflammable 是 flammable 的相反詞，其實 inflammable 的字首 in- 是字首 en- 的變形，指「進入、使成為」，inflammable 可成為燃燒狀態的就是「易燃的」。

| 實用字 | non-（字首）表「否定」 |

nonflammable [ˌnɑnˋflæmǝbl̩]（adj.）不可燃的；不易燃的

例 You shouldn't put those cardboard boxes in the **nonflammable** waste area.

你不應該將那些紙箱放在不可燃廢棄物的區域。

af-（字首）朝向；去（= 字首 ad-）

aflame [ǝˋflem]（adj.）著火的；火一般紅的

例 My cheeks immediately turned **aflame** with embarrassment when he called me.

當他叫我時，我的臉頰立刻尷尬得像火一般紅。

| 進階字 | -ion（名詞字尾）表「狀態或結果」 |

inflammation [ˌɪnfləˋmeʃǝn]（n.）炎症；發炎

例 Over-training can lead to a certain level of **inflammation** in muscles.

過度訓練會導致肌肉某種程度的發炎。

-ant（形容詞字尾）具⋯性質的

flagrant [`fleɡrənt`]（adj.）公然的；明目張膽的

例 You will have to pay the price for your **flagrant** disregard for the law.
你將必須為了公然藐視法律付出代價。

Quiz Time

中翻英，英翻中

（　）1. 火焰　　　（A）inflame　　（B）aflame　　（C）flame

（　）2. inflammable（A）不可燃的　（B）易燃的　　（C）耐火的

（　）3. 發炎　　　（A）inflammation（B）inflame　（C）flammable

（　）4. flamingo　（A）火紅的　　（B）燃燒　　　（C）紅鶴

（　）5. 明目張膽的（A）flagrant　（B）flameproof（C）nonflammable

解答：1. C 2. B 3. A 4. C 5. A

和「動作」有關的字根 6

-flat-

▶ to blow，表「吹」

🎧 mp3: 006

衍生字

flute [flut]（n.）長笛

例 My brother is good at playing the **flute**.
我哥哥很擅長吹長笛。

和「動作」有關的字根 **-flat-**

in + flat = inflate

徐薇教你記 把氣吹進去，就是在「充氣、使膨脹」。

in-（字首）使進入
inflate [ɪnˋflet]（v.）使充氣；使膨脹

例 The boy **inflated** a balloon with a small pump.
那小男孩用一個小幫浦給氣球充氣。

字首 + 字根 + 字尾

in + flat + ion = inflation

徐薇教你記 把氣吹進去的狀態就是「充氣」；充了氣東西就會變大，引申為東西的價格數字愈來愈大，在市面上流通的錢數量愈來愈多，錢幣的價值相對就縮水了，這就是「通貨膨脹」。

-ion（名詞字尾）表「動作的狀態或結果」
inflation [ɪnˋfleʃən]（n.）通貨膨脹；充氣

例 The government is looking for a way to control the rate of **inflation**.
政府正尋求控制通膨率的方法。

舉一反三▶▶▶

初級字	**flavor** [ˋflevɚ]（n.）風味；味道 例 Uncle Joe's store offers more than fifty **flavors** of ice cream. 喬叔叔的店提供超過五十種口味的冰淇淋。
	soufflé [suˋfle]（n.）（甜點名）舒芙蕾；蛋白牛奶酥 例 My sister made the best strawberry **soufflé** in the world. 我姊姊做的草莓舒芙蕾是全世界最棒的。
實用字	de-（字首）表「相反動作」 **deflate** [dɪˋflet]（v.）把氣放掉；使洩氣；削弱 例 The balloon **deflated** soon after the girl took it home. 那小女孩氣球一拿回家馬上就消氣了。

-ence（名詞字尾）表「情況；性質；行為」

flatulence [ˈflætʃələns]（n.）腸胃脹氣

例 One of the side effects of this medicine is **flatulence**.
這個藥其中有個副作用是會脹氣。

進階字

con-（字首）一起；共同（= 字首 co-）

conflate [kənˈflet]（v.）合併

例 The article which **conflated** female traits with pessimism has aroused debate.
那篇將女性特質和消極主義混為一談的文章引起了爭議。

---

flatus [ˈfletəs]（n.）因細菌或發酵所產生的氣體；體內的空氣

例 The patient cannot eat or drink after surgery until he passes **flatus**.
病人在手術後不可吃喝東西除非他開始排氣。

? Quiz Time

依提示填入適當單字

1. 將氣球充氣　　to ＿＿＿＿＿＿＿＿＿＿ a balloon

2. 將氣球消氣　　to ＿＿＿＿＿＿＿＿＿＿ a balloon

3. 吹長笛　　　　to play the ＿＿＿＿＿＿＿＿

4. 通貨膨脹率　　the rate of ＿＿＿＿＿＿＿＿

5. 草莓口味　　　strawberry ＿＿＿＿＿＿＿＿

解答：1. inflate　2. deflate　3. flute　4. inflation　5. flavor

和「動作」有關的字根 **7**

-flect-/-flex-

▶to bend，表「彎曲」

🎧 mp3: 007

字首 + 字根

(**re + flect = reflect**)

徐薇教你記 彎回去或折回來，就是「反射」，引申有「反省」的意思。

re-（字首）返回
reflect [rɪˈflɛkt]（v.）反射；照出；反省；反思

例 It's time that we **reflect** on how blessed we have been this year.
該是我們來省思今年裡我們有多麼受到保祐的時候了。

字根 + 字尾

(**flex + ible = flexible**)

徐薇教你記 可以彎曲的，也就是「柔軟的、有彈性的」。

-ible（形容詞字尾）可…的
flexible [ˈflɛksəbl]（adj.）柔軟的；易彎曲的；有彈性的

例 I am quite **flexible**, so anytime you want to meet is okay with me.
我的時間相當有彈性，所以任何時間你要見面都沒問題。

單字 + 單字

(**flex + time = flextime**)

time [taɪm]（n.）時間
flextime [ˈflɛksˌtaɪm]（n.）彈性上班時間

例 This job offers **flextime**, so I work from six till three in the afternoon.
這份工作提供彈性的工作時間，所以我可以從六點工作到下午三點。

(re + flect + ion = reflection)

徐薇教你記 東西反射回來的結果，就是「倒影」。

-ion（名詞字尾）表「動作的狀態或結果」

reflection [rɪˋflɛkʃən]（n.）反射；投影；深思

例 I look at my **reflection** in the mirror.
我看著鏡子裡面自己的樣子。

舉一反三▶▶▶

初級字	flex [flɛks]（v.）活動身體四肢準備動作 例 There comes a time when you need to **flex** your muscles. 有段時間你需要伸展彎曲一下你的肌肉。
	in-（字首）表「否定」 inflexible [ɪnˋflɛksəbl̩]（adj.）不可彎曲的；剛硬的 例 The boss is **inflexible**, so you'd better have the report done on time. 那名老闆很強硬，所以你最好在時間之內做完報告。
實用字	de-（字首）離開 deflect [dɪˋflɛkt]（v.）使偏斜；使轉向 例 The sudden loud sound was meant to **deflect** the audience's attention. 突然一陣很大的聲音是為了引開觀眾的注意力。
	retro-（字首）向後 retroreflector [ˌrɛtrorɪˋflɛktɚ]（n.）反光鏡；反光燈 例 Put on something with **retroreflectors** when you go biking so that you will be visible in the dark. 騎腳踏車時要穿有反光的東西，這樣在黑暗中人家才看得到你。
進階字	vegetarian [ˌvɛdʒəˋtɛrɪən]（n.）素食者 flexitarian [ˌflɛksɪˋtɛrɪən]（n.）彈性吃素的人；偶爾也吃葷食的素食者 例 Brian is a **flexitarian** rather than a vegetarian. He eats steak with us once in a while. 布萊恩沒有吃很素，他是個彈性吃素者。他有時也和我們一起吃牛排。

genu（拉丁文）膝蓋
genuflect [ˋdʒɛnjʊͺflɛkt]（v.）屈膝跪拜

例 It's better that you **genuflect** when you first arrive at your seat in this church.
當你第一次到這間教堂的位子上時，你最好用屈膝跪拜的方式。

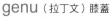

Quiz Time

拼出正確單字

1. 有彈性的 ＿＿＿＿＿＿＿＿＿＿＿

2. 反省 ＿＿＿＿＿＿＿＿＿＿＿

3. 反光燈 ＿＿＿＿＿＿＿＿＿＿＿

4. 彈性工時 ＿＿＿＿＿＿＿＿＿＿＿

5. 剛硬的 ＿＿＿＿＿＿＿＿＿＿＿

解答：1. flexible 2. reflect 3. retroreflector 4. flextime 5. inflexible

和「動作」有關的字根 8

-flict-

▶to strike，表「打擊」

🎧 mp3: 008

字首 + 字根

(**af + flict = afflict**)

af-（字首）朝向（= 字首 ad-）
afflict [əˋflɪkt]（v.）使痛苦；折磨

例 It is estimated that more than a million people are **afflicted** with the syndrome.
據估計有超過一百萬人受這個症狀所苦。

(**con** + **flict** = **conflict**)

徐薇教你記 大家互相打擊、撞擊，就是有「衝突、抵觸」。

con-（字首）一起；共同（= 字首 co-）
conflict [ˋkɑnflɪkt]（n.）衝突；分歧；爭論
　　　　　 [kənˋflɪkt]（v.）衝突；互相牴觸

例 There was **conflict** between the teenager and his parents over his allowance.
那青少年和他父母之間對於零用錢的想法有所分歧。

字首 + 字根 + 字尾

(**in** + **flict** + **ion** = **infliction**)

徐薇教你記 跑進去打擊的狀態，就是在「強行施加痛苦或懲罰」。

in-（字首）使進入
infliction [ɪnˋflɪkʃən]（n.）強行施加痛苦或懲罰

例 The wound caused **infliction** of pain when the nurse changed the dressing.
護士換藥時會造成傷口疼痛。

舉一反三▶▶▶

初級字	in-（字首）使進入 **inflict** [ɪnˋflɪkt]（v.）使遭受；使承受 例 The tsunami **inflicted** severe damage on the coastal area. 海嘯對沿海地區造成嚴重的損害。
	-ing（形容詞字尾）表「持續進行的狀態」 **conflicting** [kənˋflɪktɪŋ]（adj.）相矛盾的；衝突的 例 They are trying very hard to make a balance between the **conflicting** interests of environment and economy. 他們很努力地嘗試在互相衝突的環境與經濟利益間取得平衡。
實用字	-ed（形容詞字尾）表「被…的」 **conflicted** [kənˋflɪktɪd]（adj.）困惑的；矛盾的 例 I feel **conflicted** every time when I talk to a foreigner who speaks fluent Chinese. 我每次和說著流利中文的外國人對話都會感到很矛盾。

進階字

-ion（名詞字尾）表「動作的狀態或結果」

affliction [ə`flɪkʃən]（n.）痛苦；折磨

例 Atheletes have to suffer many **afflictions** including mental and physical problems.
運動選手必須經歷許多折磨，包括心理與生理的問題。

-ive（形容詞字尾）有…性質的

afflictive [ə`flɪktɪv]（adj.）令人痛苦的；難受的

例 It was an **afflictive** decision for him to close the bookstore which was founded by his grandfather.
要將他祖父創立的書店結束營業對他來說是很痛苦的決定。

pro-（字首）向前

profligate [`prɑfləgɪt]（adj.）浪費的；揮霍的
（n.）揮霍者

例 Parents should prevent their children from building a **profligate** habit.
父母親應該要避免自己的孩子養成恣意揮霍的習慣。

Quiz Time

填空

（　）1. 衝突：＿＿flict　（A）af　（B）in　（C）con

（　）2. 使遭受：＿＿flict　（A）af　（B）in　（C）con

（　）3. 折磨：＿＿flict　（A）af　（B）in　（C）con

（　）4. 揮霍的：pro＿＿　（A）fligate　（B）flicate　（C）flict

（　）5. 痛苦：afflict＿＿　（A）ive　（B）ion　（C）ing

解答：1. C　2. B　3. A　4. A　5. B

-fract-/ -frag-

▶to break，表「破裂」

🎧 mp3: 009

字首 + 字根

in + fract = infract

> 徐薇教你記　進入使東西破裂開來，就是「破壞」。

in-（字首）進入
infract [ɪnˈfrækt]（v.）破壞

例　No one knows why the man **infracted** the law.
沒有人知道那個人為什麼要違法。

字根 + 字尾

fract + ion = fraction

> 徐薇教你記　處於破裂的狀態，指「片段」，或數學上幾分之幾的「分數」。

-ion（名詞字尾）表「動作的狀態或結果」
fraction [ˈfrækʃən]（n.）小部分；片段；碎片

例　We have only finished a **fraction** of the work.
我們只完成了那個作品的一小部分。

字首 + 字根 + 字尾

in + frang + ible = infrangible

> 徐薇教你記　不可以讓它破裂的，也就是「不可侵犯的、不能破壞的」。

in-（字首）表「否定」
-ible（形容詞字尾）可…的
infrangible [ɪnˈfrændʒəb!]（adj.）不可侵犯的；不能破壞的

例　Some of the ancient traditions are **infrangible**.
有些古老的傳統是不可侵犯的。

舉一反三 ▶▶▶

初級字

-ure（名詞字尾）表「過程、結果、上下關係的集合體」

fracture [ˈfræktʃɚ]（n.）破裂；斷裂；骨折

例 Brian suffered a **fracture** in his left ankle, forcing him to drop out of the marathon taking place the following week.
布萊恩左腳踝骨折，被迫退出接下來那週即將舉辦的馬拉松比賽。

-ile（形容詞字尾）有…傾向，有…可能性的

fragile [ˈfrædʒəl]（adj.）易碎的；易損壞的；脆弱的

例 The widow was still in a **fragile** emotional state three months after her husband passed away.
那位寡婦在她丈夫過世三個月後，情緒仍然很脆弱。

補充 紙箱外面如果貼 fragile 和一個裂掉的玻璃杯，表示「內有易碎品」。

實用字

-ion（名詞字尾）表「動作的狀態或結果」

infraction [ɪnˈfrækʃən]（n.）違背；違法

例 It was his fourth **infraction**, so he was suspended from school.
這是他第四次違反校規，所以他被學校停學。

-ment（名詞字尾）表「結果、手段；狀態、性質」

fragment [ˈfrægmənt]（n.）碎片；破片；小碎塊

例 The terrible accident left **fragments** of metal embedded in the man's arm.
該場嚴重的車禍在那男人的手臂裡留下了金屬碎片。

進階字

in-（字首）進入

infringe [ɪnˈfrɪndʒ]（v.）違反；侵害

例 When you printed our images on your products, it **infringed** on our copyright.
當你把我們的圖像印在你產品上時，這已經侵害了我們的著作權。

re-（字首）返回；往後

refract [rɪˈfrækt]（v.）使折射

例 The image of the bridge was **refracted** by the water drops on the windshield.
那座橋的影像經過水滴的折射映照在車子的擋風玻璃上。

和「動作」有關的字根 10

-ger-/-gest-

▶to carry，表「攜帶；運載」

mp3: 010

字根＋字尾

gest + ure = gesture

徐薇教你記 帶著身體做出動作的結果就是各種「姿勢、手勢」。

-ure（名詞字尾）表「過程、結果、上下關係的集合體」
gesture [ˋdʒɛstʃɚ] (n.) 手勢；姿勢
　　　　　　　　　　（v.) 做手勢；用動作示意

例 The policeman made a **gesture** to the pedestrians to cross the road.
那警察做了一個手勢要行人們穿過馬路。

和「動作」有關的字根 **-ger-/-gest-**

di + **gest** = **digest**

徐薇教你記 把食物或東西分開載運開來，讓原本一大塊的東西分為一個個小塊，就是在「消化」。

di-（字首）離開；分開

di**gest** [daɪ`dʒɛst]（v.）消化（n.）文摘；摘要

例 It took me a whole month to **digest** this book.
我花了一個月的時間來消化理解這本書。

字首 + 字根 + 字尾

di + **gest** + **ible** = **digestible**

-ible（形容詞字尾）可⋯的

di**gest**ible [daɪ`dʒɛstəbl̩]（adj.）易消化的；容易理解的

例 Gluten-free foods are more **digestible** for some babies.
對一些小嬰兒來說，無麩質的食物比較容易消化。

con + **gest** + **ion** = **congestion**

徐薇教你記 所有東西都一起載過來，就會「堵塞」。

con-（字首）一起（= 字首 co-）

con**gest**ion [kən`dʒɛstʃən]（n.）堵塞；充血

例 There was terrible traffic **congestion** on the highway due to the four-car accident.
高速公路上因為有四輛車的事故造成嚴重的交通堵塞。

字首 + 字首 + 字根 + 字尾

ex + **ag** + **ger** + **ate** = **exaggerate**

徐薇教你記 將東西朝著外面運載出去堆放，堆放的東西就會愈來愈多、愈來愈大，引申為將原本很小的東西對外說得好大好大，就是「誇大、誇張」。

ex-（字首）向外

ag-（字首）朝向（= 字首 ad-）

-ate（動詞字尾）使做出⋯動作

ex**agger**ate [ɪg`zædʒəˌret]（v.）誇張；誇大

例 The speaker tends to **exaggerate** when he talks about his adventure in the jungle.
那名演說者講到他在叢林探險時有誇大的傾向。

舉一反三 ▶▶▶

<table>
<tr>
<td rowspan="2">初級字</td>
<td>sug-（字首）在…下方（＝字首 sub-）
suggest [sə`dʒɛst]（v.）建議；提議
例　Teddy suggested that I check the answers again before turning in my test sheet.
泰迪建議我應該在交卷之前再次檢查答案。</td>
</tr>
<tr>
<td>re-（字首）回來
register [`rɛdʒɪstə]（v./n.）登記；註冊
例　If you want to take this course, you are supposed to register for it by the end of March.
如果你想要修這門課程，你應該要在三月底之前註冊。</td>
</tr>
<tr>
<td rowspan="3">實用字</td>
<td>-ry（名詞字尾）地點
registry [`rɛdʒɪstrɪ]（n.）登記處；掛號處
例　You need to fill out this form and take your ID card to the registry.
你需要填寫這張表格並帶著你的身分證到登記處。</td>
</tr>
<tr>
<td>-ion（名詞字尾）表「動作的狀態或結果」
digestion [daɪ`dʒɛstʃən]（n.）消化；消化力
例　It is bad for your digestion to eat so fast and so late.
吃這麼快還有這麼晚吃對你的消化都不好。</td>
</tr>
<tr>
<td>-ive（形容詞字尾）有…性質的
digestive [də`dʒɛstɪv]（adj.）消化的
（n.）消化餅
例　This medicine is proven to be effective for diseases of digestive organs.
這個藥物經證實對消化器官的疾病有效。</td>
</tr>
<tr>
<td rowspan="2">進階字</td>
<td>in-（字首）進入
ingest [ɪn`dʒɛst]（v.）嚥下；攝取
例　You may ingest something harmful if you don't check the ingredients first.
沒有檢查成分的話，你可能會攝取到有害的物質。</td>
</tr>
<tr>
<td>in-（字首）表「否定」
indigestible [ˌɪndə`dʒɛstəbl̩]（adj.）難消化的；難理解的
例　He had a stomachache after having a tough and indigestible piece of steak.
他在吃了一塊咬不動又難消化的牛排後胃痛。</td>
</tr>
</table>

? Quiz Time

中翻英，英翻中

( ) 1. 建議 （A）digest （B）ingest （C）suggest

( ) 2. exaggerate （A）消化 （B）誇大 （C）用動作示意

( ) 3. 消化餅 （A）indigestible （B）digestive （C）digestion

( ) 4. congestion （A）堵塞 （B）攝取 （C）摘要

( ) 5. 註冊 （A）gesture （B）registry （C）register

解答：1. C 2. B 3. B 4. A 5. C

 和「動作」有關的字根 11

-it-

▶ to go, to march，表「行走；行進」

🎧 mp3: 011

衍生字

errant

徐薇教你記 來自古法文 errer，表示兩種意思：（1）旅途（journey）＝拉丁文的 iter；（2）錯誤（mistake）。在十四世紀中期變成「離開原本的道路、走錯路」。

errant [ˈɛrənt]（adj.）（1）漫遊探險的；（2）迷途的；誤入歧途的

例 An **errant** bullet killed the poor bystander instantly.
一顆亂飛的子彈當場殺死了一名可憐的旁觀者。

ex + it = exit

徐薇教你記 行走出去的地方，就是「出口」。

ex-（字首）向外
exit [ˈɛksɪt]（n.）出口
例 You should get off the highway at **exit** 5, and then turn right.
　你應該要在五號出口下高速公路，然後右轉。

itiner + ary = itinerary

徐薇教你記 -itiner- 旅途，-ary 地方。itinerary 在各個地方行進、行走，也就是「旅程」或「旅行路線」。

-ary（名詞字尾）物品或地方
itinerary [aɪˈtɪnəˌrɛrɪ]（n.）旅遊；旅行路線；行程
例 Be sure to pick up a copy of today's **itinerary** before you leave with your group.
　在和你的隊伍離開前記得要拿一份今天的行程表。

in + it + al = initial

in-（字首）進入
　-al（形容詞字尾）和…有關的
initial [ɪˈnɪʃəl]（adj.）開始的；最初的
　　　　　　　　　　　（n.）起首字母
例 The **initial** estimate for this job was only five hundred dollars!
　這份工作一開始的估價只有五百塊錢而已！

舉一反三 ▶▶▶

初級字	-ate（動詞字尾）做出…動作 **initiate** [ɪˈnɪʃɪˌet]（v.）開始；發起 例 They are planning to **initiate** a campaign to promote their new product. 他們正計劃要發起一個活動來推廣他們的新產品。

實用字

trans-（字首）橫越；穿過
transit [`trænsɪt] (n.) 運輸；運送
例 The boss is in **transit** to the office right now, so clean this mess up!
老闆已經在來辦公室的途中了，快把這一團亂清理乾淨！

ambi-（字首）到處
ambitious [æm`bɪʃəs]（adj.）有雄心的；野心勃勃的
例 The boss made an **ambitious** expansion plan for next year.
這個老闆為明年定下了雄心勃勃的拓點計劃。

circum-（字首）環行；圍繞
circuit [`sɜkɪt] (n.) 環行一周；電路；巡迴路線
例 I accidentally cut the **circuit** to this light, so it doesn't work.
我不小心切斷了這個燈的電路，所以它不亮了。

進階字

-ant（形容詞字尾）具…性的
itinerant [ɪ`tɪnərənt]（adj.）巡迴的；流動的；遊歷的
例 The **itinerant** band has been on tour for two straight years.
該巡迴樂團連兩年都在做巡迴演出。

per-（字首）穿過；完全
perish [`pɛrɪʃ]（v.）死亡；消滅
例 The valuable ancient building **perished** in the earthquake.
該棟珍貴的古建築物在地震中化為塵土。

? Quiz Time

依提示填入適當單字，皆填入小寫字母即可

直↓　1. Check the _____ to see where the next destination is.

　　　3. The boss has some _____ plans for his business.

　　　5. MRT is short for Mass Rapid _____

橫→　2. The project is only in the _____ phase now.

　　　4. I accidentally cut the _____ to this light, so it doesn't work.

6. The valuable ancient building _____ed in the earthquake.

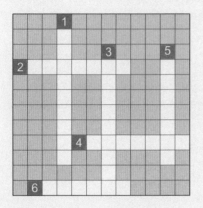

解答：1. itinerary 2. initial 3. ambitious 4. circuit 5. transit 6. perish

和「動作」有關的字根 12

-labor-

▶to work，表「工作；勞動」

🎧 mp3: 012

衍生字

labor [ˈlebɚ]（n./v.）勞動

例 Many factories moved to the neighboring country because of the cheap **labor**.
許多工廠因為便宜的勞力搬移到鄰國。

字根 + 字尾

(labor + **tory** = labor**atory**)

徐薇教你記 大家一起勞動辛苦工作的場所，就是「實驗室」。

-tory（名詞字尾）場所；有某種目的之物
laboratory [ˈlæbrəˌtorɪ]（n.）實驗室（縮寫為 lab）
例 The specimen was sent to the **laboratory** for further research.
這個標本已被送到實驗室做進一步的研究。

字首 + 字根 + 字尾

(col + labor + ate = collaborate)

徐薇教你記 大家一起同心協力工作，就是在「合作、協作」。

col-（字首）一起；共同（= 字首 co-）
collaborate [kəˈlæbəˌret]（v.）合作；協作
例 The singer **collaborated** with the famous songwriter on the latest album.
那名歌手在新專輯中和知名作曲家合作。

舉一反三 ▶▶▶

初級字	-er（名詞字尾）做…動作的人 **laborer** [ˈlebərə]（n.）勞動者，勞工 例 My brother and I worked as farm **laborers** on my uncle's ranch this summer. 我和我哥今年夏天到我舅舅的農場去當工人。
	-ous（形容詞字尾）充滿…的 **laborious** [ləˈborɪəs]（adj.）耗時費力的；艱鉅的 例 Weeding the garden by hand in the sun is a **laborious** job. 在大太陽下用手除草是件耗時又費力的工作。
實用字	-ed（形容詞字尾）表「被動的狀態」 **labored** [ˈlebəd]（adj.）吃力的；不自然的 例 The patient's breathing was **labored**. 那病患呼吸很吃力。
	be-（字首）使成為… **belabor** [bɪˈlebə]（v.）過多的說明 例 The answer to this question is obvious, and there's no need to **belabor** it. 這個問題的答案很明顯，而且不需要過多的說明。

e- （字首）向外（= 字首 ex-）
elaborate [ɪˈlæbə͵rɪt] （adj.）精心製作的
[ɪˈlæbə͵ret] （v.）詳盡說明

例 The old couple made some **elaborate** preparations for their sixtieth anniversary.
那對老夫婦精心安排他們的結婚六十週年紀念日。

-ion （名詞字尾）表「動作的狀態或結果」
collaboration [kə͵læbəˈreʃən] （n.）合作

例 Many young scientists work in **collaboration** to capture the first ever photograph of a black hole.
許多年輕科學家共同合作以捕捉第一張黑洞的照片。

Quiz Time

從選項中選出適當的字填入空格中使句意通順

collaboration / laboratory / elaborate / labored / laborious

1. Weeding the garden by hand in the sun is a _____ job.

2. The patient's breathing was _____.

3. The old couple made some _____ preparations for their sixtieth anniversary.

4. Many young artists are working in _____ to hold a special exhibition.

5. The specimen was sent to the _____ for further research.

解答：1. laborious 2. labored 3. elaborate 4. collaboration 5. laboratory

和「動作」有關的字根 13

-lax-

▶to loosen，表「鬆開」

🎧 mp3: 013

衍生字

lax [læks]（adj.）鬆弛的；馬虎的

例 People blamed the plane crash on the **lax** maintenance of the airlines.
人們將墜機的過錯歸咎於航空公司對維修的散漫馬虎。

lease

徐薇教你記 lease 就是把東西鬆開、放出去；把房子放出去讓別人可以住，就是「出租」。

lease [lis]（v.）出租
　　　　　（n.）租約；租賃

例 They signed a two-year **lease** when they moved into the apartment.
他們在搬進那間公寓時簽了一份兩年期的租約。

字首 + 字根

de + lay = delay

徐薇教你記 從原本前進的路線鬆開、離開了，進度就會「延遲、耽擱」。

de-（字首）離開
delay [dɪˈle]（n./v.）延遲；耽擱；延期

例 The flight was **delayed** for two hours due to the snowstorm.
該班機因暴風雪的關係延誤了兩個鐘頭。

re + lax = relax

徐薇教你記 向後鬆開束縛就會讓人「放鬆」。

re-（字首）向後；返回
relax [rɪˈlæks]（v.）放鬆

例 The coach asked the nervous player to **relax** and take a deep breath.
教練要緊張的球員放鬆然後深呼吸。

re + lax + ation = relaxation

-ation（名詞字尾）表「動作的狀態或結果」

relaxation [ˌrilæksˋeʃən]（n.）放鬆

例 The girl used to go shopping for **relaxation**, but she quit the habit since she couldn't pay the bills.
那女孩曾用逛街購物來放鬆，但她因為繳不出帳單已戒掉這個習慣了。

舉一反三▶▶▶

初級字	-ed（形容詞字尾）表「被動的狀態」 relaxed [rɪˋlækst]（adj.）鬆懈的；放鬆的 例 I love to read in the café with a nice, **relaxed** atmosphere. 我喜愛在那家氣氛放鬆的咖啡店讀書。
	re-（字首）回來；再次 relay [rɪˋle]（n.）接替的一組人；接力賽 （v.）傳達；轉發 **補充** relay 最早指將疲累的獵犬鬆開留下、換新的獵狗上場追獵物，後來就引申為一個接替另一個的「接力」。 例 Groups of medical staff worked in **relay** to rescue patients from the disaster area. 成群的醫護人員輪班上陣拯救來自災區的病患。
實用字	sub-（字首）在…下方 sublease [ˋsʌblis]（n./v.）分租；轉租 例 Judy is considering **subleasing** her apartment to her colleague. 茱蒂正考慮要把她的公寓分租給她的同事。
	relish [ˋrɛlɪʃ]（v.）享受；期盼 （n.）佐料；調味品；樂趣 例 They didn't **relish** the long journey on the cruise ship. 他們並不喜歡那趟長途的郵輪旅程。

進階字

-tive（形容詞或名詞字尾）有…性質的（東西）
laxative [ˈlæksətɪv]（adj.）通便的
（n.）瀉藥

例 The man's habitual use of **laxatives** has led to some trouble with his bowels.
那個人習慣性使用瀉藥導致腸子出了問題。

-ant（名詞或形容詞字尾）具…性質的（人或物）
relaxant [rɪˈlæksənt]（adj.）有緩和力的
（n.）緩和劑；弛緩藥

例 The doctor prescribed the muscle **relaxant** for his backache.
醫生因他背痛的問題開了肌肉鬆弛劑給他。

-ish（動詞字尾）做…；使…
languish [ˈlæŋgwɪʃ]（v.）變得衰弱；經歷苦難

例 We learned later that she **languished** in a refuge most of her childhood.
我們後來才得知她大部分的童年都在難民營受苦煎熬。

? Quiz Time

拼出正確單字

1. 接力賽 _____
2. 放鬆的 _____
3. 耽擱 _____
4. 租約 _____
5. 佐料 _____

解答：1. relay 2. relaxed 3. delay 4. lease 5. relish

和「動作」有關的字根 14

-mand-

▶to order，表「命令」

這個字根也可以拼成 -mend-。

🎧 mp3: 014

字首 + 字根

(re + mand = remand)

徐薇教你記 再一次命令將犯人從法庭上帶回去牢房，也就是「還押候審」。

re-（字首）再次；回去
remand [rɪˋmænd]（v.）還押候審

例 The judge **remanded** the prisoner to a holding cell until next week's trial.
法官囑咐將該名囚犯還押，等候下週開庭。

字根 + 字尾

(mand + ate = mandate)

徐薇教你記 去命令，也就是強制去執行或授權去做某事。

-ate（動詞字尾）做出…動作
mandate [ˋmændet]（v.）命令；委任

例 The judge **mandated** that the courtroom be cleared immediately.
法官命令法庭立刻淨空。

舉一反三▶▶▷

初級字	com-（字首）一起（= 字首 co-） **command** [kəˋmænd]（v.）指揮、命令 記 要大家一起去執行動作，也就是「指揮、命令」。 例 You are no longer in **command** of this ship -- I am. 你再也不能指揮這艘船了，我才能指揮。

和「動作」有關的字根 -mand-

de-（字首）向下
demand [dɪˋmænd]（v.）要求；請求
（n.）需求；需求量

例 The new Transformers toy is in high **demand** this Christmas season.
新的百變金剛玩具在聖誕季節需求量非常高。

實用字

com-（字首）一起（= 字首 co-）
commend [kəˋmɛnd]（v.）稱讚

例 The policeman **commended** the children for their bravery.
警方稱讚那些孩子們的英勇表現。

比 command 命令 → 一個人負責指揮命令，所以用 man 單數
commend 稱讚 → 大家都說好、一起稱讚，所以用 men 複數

re-（字首）再次；返回
recommend [ˌrɛkəˋmɛnd]（v.）推薦；建議

例 What kind of wine do you **recommend** for dinner?
你能推薦一下晚餐配哪種酒比較好嗎？

進階字

counter-（字首）相對；相反
countermand [ˌkauntɚˋmænd]（v.）取消；撤回

例 My sergeant's orders were **countermanded** by the lieutenant.
我們中士的命令被中尉取消撤回了。

-ory（形容詞字尾）與…有關的
mandatory [ˋmændəˌtorɪ]（adj.）命令的；強制的；法定的

例 This is a **mandatory** evacuation, so you must leave your home now.
這是撤退的命令，所以你現在必須離開你家。

 Quiz Time

填空

（　）1. 推薦：___mend 　　（A）re 　　（B）recom （C）com

（ ）2. 要求：___mand　　（A）de　　（B）re　　（C）com

（ ）3. 強制的：mandat___　（A）ary　　（B）ery　　（C）ory

（ ）4. 指揮：com___　　　（A）mand　（B）mend　（C）mind

（ ）5. 還押候審：___mand　（A）counter　（B）com　　（C）re

解答：1. B 2. A 3. C 4. A 5. C

和「動作」有關的字根 15

-med-

▶to heal，表「治療」

🎧mp3: 015

字根 + 字尾

med + ine = medicine

徐薇教你記　源自拉丁文 medicinus 表「和醫生有關的」，後指醫生用來治療病人的藥水或藥膏，也就是現在我們所說的「藥物」。

-ine（形容詞字尾）和…有關的

medicine [ˋmɛdəsṇ]（n.）醫學；藥物；藥劑

例 The patient refused to take the **medicine** again because he thought it was ineffective.
那位病患拒絕再服藥因為他認為藥物沒有效果。

字首 + 字根 + 字尾

re + med + y = remedy

徐薇教你記　用來治療讓你再次回到健康的狀態，就是「治療法」。

re-（字首）再次

remedy [ˋrɛmədɪ]（n.）治療法

例 Many old people tend to choose folk **remedies** when they don't feel well.
許多年紀大的人在身體不適時傾向用民俗療法來解決。

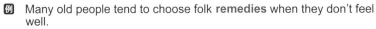

字首 + 字首 + 字根 + 字尾

(ir + re + med + able = irremediable)

徐薇教你記 沒有可以用的治療法，也就是「無法醫治的、無藥可救的」。

ir- （字首）表「否定」（= 字首 in-）
　　　　-able（形容詞字尾）可…的
irremediable [ˌɪrɪˈmidɪəbl̩]（adj.）無法醫治的；不能改正的；無藥可救的

例 The radiation leak has caused **irremediable** harm to the people and life in this area.
輻射外洩已對該地區的人們及生物造成無可挽回的傷害。

舉一反三▶▶▶

初級字	-ical（形容詞字尾）有關…的 **medical** [ˈmɛdɪkl̩]（adj.）醫學的；醫療的 　　　　　　　　　　　　（n.）（英）健康檢查 **例** You should ask for **medical** advice before you take the pills. 你在服用這個藥丸之前應該先徵詢醫療上的建議。
	-ate（動詞字尾）使做出…動作 **medicate** [ˈmɛdɪˌket]（v.）用藥物治療 **例** Insomnia doesn't always need to be **medicated** if you try to take some exercise. 如果你試著做些運動，失眠不是一定需要靠藥物治療。
實用字	-al（形容詞字尾）有關…的 **medicinal** [məˈdɪsn̩l̩]（adj.）藥用的 **例** The plants mom grows in the backyard are for **medicinal** purposes. 那些媽媽種在後院的植物是為了藥用的目的。
	remedial [rɪˈmidɪəl]（adj.）治療的；補救的；矯正的 **例** You should take immediate **remedial** action to reduce probable damage. 你們應該立即採取補救行動來減少可能發生的損害。

bio-（字根）生命
biomedical [baɪəˋmɛdɪkl̩]（adj.）生物醫學的
例 He is working on setting up a **biomedical** research institute.
他正著手設立一個生物醫學研究機構。

para-（字首）（1）在…旁邊；（2）相似的
medic [ˋmɛdɪk]（n.）醫科學生；醫生
paramedic [͵pærəˋmɛdɪk]（n.）非醫生或護士的護理人員，醫務輔助人員

例 Two **paramedics** put the man on a stretcher and moved him into the ambulance.
兩名醫務人員將那男子放上擔架並將他搬上救護車。

Quiz Time

依提示填入適當單字

1. 服藥　　　　　　take the _____

2. 醫療建議　　　_____ advice

3. 民俗療法　　　folk _____

4. 無可挽回的傷害　_____ harm

5. 補救行動　　　_____ action

解答：1. medicine　2. medical　3. remedy　4. irremediable　5. remedial

-merg-/ -mers-

▶to sink, to dip，表「沉入」

🎧 mp3: 016

和「動作」有關的字根 -merg-/-mers-

衍生字

merge [mɝdʒ]（v.）合併；使融合

例 The two counties decided to **merge** with the neighboring main city to get better development.
這兩個縣決定要與隔壁的主要城市合併以獲得更好的發展。

字首 + 字根

e + merg = emerge

徐薇教你記 本來沉在水裡，突然往外冒了出來，就「浮現、顯露」了。

e-（字首）向外；在外面（= 字首 ex-）
emerge [ɪˋmɝdʒ]（v.）浮現；顯露

例 After the earthquake, a small piece of land **emerged** from the sea.
在地震之後，有一小塊地浮出了海面。

im + mers = immerse

徐薇教你記 把東西沉到水中，就是「浸沒」；人的心思整個沉浸在某事物中，就是「埋首於…」。

im-（字首）進入（= 字首 in-）
immerse [ɪˋmɝs]（v.）浸沒；使埋首於…

例 He turned off the light and got totally **immersed** in the movie.
他將燈關上並完全沉浸於電影當中。

e + merg + ency = emergency

徐薇教你記 本來平靜無波，突然有東西冒出來、顯露出來，發生這種事就一定是「緊急情況」。

e-（字首）向外（= 字首 ex-）

-ency（名詞字尾）表「情況、性質、行為」

emergency [ɪˋmɝdʒənsɪ]（n.）緊急情況

例 The captain had no choice but to make an **emergency** landing after the bird strike.
在鳥擊發生後機長別無選擇只能進行緊急降落。

舉一反三▶▶▶

初級字	-er（名詞字尾）表「做…的人或事物」 merger [ˋmɝdʒɚ]（n.）合併 例 They are looking for an attorney to give them advice about the **merger** of their companies. 他們正在尋找能夠給予他們公司合併建議的律師。
	sub-（字首）表「在下方」 submerge [səbˋmɝdʒ]（v.）使潛入水中；浸沒 例 The upstream reservior burst and **submerged** the farmland along the river. 上游的水庫潰堤，淹沒了河流兩旁的農地。
實用字	-ion（名詞字尾）表「動作的狀態或結果」 immersion [ɪˋmɝʃən]（n.）沉浸；浸沒 例 Our fingers had become wrinkled from prolonged **immersion**. 我們的手指頭因為浸泡太久變得皺皺的。
	-ent（形容詞字尾）表「具…性的」 emergent [ɪˋmɝdʒənt]（adj.）突現的；緊急的 例 Mom always keeps some money on hand for **emergent** contingencies. 媽媽總是在手邊留些錢作為突發事件緊急用。
進階字	-ence（名詞字尾）表「情況、性質、行為」 emergence [ɪˋmɝdʒəns]（n.）現身；出來；嶄露頭角 例 He was blamed for the wrong timing of his **emergence**. 他因為錯誤的出場時機而遭受責備。

和「動作」有關的字根 **-merg-/-mers-**

-ible（形容詞字尾）表「可…的」

submergible [səbˋmɝdʒəbḷ]（adj.）能沉入水中的；能潛航的

例 The crazy old doctor claimed that he invented a **submergible** vehicle which can also fly.
那個古怪的老博士宣稱他發明了一種能潛入水中也能飛的車子。

Quiz Time

依提示填入適當單字

1. He turned off the light in order to _____ himself in the movie.

2. The captain made an _____ landing after the bird strike.

3. The submarine _____d when enemy planes were sighted.

4. After the earthquake, a small piece of land _____d from the sea.

5. The _____ of the two companies would create the world's biggest accounting firm.

解答：1. immerse 2. emergency 3. submerge 4. emerge 5. merger

和「動作」有關的字根 **17**

-migr-

▶to move, to wander，表「移動；漫遊」

🎧 mp3: 017

字根 + 字尾

(**migr** + **ate** = **migrate**)

徐薇教你記 做出移動的動作，就是在「遷徙」。例如，燕子就是一種遷移的動物。英文諺語 "One swallow doesn't make a summer."（一燕不成夏），意思就是凡事不能以偏概全。

-ate（動詞字尾）做出⋯動作
migrate ['maɪgret] (v.) 遷徙

例 Most of the birds in Siberia **migrate** to the south every autumn.
大部分西伯利亞的鳥類每年秋天都會遷徙到南方。

字首 + 字根 + 字尾

(**im** + **migr** + **ate** = **immigrate**)

徐薇教你記 往裡面移動、移到裡面來，就是「移入、移民進來」。

im-（字首）進入（= 字首 in-）
immigrate ['ɪməˌgret] (v.) 遷移；遷入

例 Many people want to **immigrate** to the USA these days.
近來很多人想要移民到美國。

舉一反三▶▶▶

初級字

e-（字首）向外（= 字首 ex-）
emigrate ['ɛməˌgret] (v.) 移居；從某地移出
例 I **emigrated** from Ethiopia to France to escape a life of poverty.
我從衣索比亞移居到法國以逃離貧窮的生活。

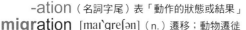

實用字

-ation（名詞字尾）表「動作的狀態或結果」
migration [maɪˋgreʃən]（n.）遷移；動物遷徙

例 There was a mass **migration** of people out of Iraq during the war.
戰爭期間有大批移民潮離開伊拉克。

-ant（名詞或形容詞字尾）具…性質（的人）
emigrant [ˋɛməgrənt]（n.）移民；移出者
　　　　　　　　　　　（adj.）移居他國的；移民的

例 Paco is a Mexican **emigrant** who came to America in 1987.
帕可是一九八七年移居到美國的墨西哥移民。

-ant（名詞或形容詞字尾）具…性質（的人）
immigrant [ˋɪməgrənt]（n.）外來移民；移入者
　　　　　　　　　　　（adj.）移入的；遷入的；移民的

例 Some **immigrants** never return to their homeland.
有些移民者再也沒有回到他們的祖國。

進階字

ex-（字首）向外
émigré [ˋɛmɪgre]（n.）移居外國的人；逃亡者、流亡者

例 There were once many German **émigrés** living in this area during World War II.
在二次大戰期間曾經有許多德國流亡者住在這個地區。

-ory（形容詞字尾）和…有關的
migratory [ˋmaɪgrəˏtorɪ]（adj.）遷移的；有遷居習慣或特色的

例 We were a **migratory** family during the Great Depression, constantly moving around to get work.
在經濟大蕭條期間，我們家就像游牧民族不斷遷移以尋找工作機會。

trans-（字首）穿越；橫跨
transmigration [ˏtrænsmaɪˋgreʃən]（n.）移居；輪迴

例 Many people believed that the spirit would come back to life after the **transmigration**.
許多人相信靈魂在經過輪迴後會再度重生。

依提示填入適當單字

1. 向南遷徙 ＿＿＿＿＿＿＿＿＿ to the south

2. 移民到美國 ＿＿＿＿＿＿＿＿＿ to the USA

3. 從歐洲移民到美國 ＿＿＿＿＿＿＿＿＿ from Europe to America

4. 候鳥 ＿＿＿＿＿＿＿＿＿ birds

5. 非法移民 illegal ＿＿＿＿＿＿＿＿＿

解答：1. migrate 2. immigrate 3. emigrate 4. migratory 5. immigrant

和「動作」有關的字根 **18**

-mir-

▶ to behold, to wonder，表「看見；感到驚奇」

🎧 mp3: 018

字首 + 字根

ad + mir = admire

徐薇教你記 一直朝著看、朝著看時還會驚嘆、讚嘆，就是「感到欽佩、羨慕」。

ad-（字首）朝向

admire [ədˋmaɪr]（v.）感到欽佩、羨慕

例 I **admire** you for your courage and strength in the face of danger.
你面對危險時的勇氣和力量令我感到欽佩。

補充 secret admirer 秘密仰慕者

字根 + 字尾

mir + or = mirror

徐薇教你記 看過去，對面也會看回來的東西，指「鏡子」。

-or（名詞字尾）做…的事物

mirror [`mɪrɚ]（n.）鏡子

例 Why don't you look in the **mirror** before you accuse others?
當你在指責別人之前，你為什麼自己不先照照鏡子？

mir + cle = miracle

徐薇教你記 看到會感到驚訝的事物，就是「奇蹟」。

-cle（名詞字尾）小的事物

miracle [`mɪrəkl̩]（n.）奇蹟

例 It was a **miracle** that I kept my job, since everyone else in my department was fired.
我部門的每個人都被炒魷魚了，而我卻保住了我的工作，這真是個奇蹟。

舉一反三 ▶▶▶

初級字	**marvel** [`mɑrvl̩]（v.）感到驚奇 例 Sometimes I **marvel** at all the great engineering feats accomplished by mankind. 有時我對人類所成就的偉大工程建設感到驚豔不已。
	-ous（形容詞字尾）充滿…的 **marvelous** [`mɑrvələs]（adj.）令人驚奇的；絕妙的 例 We had such a **marvelous** day at the beach that I didn't want to leave. 我們在海灘度過了美妙的一天，讓我不想離開。
實用字	-ous（形容詞字尾）充滿…的 **miraculous** [mɪ`rækjələs]（adj.）神奇的；奇蹟似的 例 What a **miraculous** vision you have for the future of this company! 你對這家公司的未來看得真是神準啊！

-age（名詞字尾）表「事物的集合體」

mirage [məˋrɑʒ]（n.）海市蜃樓

記 原指反射回來的東西，在沙漠裡被反射回來的東西就是「海市蜃樓」。

例 It is said that people who walk in the desert see mirages when they are tired and thirsty.
有人說在沙漠裡行走的人在又累又渴的時候會看到海市蜃樓。

-al（名詞字尾）表「狀況、事情」

admiral [ˋædmərəl]（n.）海軍上將

例 After twenty-five years in the navy, he was promoted to admiral.
在海軍待了二十五年，他終於被擢升為海軍上將。

Miranda [mɪˋrændə]（n.）（女子名或歐美姓氏）米蘭達

→ 涵義：worthy to be admired

例 The police forgot to read the accused man his Miranda rights.
警察忘了對該名被指控的男人宣讀他的「米蘭達警示語」。

補充 Miranda rights（米蘭達警示語）為美國警方在逮捕嫌犯要進行扣押之前必須宣讀的警示語，包括四部分：

（1）你有權保持緘默

（2）你所說的一切都有可能為呈堂證供及對你不利的證據

（3）在偵訊前你有權諮詢律師，在被問話時你有權要求你的律師在場

（4）如果你無法聘請律師，法院將指派一名辯護律師給你

Quiz Time

拼出正確單字

1. 鏡子 _____

2. 奇蹟 _____

3. 感到驚奇 _____

4. 感到欽佩 _____

5. 海市蜃樓 _____

解答：1. mirror　2. miracle　3. marvel　4. admire　5. mirage

-mod-

▶to measure，表「衡量」

🎧 mp3: 019

衍生字

model [ˋmɑdḷ]（n.）模型；典範；模特兒

（v.）當模特兒；用模型模擬

例 The mobile phone company revealed their latest **model** at the telecom trade show.
這家手機公司在電信商展上展示了最新款的機種。

字根 + 字尾

(**mod** + **ify** = **modify**)

徐薇教你記 一邊測量一邊去做就是在「修改」。

-fy（動詞字尾）使做成…

modify [ˋmɑdəˌfaɪ]（v.）修改；更改

例 We were asked to **modify** the plan in order to reduce the cost.
我們被要求要修改計劃以降低成本。

字首 + 字首 + 字根 + 字尾

(**ac** + **com** + **mod** + **ate** = **accommodate**)

徐薇教你記 去將所有人都包含在一起考量、去衡量、調整到讓大家都能在一起，就是「為…提供住宿；能容納…的量」。

ac-（字首）去…；朝向（= 字首 ad-）

com-（字首）共同；一起

-ate（動詞字尾）使變成

accommodate [əˋkɑməˌdet]（v.）為…提供住宿；容納

例 We didn't have enough space to **accommodate** all the old stuff you bought.
我們沒有足夠空間可以容得下你買的那些老東西。

舉一反三 ▶▶▶

<table>
<tr>
<td rowspan="2">初級字</td>
<td>modernus（拉丁文）現代的
modern [ˋmɑdɚn]（adj.）現代的
例 The Euro is a great innovation in **modern** European history.
歐元是現代歐洲史上一項偉大的創新。</td>
</tr>
<tr>
<td>modestus（拉丁文）適中的、舉止有經過考量的
modest [ˋmɑdɪst]（adj.）樸素的；謙遜的
例 She always wears **modest** clothes because she doesn't want to draw others' attention.
她總是穿很樸素的衣服，因為她不想引人注目。</td>
</tr>
<tr>
<td rowspan="2">實用字</td>
<td>re-（字首）再次
remodel [riˋmɑdl]（v.）改變外觀；重新塑造
例 They decided to **remodel** the bathroom due to the leak.
他們因為漏水決定重新改造浴室。</td>
</tr>
<tr>
<td>-ate（形容詞字尾）有…性質的
　　　（動詞字尾）使做出…動作
moderate [ˋmɑdərɪt]（adj.）中等的；適度的；溫和的
　　　　　[ˋmɑdəˏret]（v.）使緩和；使適中；節制
例 **Moderate** exercise and a balanced diet are good for your health.
適度運動和均衡飲食對你的健康有益處。</td>
</tr>
<tr>
<td rowspan="2">進階字</td>
<td>-or（名詞字尾）做…動作的人或事物
moderator [ˋmɑdəˏretɚ]（n.）仲裁者；評分監督
例 The debate **moderator** asked one of the candidates about his political philosophy.
辯論主持人詢問其中一名候選人他的政治哲學是什麼。</td>
</tr>
<tr>
<td>com-（字首）共同；一起
commodity [kəˋmɑdətɪ]（n.）商品；貨物
例 The trade war has had a great impact on the **commodity** market.
貿易戰已對大宗物資市場造成重大影響。</td>
</tr>
</table>

? Quiz Time

中翻英，英翻中

( ) 1. 謙遜的 （A）modest （B）moderate （C）modern

( ) 2. modify （A）容納 （B）節制 （C）修改

( ) 3. 典範 （A）remodel （B）model （C）moderator

( ) 4. commodity （A）仲裁者 （B）提供住宿 （C）商品

( ) 5. 使適中 （A）accommodate （B）moderate （C）remodel

解答：1. A 2. C 3. B 4. C 5. B

和「動作」有關的字根 20

-mon-

▶to advise, to remind，表「忠告；提醒」

 mp3: 020

衍生字

monster

徐薇教你記 monster 源自拉丁文 monstrum 原指神明的預示，通常指不祥事物的徵兆，要警示大家小心注意，後衍生指有異常外型的事物，因古人認為外型異常的事物出現一定是邪惡的東西，這種東西就是神明對人類的警告或提醒。

monster [`mɑnstə] （n.）怪物；怪獸

例 The villagers believed that the **monster** would eat anyone who got into the cave.
村民們相信怪物會吃掉進入洞穴的人。

mon + tor = monitor

徐薇教你記 會來做忠告、提醒的人就是監督人員、查核人員；可以用來進行提醒或監督工作的東西，就是「監視器」。

-tor（名詞字尾）做…的人或事物

monitor [`mɑnətɚ]（n.）監視器；電腦螢幕；監督人員；查核員

（v.）監控；監視

例 The device is used to **monitor** the level of carbon dioxide in this building.
這個裝置是用來監控大樓裡的二氧化碳濃度。

mon + ment = monument

徐薇教你記 能提醒人發生過什麼事的東西，就是「紀念碑」。

-ment（名詞字尾）表「結果；手段；狀態；性質」

monument [`mɑnjəmənt]（n.）紀念碑；紀念塔

例 They erected a **monument** to honor the bravery of the rescue teams.
他們豎立了一座紀念碑來彰顯救難隊的英勇行為。

ad + mon + ish = admonish

徐薇教你記 朝著你去給建議，就是要「告誡、警告」你。

ad-（字首）朝向；去

-ish（動詞字尾）使…

admonish [əd`mɑnɪʃ]（v.）告誡；勸告；責備

例 His father **admonished** him for skipping classes.
他爸爸因為他蹺課而責罰他。

pre + mon + ion = premonition

徐薇教你記 事先就出現帶有警示、忠告意味的情況，就是「預兆」，通常是指不好、不祥的預感。

pre-（字首）在…之前；事先

-ion（名詞字尾）表「動作的狀態或結果」

premonition [ˌprimə`nɪʃən]（n.）不祥的預感；預兆

例 He had a **premonition** that there might be an accident in town, so he decided to stay at home.
他有預感城裡會有意外發生，所以他決定待在家裡。

和「動作」有關的字根 **-mon-**

初級字

money [ˋmʌnɪ] (n.) 錢；財富

例 Mason wants to save some **money** for the upcoming summer trip.
梅森想為即將來到的夏日旅行存一些錢。

-ary （形容詞字尾）關於…的
monetary [ˋmʌnəˏtɛrɪ] (adj.) 財政的；貨幣的

例 The inflation has been restrained by the new **monetary** policy.
通貨膨脹已經被新的貨幣政策抑制。

實用字

sum- （字首）在下方（= 字首 sub-）
summon [ˋsʌmən] (v.) 召喚；傳喚；召集

例 The boys were **summoned** to the principal's office.
男孩子們被叫去了校長辦公室。

de- （字首）徹底地；完全地
demonstrate [ˋdɛmənˏstret] (v.) 展示；顯示；示威

例 The customers asked me to **demonstrate** how to operate the machine.
顧客要求我示範如何操作機器。

進階字

-ous （形容詞字尾）充滿…的
monstrous [ˋmɑnstrəs] (adj.) 醜惡的；駭人的

例 The general was depicted as a **monstrous** dictator in her latest novel.
那位將軍在她最新的小說中被描述成一位殘暴的獨裁者。

-ion （名詞字尾）表「動作的狀態或結果」
admonition [ˏædməˋnɪʃən] (n.) 勸誡；警告

例 Although he was full of **admonitions** about gambling, he has given up now.
儘管他以前總是滿口勸誡不要賭博，他現在已經放棄了。

-al （形容詞字尾）表「狀況；事情」
monumental [ˏmɑnjəˋmɛntl̩] (adj.) 紀念性的；巨大的

例 Discovering gravity is one of Isaac Newton's **monumental** contributions to physics.
發現地心引力是牛頓對物理學重大的貢獻之一。

? Quiz Time

依提示填入適當單字

直↓ 1. I was _____ed as a witness to give evidence at the court.

3. They erected a _____ to honor the bravery of the rescue teams.

5. The salesperson will _____ how to use the equipment.

橫→ 2. His father _____ed him for skipping classes.

4. The doctor watched the patient's heartbeat on a _____.

6. The movie is about a scientist who turned into a two-meter tall green _____.

解答：1. summon 2. admonish 3. monument 4. monitor 5. demonstrate 6. monster

-neg-

▶to deny，表「否定」

🎧 mp3: 021

字首 + 字根

de + ny = deny

徐薇教你記 說「不」，然後把東西拿開，就表示「拒絕、否定、否認」。

de-（字首）表「相反意思的動作」或「除去、拿開」

deny [dɪˋnaɪ]（v.）否認；否定；拒絕

📖 The CEO **denied** that he was involved in the insider trading scandal.
該名執行長否認他有涉入該宗內線交易醜聞。

字根 + 字根

neg + lect = neglect

徐薇教你記 略過這個，沒有去選它、沒有去收集起來，就表示你「忽視」或「疏忽」了。

-lect-（字根）選擇；收集

neglect [nɪgˋlɛkt]（v./n.）忽視；疏忽

📖 The dog keeper was charged with **neglect** of his own dog.
那名狗飼主被控疏於看顧他的狗。

字根 + 字尾

neg + ate = negate

徐薇教你記 做出否定的動作，就是「使無效、把原有事物取消掉」。

-ate（動詞字尾）做出…動作

negate [nɪˋget]（v.）使無效；取消

📖 It is believed that milk **negates** the effects of medicine.
人們相信牛奶會抵消藥物的效果。

ab + negate = abnegate

徐薇教你記 聲明事情無效,並把責任拿開,表示「拒絕承擔責任、放棄自身權利」。

ab- (字首) 拿掉;離開

abnegate [ˈæbnɪˌget] (v.) 拒絕承擔;放棄權利

例 The man was accused of **abnegating** the responsibility of raising his own child.
那男人被控拒絕承擔養育自己孩子的責任。

舉一反三 ▶▶▶

初級字	-ive (形容詞字尾) 有…性質的 **negative** [ˈnɛgətɪv] (adj.) 否定的;負面的 比 positive 正面的 例 She received a **negative** answer from the bank to her application for a loan. 她向銀行申請貸款遭到拒絕。
	-al (名詞字尾) 表「狀況;事情」 **denial** [dɪˈnaɪəl] (n.) 否認;否定 例 The teacher didn't believe the student's **denial** that he had cheated on the exam. 那名學生否認考試作弊,但是老師並不相信。
實用字	otium (拉丁文) 悠閒 **negotiate** [nɪˈgoʃɪˌet] (v.) 談判;協商 例 He is the representative who takes charge of **negotiating** business deals for our company. 他就是代表我們公司負責談判企業交易的人。
	-ent (形容詞字尾) 具…性的 **negligent** [ˈnɛglɪdʒənt] (adj.) 疏忽的;失職的 例 It is irresponsible of you to respond with a **negligent** attitude. 你用輕忽的態度回應很不負責任。

進階字

re-（字首）表「加強語氣」

renege [rɪˋnig]（v.）違約；背信

例 You will be accused if you **renege** on the contract unilaterally.
如果你單方面違約將會被告。

-ible（形容詞字尾）可…的

negligible [ˋnɛglɪdʒəbl̩]（adj.）可忽略的；微不足道的

例 Although he doesn't look aggressive, I think he is by no means a **negligible** opponent.
儘管他看起來不積極，我認為他是個絕不可忽略的對手。

? Quiz Time

中翻英，英翻中

( ) 1. 疏忽 　　（A）deny 　　（B）neglect 　　（C）negate

( ) 2. abnegate 　（A）拒絕承擔 （B）否認 　　（C）使無效

( ) 3. 微不足道的 （A）negligent （B）negative （C）negligible

( ) 4. negotiate 　（A）違約 　　（B）協商 　　（C）棄權

( ) 5. 否定 　　（A）denial 　　（B）renege 　　（C）negate

解答：1. B 2. A 3. C 4. B 5. A

和「動作」有關的字根 22

-nounc-

▶to report, to announce，表「報告；宣告」

變化形為 -nunci-。

🎧 mp3: 022

字首 + 字根

(de + nounc = denounce)

徐薇教你記 往下方報告，就是說不好的東西，也就是「斥責、譴責」。

de-（字首）向下
denounce [dɪˋnaʊns]（v.）譴責；指控；舉發

例 I **denounce** the use of violence when punishing children.
我要對在處罰孩童時使用暴力加以譴責。

字首 + 字根 + 字尾

(e + nunci + ate = enunciate)

徐薇教你記 對外去報告，也就是「發表、宣布」。

e-（字首）向外（ = 字首 ex-）
enunciate [ɪˋnʌnsɪˌet]（v.）清晰地發音；發表；宣布

例 You should **enunciate** clearly and speak slowly.
你應該仔細清晰地發表並說得慢一點。

舉一反三▶▶▶

初級字	an-（字首）朝向（ = 字首 ad-） **announce** [əˋnaʊns]（v.）宣布，發佈 **例** I would like to **announce** my daughter's wedding date. 我想要宣佈我女兒的婚期。
	pro-（字首）向前 **pronounce** [prəˋnaʊns]（v.）發音；宣稱；宣判 **記** 向前公開報告就是去「宣稱、宣判」，後來指最先說出來的東西，也就是「發音」。 **例** Teacher, how do you **pronounce** this word? 老師，這個字要怎麼發音？

實用字	**-ment**（名詞字尾）表「結果；狀態」 **announcement** [ə`naʊnsmənt]（n.）通告；布告；宣告 例 All the audience was waiting for the **announcement** of the best movie of the year. 所有觀眾都在等待年度最佳影片獎公佈。  **re-**（字首）返回；對著 **renounce** [rɪ`naʊns]（v.）聲明放棄；宣布中止 例 I **renounce** my claim to the throne, and I give the honor to my younger brother. 我聲明放棄我的王位，並將這份榮譽讓給我的弟弟。
進階字	**-ment**（名詞字尾）表「結果；手段；狀態；性質」 **pronouncement** [prə`naʊnsmənt]（n.）公開聲明 例 The minister made some **pronouncements** on the latest trade policies. 該名部長針對最近的貿易政策做出了一些聲明。  **un-**（字首）表「否定」 **unannounced** [ˏʌnə`naʊnst]（adj.）（adv.）未經宣佈的；突然的 例 The superstar appeared in the concert **unannounced** and made all the fans go crazy. 那名超級巨星突然現身演唱會中，令所有歌迷們為之瘋狂。

❓ Quiz Time

填空

（ ）1. 宣布：＿＿nounce 　（A）re 　（B）de 　（C）an

（ ）2. 發音：＿＿nounce 　（A）per 　（B）pre 　（C）pro

（ ）3. 譴責：＿＿nounce 　（A）re 　（B）de 　（C）an

（ ）4. 聲明放棄：＿＿nounce （A）re 　（B）de 　（C）an

（ ）5. 突然的：un＿＿ed 　（A）announc（B）annunc（C）nunci

解答：1. C 2. C 3. B 4. A 5. A

和「動作」有關的字根 23

-pass-/-pati-

▶to feel, to suffer，表「去感覺；受苦、受折磨」

🎵 mp3: 023

記 pass 當動詞時表「通過、經過」，事物凡走過必留下痕跡，就會有「感受」。

字根 + 字尾

pass + ion = passion

> **徐薇教你記** 心裡有感情、感受到折磨，就是因為感情太熱烈、太熾熱，也就是「熱情」。

-ion（名詞字尾）表「動作的狀態或結果」
passion [ˋpæʃən]（n.）熱情；愛好
例 I have a **passion** for restoring old sports cars.
我十分熱愛修復古董跑車。

pati + ent = patient

> **徐薇教你記** 讓人感受到像在折磨一般的性質就是「忍耐的、有耐心的」；生病就要有耐心養病，所以 patient 當名詞就是「病人」。

-ent（形容詞字尾）具…性質的
patient [ˋpeʃənt]（adj.）有耐心的
　　　　　　　　　　（n.）病人
例 Teachers should be **patient** and let their students try to answer questions on their own.
老師應該要有耐心，並讓學生嘗試自己回答問題。

舉一反三 ▶▶▶

> 初級字
>
> -ate（形容詞字尾）有…性質的
> **passionate** [ˋpæʃənɪt]（adj.）熱情的、熱烈的
> 例 Brian has no purpose in life; he's not **passionate** about anything.
> 布萊恩生活沒有目的，他對任何事都沒有熱情。

和「動作」有關的字根 -pass-/-pati-

com-（字首）一起（= 字首 co-）
compassion [kəm`pæʃən]（n.）憐憫；同情
例 Chinese are mostly known for their **compassion** for their fellowmen.
中國人最廣為人知的就是他們對同胞的憐憫與同情。

實用字

-ible（形容詞字尾）可…的
compatible [kəm`pætəbl]（adj.）能共處的；可相容的
例 I don't think that Holly and her boyfriend are **compatible** at all.
我一點也不認為荷莉和她男朋友能合得來。

im-（字首）表「否定」
impatient [ɪm`peʃənt]（adj.）不耐煩的；沒耐性的
例 The passengers became **impatient** when the bus got stuck in the traffic jam.
當公車被塞車卡住的時候，乘客們都開始不耐煩了起來。
比 inpatient（n.）住院病人

進階字

-ive（形容詞字尾）有…性質的
passive [`pæsɪv]（adj.）消極的；順從的；被動的
例 She was quite **passive** about pursuing her own career and got married when she was young.
她對追求事業很消極而且早早就結婚了。

dis-（字首）表「相反動作」
dispassionate [dɪs`pæʃənɪt]（adj.）冷靜的；鎮定的
例 He tried to speak in a **dispassionate** tone, but actually he was a passionate person.
他試著用冷靜的音調講話，但實際上他是個很熱情的人。

? Quiz Time

拼出正確單字

1. 熱情　＿＿＿＿＿＿＿＿＿＿

2. 同情　＿＿＿＿＿＿＿＿＿＿

3. 熱情的　＿＿＿＿＿＿＿＿＿＿

4. 消極的 _____

5. 不耐煩的 _____

解答：1. passion 2. compassion 3. passionate 4. passive 5. impatient

和「動作」有關的字根 24

-pet-

to seek, to strive，表「尋求；奮力、努力」

記 pet 寵物，寵物不見了常要花很多力氣去尋找。

🎧 mp3: 024

字根 + 字尾

pet + tion = petition

徐薇教你記 要尋求協助、努力提出要求，就是在「請願、申訴」，名詞就指「請願書」。

-tion（名詞字尾）表「動作的狀態或結果」

petition [pəˋtɪʃən]（n.）請願書
（v.）請願；申訴

例 Hundreds of people signed the **petition** against the proposal of building a dump near this neighborhood.
上千人簽署請願書反對要在這個社區附近蓋垃圾場的提案。

字首 + 字根

com + pet = compete

徐薇教你記 大家一起奮力尋求勝利，就是在「競爭、爭奪」。

com-（字首）一起；共同（= 字首 co-）

compete [kəmˋpit]（v.）競爭；爭奪

例 Many grocery stores closed because it is difficult for them to **compete** against supermarkets and big malls.
許多雜貨店關門了，因為要跟超市和大賣場競爭太困難了。

和「動作」有關的字根 **-pet-**

字首 + 字根 + 字尾

(ap + pet + ite = appetite)

徐薇教你記 生物的基本需求就是要去尋找食物來吃，會促使你去找食物、和這個本能有關的就是你的「食欲」。

ap-（字首）去；朝向（= 字首 ad-）
　　-ite（名詞字尾）與⋯有關
appetite [ˈæpəˌtaɪt]（n.）食欲

例 Both my teenage children always have good **appetites**.
我的兩個青春期孩子總是食欲旺盛。

舉一反三▶▶▶

初級字	re-（字首）再次；回來 **repeat** [rɪˈpit]（v.）重覆 例 The teacher asked the students to **repeat** the word after him. 老師要學生們跟著他重覆唸一次這個字。
	-tion（名詞字尾）表「動作的狀態或結果」 **competition** [ˌkɑmpəˈtɪʃən]（n.）競爭 例 Many young students wanted to take part in the street dance **competition**. 許多年輕學生想參加街舞比賽。
實用字	-ence（名詞字尾）表「情況、性質、行為」 **competence** [ˈkɑmpətəns]（n.）能力；勝任；稱職 例 The job candidates have to demonstrate their **competence** in coding and programming. 想應徵這份工作的人必須展現編碼和寫程式的能力。
	im-（字首）使進入（= 字首 in-） **impetus** [ˈɪmpətəs]（n.）推動力 例 The newly elected officials added the **impetus** to the reform. 新選出的官員們為改革增加了動力。
進階字	sym-（字首）和⋯一起；同時（= 字首 syn-） **symptom** [ˈsɪmptəm]（n.）症狀，徵候 例 Cough and fever are typical cold **symptoms**. 咳嗽和發燒是典型的感冒症狀。

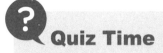

per- （字首）整個的；完全的
perpetual [pɚˈpɛtʃʊəl]（adj.）永久的；長期的

例 Many deep-sea creatures living in **perpetual** darkness are equipped with light-producing organs.
許多生活在永久黑暗中的海底生物身上都有能發光的器官。

? Quiz Time

依提示填入適當單字

直↓　1. The teacher asked the students to _____ the word after him.

　　　3. It's hard for the little boy to _____ against the big guy.

　　　5. Eating a cake before dinner may spoil your _____.

橫→　2. The newly elected officials added the _____ to the reform.

　　　4. They hope to live in _____ happiness.

　　　6. Almost every resident signed the _____.

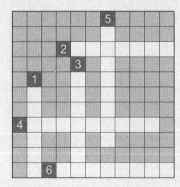

解答：1. repeat　2. impetus　3. compete　4. perpetual　5. appetite　6. petition

-ple-/-plet-

▶to fill，表「填滿」

 mp3: 025

字首 + 字根

com + plet = complete

徐薇教你記 大家一起把東西填進去、填滿它，事情就「完成」了。

com-（字首）共同；一起（= 字首 co-）
complete [kəm`plit]（v.）完成
（adj.）完全的；徹底的

例 With the latest development in engineering, the bridge only took one year to **complete**.
隨著最新工程的發展，這座橋只花了一年就完成了。

字根 + 字尾

plen+ ty = plenty

徐薇教你記 東西填滿的狀態就表示很「大量、充足、很足夠」。

-ty（名詞字尾）表「狀態、性質」
plenty [`plɛntɪ]（n.）大量；充足；豐富
（adj.）很多的；足夠的

例 You will never feel bored since we have **plenty** for you to see, to do, and to play with in our resort.
在我們的渡假村你絕不會感到無聊，因為我們有太多太多讓你去看、去做和去玩的東西。

mani + pul + ate = manipulate

徐薇教你記 以手做出去填滿、填入的動作,就表示在「以手操控、控制」。

-mani-(字根)手

　　　　　-ate(動詞字尾)做出…動作

manipulate [mə`nɪpjəˌlet] (v.) 用手操控;用手控制

例 The robotic arms in the factory are **manipulated** by the central computer.
這間工廠裡的機械手臂是由中央電腦來操控的。

舉一反三 ▶▶▶

初級字	sup-(字首)從下往上(= 字首 sub-) **supply** [sə`plaɪ] (v.) 供應 　　　　　　　(n.) 供應量 **例** Mangos are in short **supply** due to the typhoons this summer. 由於颱風的關係,今年夏天芒果供貨短缺。
	ac-(字首)去;朝向(= 字首 ad-) **accomplish** [ə`kɑmplɪʃ] (v.) 完成;達成;實現 **例** The task force **accomplished** the mission of saving the hostages held by the terrorists. 特遣部隊最終完成任務救出被恐怖分子挾持的人質。
實用字	-ment(名詞字尾)表「結果、手段;狀態、性質」 **complement** [`kɑmpləmənt] (v.) 補充;為…增色 　　　　　　　　　(n.) 搭配物;(文法)補語 **例** The orange sorbet **complements** the cheese cake perfectly. 搭配香橙冰沙讓起司蛋糕更臻完美。
	-ment(名詞字尾)表「結果、手段;狀態、性質」 **supplement** [`sʌpləmənt] (v.) 增補;把…補足 　　　　　　　　　(n.) 補充物;增補物 **例** The doctor recommended that she take vitamin **supplements** every day. 醫生建議她每天服用維生素補充劑。

和「動作」有關的字根 -ple-/-plet-

進階字

im-（字首）在裡面（= 字首 in-）
implement [`ɪmpləmənt]（v.）實施；執行

例 The new Fintech Law will be **implemented** next year.
新的金融科技法將於明年實施。

de-（字首）去除；離開
deplete [dɪ`plit]（v.）消耗；耗費

例 The offshore fishery resources have been **depleted** due to overfishing.
近海漁業資源因過度捕撈而不斷嚴重消耗。

Quiz Time

從選項中選出適當的字填入空格中使句意通順

complete / plenty / complement / supply / supplement

1. She takes vitamin _____s every day.

2. The orange sorbet _____s the cheese cake perfectly.

3. Mangos are in short _____ due to the typhoons this summer.

4. We still have _____ of time. Take it easy.

5. It took them one year to _____ the project.

解答：1. supplement 2. complement 3. supply 4. plenty 5. complete

和「動作」有關的字根 26

-ply-

▶to fold，表「摺疊」

變形包括 -play-, -plex-, -plic, -ploy- 等。

🎧 mp3: 026

字首 + 字根

ap + ply = apply

> **徐薇教你記** 向前去摺，把文件摺起來，就是為了要「申請、應徵」。

ap-（字首）朝向；去（= 字首 ad-）

apply [ə`plaɪ]（v.）申請；請求；應徵

例 You should send your résumé first when **applying** for the job.
在求職之前你要先寄你的履歷表過去。

im + ply = imply

> **徐薇教你記** 彎曲向內摺，也就是包含在內；包含在話裡的意思，就是「意有所指、暗示」。

im-（字首）進入（= 字首 in-）

imply [ɪm`plaɪ]（v.）暗示；意有所指

例 I am not **implying** that you are fat, but eating less is healthier.
我沒有說你胖的意思，但吃少一點比較健康。

re + ply = reply

> **徐薇教你記** 把原本摺好的文件加上一些東西後再摺起來回給你，就是「回覆」。

re-（字首）返回；再次

reply [rɪ`plaɪ]（v.）回應；答覆

例 There is no need for you to **reply** to the company's nasty letter.
你不需要回覆那家公司的惡意信件。

字首 + 字根 + 字尾

du + plic + ate = duplicate

徐薇教你記 把東西摺成兩份，也就是「複製、影印」，被複製出來的東西就是「複製品」。

du-（字首）兩個

duplicate [ˈdjupləˌket]（v.）複製；影印；重複

[ˈdjupləkɪt]（n.）複製品；副本

（adj.）複製的；副本的

例 Let's make a **duplicate** copy of this in case we lose the original.
我們把這個影印一份吧，以免原來的那一份弄丟了。

舉一反三▶▶▶

初級字	dis-（字首）表「相反動作」 **display** [dɪsˈple]（v.）展示；展覽 例 They usually **display** free samples next to the aisle to encourage buying. 他們通常在走道旁展示免費樣品以鼓勵購買。
	tri-（字首）三個 **triple** [ˈtrɪpl̩]（adj.）三倍的 例 We got a **triple** scoop of strawberry ice cream. 我們拿了一球三倍大的草莓冰淇淋。
實用字	em-（字首）使成為；使進入…狀態（= 字首 en-） **employ** [ɪmˈplɔɪ]（v.）雇用 例 They **employed** a few part-timers to do the paperwork. 他們雇用了一些兼職人員來做文書工作。
	multi-（字首）多的、大量的 **multiply** [ˈmʌltəplaɪ]（v.）相乘；倍增 例 If you **multiply** ten by ten, you get one hundred. 如果你將十乘上十，你會得到一百。
進階字	com-（字首）一起（= 字首 co-） **complex** [ˈkɑmplɛks]（n.）複合物；綜合體 （adj.）錯綜複雜的；複合的 記 大家都摺在一起，就變成「錯綜複雜的」；錯綜複雜的情緒，表示「情結」，如：Oedipus complex 戀母情結。 例 Immigration is a **complex** problem. 移民是個錯綜複雜的問題。

re-（字首）再次；返回
replicate [ˈrɛplɪ͵ket]（v.）摺疊；複製

例 If you own a McDonalds franchise, you just need to **replicate** their system.
如果你加盟麥當勞，你只需要複製他們的供銷系統就可以了。

Quiz Time

填空

( ) 1. 暗示：___ply　　　（A）re　（B）im　（C）ap

( ) 2. 展示：dis___　　　（A）ply　（B）ploy　（C）play

( ) 3. 錯綜複雜的：___plex　（A）com　（B）du　（C）re

( ) 4. 複製品：___cate　　（A）repli　（B）multi　（C）dupli

( ) 5. 三倍的：tri___　　　（A）ple　（B）ply　（C）plex

解答：1. B 2. C 3. A 4. C 5. A

和「動作」有關的字根 27

-priv-

▶to own，表「擁有」

mp3: 027

字根 + 字尾

priv + ate = private

徐薇教你記 具有擁有的性質的，就是「私人的、非公開的」。

-ate（形容詞字尾）有…性質的
private [ˈpraɪvɪt]（adj.）私人的；非公開的

例 Many students have to take out a student loan if they apply to **private** colleges.
若申請私立大學，許多學生得辦就學貸款。

單字 + 字尾

private + cy = privacy

-cy（名詞字尾）表「狀態或職務」
privacy [ˋpraɪvəsɪ]（n.）隱私權

例 The star claimed that the paparazzi invaded her **privacy**.
那明星宣稱狗仔隊侵犯了她的隱私。

字首 + 字根

de + priv = deprive

徐薇教你記 把你擁有的東西徹底拿掉，就是「剝奪」。

de-（字首）徹底地；離開
deprive [dɪˋpraɪv]（v.）剝奪

例 We can't **deprive** children of the chance to make mistakes; otherwise, they won't learn how to solve problems by themselves.
我們不能剝奪孩子犯錯的機會，不然他們學不會自己解決問題。

舉一反三 ▶▶▶

初級字	semi-（字首）一半 **semiprivate** [ˌsɛmɪˋpraɪvɪt]（adj.）半私有半公共的 **例** The new condo features an individual sea-view balcony and spacious **semiprivate** garage. 這個新大樓主打每戶都有獨立的海景陽台以及寬敞的半私人車庫。
	-ize（動詞字尾）使…化、使變成…狀態 **privatize** [ˋpraɪvɪtaɪz]（v.）使私有化 **例** The government decided to **privatize** the energy sector. 政府決定要將能源業私有化。
實用字	-ion（名詞字尾）表「動作的狀態或結果」 **deprivation** [ˌdɛprɪˋveʃən]（n.）剝奪；匱乏 **例** My grandpa was born in wartime and lived a life of material **deprivation** when he was young. 我外公是在戰爭時出生的，小時候過著物資匱乏的生活。

和「動作」有關的字根 **-priv-**

-leg-（字根）法律

privilege [`prɪvl̩ɪdʒ]（n.）特權；榮幸

記 屬於個人擁有的法律，就是「特權」。

例 Most people hate the **privilege** that wealthy people have; or, more precisely, envy.
大部分的人都厭惡有錢人所享的特權，或更精確的說，是羨慕。

進階字

-ation（名詞字尾）表「動作的狀態或結果」

privation [praɪˋveʃən]（n.）匱乏；貧困

例 People in this country suffered from economic **privation** due to the international sanctions.
因為國際制裁的關係，這個國家的人民飽受經濟貧困所苦。

-y（形容詞字尾）含有⋯的

privy [`prɪvɪ]（adj.）私下知道的；不公開的

例 Don't ask me. I am not **privy** to the decision made in the board meeting.
別問我。我不可能知道董事會中做的決定。

Quiz Time

中翻英，英翻中

（　）1. deprive 　（A）使私有化　（B）剝奪　　（C）不公開的

（　）2. 私人的　 　（A）privy　　 （B）privacy 　（C）private

（　）3. privilege 　（A）特權　　　（B）匱乏　　（C）共同利益關係

（　）4. 隱私權　 　（A）privy　　 （B）privacy 　（C）private

（　）5. privation 　（A）剝奪　　　（B）榮幸　　（C）貧困

解答：1. B 2. C 3. A 4. B 5. C

-rect-

▶to straighten，表「使變直」

🎧 mp3: 028

字首 + 字根

co + rect = correct

> **徐薇教你記** 一起來讓它變正直、變得正確，也就是在做「修正、改正」。

CO-（字首）一起
correct [kəˋrɛkt]（v.）修正、改正
　　　　　　　　（adj.）正確的

例 You made a good effort, but your answer is not **correct**.
你很努力，但你的答案不對。

字根 + 字尾

rect + tude = rectitude

> **徐薇教你記** 有直的、不歪斜的性質，也就是「正直、公正」。

-tude（名詞字尾）表「抽象性質、狀態」
rectitude [ˋrɛktəˌtjud]（n.）正直、公正

例 He is a man of high **rectitude** and moral character.
他是個很公正、道德標準也很高的男人。

字根 + 單字

rect + angle = rectangle

> **徐薇教你記** 角度是直的、有四個直角的形狀，就是「長方形」。

angle [ˋæŋgl̩]（n.）角度
rectangle [ˋrɛktæŋgl̩]（n.）長方形

例 The basic design of my high school building is just a simple **rectangle**.
我們高中學校建築物的基本設計是一個簡單的長方形。

(an + orexis + ia = anorexia)

徐薇教你記 an- 沒有；orexis 希臘文，來自 -rect-，原指伸直手去拿食物，後衍生為「食慾」；-ia 疾病。anorexia 沒有食慾的病，叫做「厭食症」。

an- （字首）表「否定」
anorexia [ˌænəˋrɛksɪə] （n.）厭食症

例 You can tell that Teresa has **anorexia** by her scrawny, unhealthy-looking body.
從泰瑞莎骨瘦如柴、看起來很不健康的身體，你就可以看得出她有厭食症。

舉一反三▶▶▶

初級字	-ion （名詞字尾）表「動作的狀態或結果」 **correction** [kəˋrɛkʃən] （n.）修正、改正 例 The teacher made a lot of **corrections** on the student's paper. 老師在那位學生的報告上做了很多修改。
	di- （字首）離開 **direct** [dəˋrɛkt] （v.）指揮；指導 （adj.）直接的 例 You're not rude; you're merely **direct**. 你不是粗魯，你只是很直接。
實用字	e- （字首）向外（= 字首 ex-） **erect** [ɪˋrɛkt] （v.）使豎起；使直立 （adj.）直立的 例 The memorial statue was **erected** in 1930. 這座紀念雕像豎立於一九三〇年。
	in- （字首）表「否定」 **incorrect** [ˌɪnkəˋrɛkt] （adj.）不正確的；錯誤的 例 The teacher told me that the answer was **incorrect**. 老師告訴我這個答案是錯誤的。
進階字	lineal [ˋlɪnɪəl] （adj.）線的；線狀的 **rectilineal** [ˌrɛktəˋlɪnɪəl] （adj.）沿著直線的；直線的 例 You can see how well-trained these children are, since they stand in such a **rectilinear** line. 從孩子們站成那麼直的一條線來看，你就可以知道他們訓練得多麼好。

> re-（字首）再次；返回
> **resurrect** [ˌrɛzəˈrɛkt]（v.）使復活、使復甦
> 例 Jesus Christ was **resurrected** almost two thousand years ago.
> 耶穌在二千年前曾經死而復生。

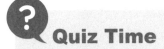
Quiz Time

拼出正確單字

1. 長方形 _____
2. 正確的 _____
3. 直接的 _____
4. 使直立 _____
5. 正直 _____

解答：1. rectangle 2. correct 3. direct 4. erect 5. rectitude

和「動作」有關的字根 29

-rupt-
▶to break，表「打破」

mp3: 029

單字 + 字根

bank + rupt = bankrupt

徐薇教你記 銀行破掉了，也就沒有錢，表示「破產」。

bank [bæŋk]（n.）銀行
bankrupt [ˈbæŋkrʌpt]（adj.）破產的

例 After a solid year of unemployment, Lisa was totally **bankrupt**.
經過一整年的失業，莉莎完全破產了。

(cor + rupt = corrupt)

徐薇教你記 一起把規則給打破了，也就是不走正當路線，而去「賄賂、貪污」。

cor- (字首) 一起 (= 字首 co-)
corrupt [kə`rʌpt] (adj.) 腐敗的；貪污的；墮落的

例 The leader was so **corrupt** that he embezzled millions of dollars.
那個貪污的領導人挪用了好幾百萬的公款。

(rupt + ure = rupture)

徐薇教你記 打破的結果，東西就「破裂」了。

-ure (名詞字尾) 表「過程；結果；上下關係的集合體」
rupture [`rʌptʃə] (n.) 破裂

例 There was a **rupture** between the two families after their granny died.
這兩個家庭自從他們的祖母過世後就開始有嫌隙了。

舉一反三▶▶▶

初級字	-ion (名詞字尾) 表「動作的狀態或結果」 **corruption** [kə`rʌpʃən] (n.) 貪污；敗壞；損毀 例 There must be some **corruption** of the data in your computer. 你電腦裡一定有些檔案毀損了。
	dis- (字首) 除去；拿開 **disrupt** [dɪs`rʌpt] (adj.) 破裂的；中斷的 (v.) 使分裂；使瓦解；使中斷 例 You shouldn't **disrupt** Henry when he is trying to conduct his chemistry experiment. 你不應該在亨利試著進行他的化學實驗時打斷他。
實用字	ab- (字首) 分離 **abrupt** [ə`brʌpt] (adj.) 突然的、意外的 例 The movie came to an **abrupt** end when the fire alarm went off. 當火警警報響起時，電影就突然中斷了。

e- （字首）向外（= 字首 ex-）
erupt [ɪˋrʌpt] （v.）迸出；噴出；爆發

例 My father absolutely **erupted** when he found out I was dating a boy at school.
當我爸發現我在學校跟男生約會，他徹底大發雷霆。

進階字

inter- （字首）在…之間
interrupt [ɪntəˋrʌpt] （v.）打斷；中斷；阻礙

記 彼此之間的關係破了，也就是被「干擾、打斷」。

例 It's not polite to **interrupt** others just so you can give your opinion.
打斷別人以提出自己的意見是很不禮貌的。

ir- （字首）進入（= 字首 in-）
irrupt [ɪˋrʌpt] （v.）侵入；闖進；感情迸發

例 The deer population **irrupted** in the USA when nearly all the wolves were killed.
當幾乎所有的狼都被撲殺時，美國鹿群的數量突然爆增。

? Quiz Time

將下列選項填入正確的空格中

（A）ab （B）cor （C）bank （D）dis （E）e

_____ 1. 中斷 = _____ + rupt

_____ 2. 突然的 = _____ + rupt

_____ 3. 噴出 = _____ + rupt

_____ 4. 破產的 = _____ + rupt

_____ 5. 貪污的 = _____ + rupt

解答：1. D 2. A 3. E 4. C 5. B

-sci-

▶to know，表「知道；瞭解」

🎧 mp3: 030

衍生字

sci-fi

徐薇教你記 簡化自 science fiction。杜撰的科學故事，就是「科幻故事」。

sci-fi [ˋsaɪˋfaɪ]（n.）科幻小說

例 The *Star Wars* movies are the most famous **sci-fi** movies of all time.
電影「星際大戰」是有史以來最知名的科幻電影。

字根 + 字尾

sci + ence = science

徐薇教你記 人類所知道、瞭解的情況，就是「科學」。

-ence（名詞字尾）表「情況；性質；行為」
science [ˋsaɪəns]（n.）自然科學

例 There are some things about our lives that **science** just can't explain.
我們生活中有一些東西是科學無法解釋的。

字首 + 字根 + 字尾

con + sci + ence = conscience

徐薇教你記 一起把所知的東西貢獻出來，也就是人類善的表現，意思就是「良知、善惡觀念」。

con-（字首）一起（= 字首 co-）
conscience [ˋkɑnʃəns]（n.）良知、善惡觀念

例 My **conscience** will not allow me to accept money for doing nothing.
我的良知不允許我只拿錢不做事。

字根 + 字尾 + 字尾

> **sci + ole + ist = sciolist**

徐薇教你記 知道的東西只有少少一點點的專家，也就是「佯裝很懂，實際上只知道一點點的人」，也就是「半瓶醋」。

-ole（字尾）小的
    -ist（名詞字尾）專精…的人
sciolist [ˋsaɪəlɪst] (n.) 一知半解的人；半瓶醋

🔲 It turns out that the professor is a mere **sciolist**, and doesn't really know much about the behavior of dinosaurs.
結果那名教授不過是個只懂一點皮毛的半瓶醋，關於恐龍的行為他知道的並不多。

舉一反三▶▶▶

初級字	con-（字首）一起（= 字首 co-） **conscious** [ˋkɑnʃəs]（adj.）有知覺的；神智清醒的 🔲 After one week on the breathing machine, my brother was finally **conscious** and able to speak with us again. 在綁著呼吸器一週後，我哥哥終於又恢復意識並且可以再度和我們說話了。
	-ist（名詞字尾）專精…的人 **scientist** [ˋsaɪəntɪst]（n.）科學家 🔲 Some **scientists** believe that global warming will destroy the Earth soon. 一些科學家相信全球暖化將會迅速使地球毀滅。
實用字	sub-（字首）在…之下 **subconscious** [sʌbˋkɑnʃəs]（adj.）下意識的 🔲 This song has a deep, **subconscious** effect on me that I can't explain. 這首歌對我有種說不出來、很難解釋的潛意識影響。
	un-（字首）表「相反動作」 **unconscious** [ʌnˋkɑnʃəs]（adj.）不省人事的；失去知覺的 🔲 The girl remained **unconscious** for two days after the terrible accident. 那小女孩在發生可怕意外後昏迷了兩天。

-neg-（字根）表「否定」

nescient [ˋnɛʃɪənt]（adj.）無知的

例 Many young people nowadays are quite **nescient** about current international affairs.

現今許多年輕人對當前國際事務相當無知。

pseudo-（字首）假的

pseudoscience [ˏsudoˋsaɪəns]（n.）偽科學

例 Alchemy was described as a typical **pseudoscience** in the 19th century.

十九世紀時，鍊金術被視為典型的偽科學。

Quiz Time

拼出正確單字

1. 科學　　　＿＿＿＿＿＿＿＿＿＿＿

2. 科學家　　＿＿＿＿＿＿＿＿＿＿＿

3. 良知　　　＿＿＿＿＿＿＿＿＿＿＿

4. 有知覺的　＿＿＿＿＿＿＿＿＿＿＿

5. 不省人事的＿＿＿＿＿＿＿＿＿＿＿

解答：1. science 2. scientist 3. conscience 4. conscious 5. unconscious

和「動作」有關的字根 31

-sequ-

▶to follow，表「跟隨」

變形包括 -secu-, -sue-。sue 當名詞、S 大寫時，是女生的名字 Sue（蘇），當動詞時，指「控訴」。

記 Sue 跟在你後面找控訴你的證據。

🎧 mp3: 031

衍生字

(suit)

徐薇教你記 原指隨法官的傳喚而參與法庭事務，後來用來指「訴訟（lawsuit）」。參與法庭事務要穿正式的服裝，因此又衍生出「套裝、西裝」的字義。

suit [sut]（n.）套裝；西裝

例 The man wore a black **suit** to attend the funeral.
那男人穿了一套黑色西裝去參加喪禮。

字首 + 字根

(pur + sue = pursue)

徐薇教你記 向前去跟隨，表示「追趕、追求」。

pur-（字首）向前（= 字首 pro-）
pursue [pɚˋsu]（v.）追趕；追蹤；追求

例 If you want to **pursue** the criminals, you'll need a faster car than this one.
如果你想要追趕罪犯，你需要一部比這台還要快的車。

secu + undus = second

徐薇教你記 -secu- 跟隨，-undus 拉丁文的形容詞字尾。second 跟在後面的，也就是「第二的」。把一小時切開，第一個小單位是分鐘（minute），次一個的小單位則是秒（second），所以「秒」也是 second。

second [ˋsɛkənd]（n.）(1) 第二；(2) 秒

（adj.）第二的；次要的

例 The world record for 100-meter dash now is 9.58 **seconds**.
一百公尺短跑目前世界最快的紀錄為九點五八秒。

con + sequ + ence = consequence

徐薇教你記 一起接在後面來的情況，也就是指事情的「結果、後果」。

con-（字首）一起（= 字首 co-）
consequence [ˋkɑnsəˏkwɛns]（n.）結果；後果；重要性

例 What are the **consequences** of years of heavy drug use?
重度吸毒多年的後果會是什麼樣子？

舉一反三 ▶▶▶

初級字	-el（名詞字尾）表「抽象名詞」 **sequel** [ˋsikwəl]（n.）隨之而來的事；續集 例 I loved the original movie, but the **sequel** was terrible. 我喜歡原著的那部電影，但是續集實在是太糟糕了。
	sub-（字首）在…下面 **subsequent** [ˋsʌbsɪˏkwɛnt]（adj.）後來的；其後的；隨後的 例 All **subsequent** phone calls will be forwarded to another office. 所有接下來的電話都將被轉接到另一個辦公室。
實用字	con-（字首）一起（= 字首 co-） **consecutive** [kənˋsɛkjutɪv]（adj.）連續不斷的；連貫的 例 I have been working for fifteen **consecutive** hours; I think I need a break. 我已經連續工作十五小時了，我認為我需要休息一下。

和「動作」有關的字根 **-sequ-**

ex-（字首）向外
execute [ˋɛksɪͺkjut]（v.）執行；處死
例 The man was **executed** for assassinating the President.
該名男子因暗殺總統而被處死。

進階字

en-（字首）使成為；使進入…狀態
ensue [ɛnˋsu]（v.）接著發生；接踵而來
例 A total melee **ensued** after the football game was over.
足球比賽結束後，全面的互毆混亂隨之而來。

ob-（字首）朝向
obsequious [əbˋsikwɪəs]（adj.）諂媚的；逢迎拍馬的
例 The customers were greeted by the **obsequious** shopkeeper.
顧客們由該名逢迎諂媚的店長來接待。

Quiz Time

中翻英，英翻中

(　) 1. 後果　(A) consequence　(B) consecutive　(C) subsequent

(　) 2. execute (A) 接踵而來　(B) 連貫的　(C) 執行

(　) 3. 次要的 (A) second　(B) sequel　(C) ensue

(　) 4. pursue (A) 諂媚的　(B) 追求　(C) 處死

(　) 5. sequel (A) 後來的　(B) 重要性　(C) 續集

解答：1. A 2. C 3. A 4. B 5. C

和「動作」有關的字根 32

-soci-

▶to join, to accompany，表「結合；陪伴」

🎧 mp3: 032

字根 + 字尾

soci + able = sociable

> **徐薇教你記** 可以陪伴的，表示個性是「喜歡社交的」。

-able（形容詞字尾）可…的
sociable [`sofəbḷ]（adj.）喜好社交的、愛交際的
例 Loretta is quite **sociable**. She goes to parties every week.
羅瑞塔很愛交際。她每個禮拜都參加派對。

字首 + 字根 + 字尾

as + soci + ate = associate

> **徐薇教你記** 朝著結合起來的方向前進，就是讓彼此「有關聯」，也就會被「聯想」在一起。

as-（字首）朝向（= 字首 ad-）
associate [ə`sofɪet]（v.）聯想；使聯合
[ə`sofɪɪt]（n.）同事；合夥人
例 Frank is an **associate** of mine at work, but he's not my best friend.
法蘭克是我工作上的同事，但不是我最好的朋友。

舉一反三▶▶▶

初級字

social [`sofəl]（adj.）社會的；社交的
例 Facebook is the most popular **social** networking site in the world.
臉書是全球最受歡迎的社交網站。

-ty（名詞字尾）表「狀態、性質」

society [sə`saɪətɪ]（n.）社會；社團；協會

例 We need to find a solution which helps the whole **society**, not just a few people.
我們需要找到一個能幫助整個社會，而不是只幫到少數人的方案。

實用字

anti-（字首）反…的；對抗

antisocial [ˏæntɪ`soʃəl]（adj.）反社會的；不愛交際的

例 Debbie is so **antisocial** that she sits by herself in the corner of the room.
黛比很不愛交際，所以她獨自一人坐在房間的角落。

associate [ə`soʃˏɪet]（v.）聯想；使聯合；使結合
association [əˏsoʃɪ`eʃən]（n.）(1) 協會；社團 (2) 聯合；聯盟

例 The NBA stands for National Basketball **Association**.
NBA 這三個英文字母代表的是「全國籃球聯盟」。

進階字

-ize（動詞字尾）使…化

socialize [`soʃəˏlaɪz]（v.）使適於社會生活；參與社交

例 I used to **socialize** with Megan's friends, but I avoid them now.
我曾經和梅根的朋友們來往，但我現在會躲遠點。

-ology（名詞字尾）學科

sociology [ˏsoʃɪ`ɑlədʒɪ]（n.）社會學

例 A **sociology** professor is doing research about how humans interact in large groups.
有位社會學教授正在研究人們在大團體裡如何互動。

❓Quiz Time

從選項中選出適當的字填入空格中使句意通順

associate / social / sociable / society / association

1. Facebook is the most popular _____ networking site in the world.

2. Erica is quite _____. She loves going to parties.

3. I hope the new policy will bring benefits to the _____.

4. Most people _____ this brand with good quality.

5. The NBA stands for National Basketball _____.

解答：1. social 2. sociable 3. society 4. associate 5. Association

和「動作」有關的字根 33

-solv-/-solut-

▶to loosen，表「鬆開」

🎧 mp3: 033

衍生字

solve [sɑlv]（v.）解決；解答

📖 The king said he would marry off his daughter to whoever **solved** the puzzle.
國王說如果有人解開這個謎題，他就會把他的女兒嫁給他。

字根 + 字尾

solut + ion = solution

徐薇教你記 緊繃的事態能放鬆就是因為有了「解決方法」。

-ion（名詞字尾）表「動作的狀態或結果」

solution [sə`luʃən]（n.）（1）解決方案；（2）溶液

📖 The teacher wanted the students to find the **solution** to the math problem by themselves.
老師希望學生們自己找到這題數學題的解法。

字首 + 字根

dis + solv = dissolve

徐薇教你記 原本結塊在一起的東西都鬆開、散掉了，就是「溶解」了；集合在一起的人分散開了，就是「解散」了。

dis-（字首）分開

dissolve [dɪˋzɑlv]（v.）溶解；解除；解散

例 Sugar **dissolves** more quickly in warm water than in cold water.
糖在溫水中溶得比在冷水中快。

字首 + 字根 + 字尾

re + solut + ion = resolution

re-（字首）回來

-ion（名詞字尾）表「動作的狀態或結果」

resolution [͵rɛzəˋluʃən]（n.）決心；正式決議；（螢幕）解析度

例 I made a new year's **resolution** to lose five kilograms in three months.
我的新年新願望是三個月內減重五公斤。

舉一反三 ▶▶▶

初級字	re-（字首）回來 **resolve** [rɪˋzɑlv]（v.）解決；下定決定 （n.）決心；堅定的意念 例 The two companies **resolved** that the merger be made within this month. 這兩間公司決定在本月內進行合併。
	ab-（字首）離開 **absolutely** [ˋæbsə͵lutlɪ]（adv.）絕對地；完全地 例 This is **absolutely** the funniest joke that I have ever heard. 這絕對是我聽過最好笑的笑話了。
實用字	-able（形容詞字尾）可…的 **insoluble** [ɪnˋsɑljəbḷ]（adj.）不溶的；無法解決的 例 Everyone knows that oil is **insoluble** in water. 每個人都知道油不溶於水。
	in-（字首）表「否定」 **indissoluble** [͵ɪndɪˋsɑljəbḷ]（adj.）牢不可破的；穩定持久的 例 The two countries have kept an **indissoluble** friendship with each other for decades. 這兩國維持牢不可破的邦誼已有數十年之久。
進階字	**resolute** [ˋrɛzə͵lut]（adj.）堅決的；果敢的 例 Some men may seem tough and **resolute**, but they can be vulnerable sometimes. 有些男人看起來可能強悍又果決，但他們有時候也是很脆弱的。

和「動作」有關的字根 **-solv-/ -solut-**

> **ir-** （字首）表「否定」（= 字首 in-）
>
> **irresolution** [ˌɪrɛzəˈluʃən] （n.）優柔寡斷；猶豫
>
> 例 After a long while of anguished **irresolution**, he signed his name on the DNR form for his wife.
> 在痛苦猶豫了好久之後，他在他太太的放棄急救同意書上簽了字。

Quiz Time

依提示填入適當單字

1. 解開謎題　　　to ＿＿＿＿＿＿＿＿ the puzzle

2. 問題的解決方法　the ＿＿＿＿＿＿＿＿ to the problem

3. 新年新願望　　new year's ＿＿＿＿＿＿＿＿

4. 溶在水中　　　to ＿＿＿＿＿＿＿＿ in water

5. 牢不可破的友誼　an ＿＿＿＿＿＿＿＿ friendship

解答：1. solve　2. solution　3. resolution　4. dissolve　5. indissoluable

和「動作」有關的字根 34

-spons-

▶to promise，表「許諾」

🎧 mp3: 034

衍生字

(spouse)

徐薇教你記　來自拉丁文 spondere，意思是「結合起來、神聖地承諾」，引申指互相許諾、結合在一起的伴侶，也就是「配偶」。

spouse [spauz]（n.）配偶

例 Some people in the world practice polygamy; that is to say, they have more than one **spouse** at the same time.
世上有些人實行多配偶制，也就是說，他們同時有不只一位配偶。

字根 + 字尾

spons + or = sponsor

徐薇教你記　做出承諾來幫助的人就是「資助者」；資助者所做的就是「資助、贊助」。

-or（名詞字尾）做…的人或事物

sponsor [ˋspɑnsɚ]（n.）資助者
（v.）支持；贊助

例 The show was **sponsored** by the food company, so we kept seeing its logo during the show.
這個節目是由那家食品公司贊助的，所以我們在節目中不斷看到那家公司的標誌。

字首 + 字根

re + spons = response

徐薇教你記　你提出一件事，我許諾回來給你，就是「回應、回答」。

re-（字首）回來；再次

response [rɪˋspɑns]（n.）回應；回答

例 I called the department store to complain several times but they didn't give me any positive **response**.
我打了幾次抱怨電話到那家百貨，但他們都沒給我任何正面回覆。

respond [rɪˋspɑnd]（v.）回應；回答

例 The company hasn't **responded** to my complaint.
那家公司還沒有回應我的抱怨。

舉一反三▶▶▶

初級字

-ible（形容詞字尾）可…的
responsible [rɪˋspɑnsəbl̩]（adj.）負有責任的；掌管…
例 Our department is **responsible** for the company's annual party this year.
我們部門今年要負責籌辦公司的年度派對。

	-ity（名詞字尾）表「狀態、性格、性質」 **responsibility** [rɪˌspɑnsəˈbɪlətɪ]（n.）責任 例 It's the parents' **responsibility** to take good care of their children before they grow up. 在小孩長大前好好照顧孩子是做父母親的責任。
實用字	**ir-**（字首）表「否定」（= 字首 in-） **irresponsible** [ɪrɪˈspɑnsəbḷ]（adj.）不負責任的；無責任感的 例 He shouldn't have made such **irresponsible** comments since he is the leader of the project. 既然他是這個計劃的領導，那他就不應該說那麼不負責任的評語。
	co-（字首）共同；一起 **correspond** [ˌkɔrɪˈspɑnd]（v.）相當於…；對應；通信 例 The husband's accounts didn't **correspond** with his wife's, so the prosecutor decided to ask their child. 那名丈夫的陳述內容和他太太所說的對不起來，所以檢察官決定問他們的小孩。
進階字	**-ent**（名詞字尾）做…的人事物 **correspondent** [ˌkɔrɪˈspɑndənt]（n.）通訊記者 例 James has spent five years working as a foreign **correspondent** in Japan. 詹姆士已在日本當了五年的駐外記者了。
	de-（字首）離開、拿開 **despondent** [dɪˈspɑndənt]（adj.）鬱悶的；消沉的；沮喪的 例 She became **despondent** when the doctor diagnosed her with cancer. 當醫生診斷出她罹患癌症時，她變得非常沮喪。

? Quiz Time

依提示填入適當單字，並猜出直線處的隱藏單字

1. Who is _____ for this terrible mess?

2. I will _____ her $1000 for every mile that she runs.

3. In our country, you cannot have more than one _____

at the same time.

4. Her _____ to the advertisement was quite positive.

5. What he did doesn't _____ with what he said.

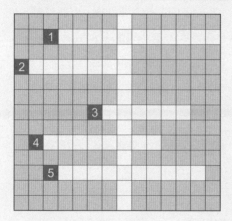

解答：1. responsible　2. sponsor　3. spouse　4. response　5. correspond

隱藏單字：correspondent

和「動作」有關的字根 35

-strain-

▶to draw tight，表「拉緊；壓榨」

變化形有 -stress-, -string-, -strict- 等。

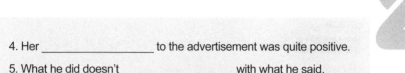

🎧 mp3: 035

衍生字

strait

徐薇教你記 源自 string（細繩），指「緊的、窄的」，後來特別指「限定範圍的窄小地方」，尤其是海洋。

strait [stret]（n.）海峽

例 Hundreds of ships pass through Taiwan **Strait** every day.
　每天有上百艘船行經台灣海峽。

stress

徐薇教你記 因為被拉緊緊的、被壓榨了，心裡就會感受到壓力。

stress [strɛs]（n.）壓力；緊張；重要性

例 Tom has been under a lot of **stress** lately; I think we need to give him a break.
湯姆最近壓力很大，我覺得我們要給他一點喘息的空間。

strict

徐薇教你記 拉緊神經、皮繃緊一點，因為這堂課的老師很「嚴格」。

strict [strɪkt]（adj.）嚴格的；嚴厲的

例 Jim is a **strict** vegetarian because he doesn't eat any eggs or cheese.
吉姆是個吃得很素的素食者，因為他不吃蛋和起司。

字首 + 字根

re + strain = restrain

徐薇教你記 把東西往後拉回來，就是在「阻止、抑制」。

re-（字首）回來；往後
restrain [rɪ`stren]（v.）阻止；抑制

例 The policemen arrived in time to **restrain** the drunken men from fighting.
員警及時趕到，阻止了那些酒醉男人們打架。.

di + strict = district

徐薇教你記 將原本的範圍劃分開來，以約束違法者的活動範圍。後引申為受領地領主管轄的「區域、地域」。

di-（字首）離開；分開
district [`dɪstrɪkt]（n.）區域；地域

例 The Taipei 101 building is located in Xinyi **District**.
台北 101 大樓位於信義區。

舉一反三 ▶▶▶ ▷

初級字	**strain** [stren]（n.）壓力；緊張（v.）拉緊；拖緊；使勁
	例 The lack of money put a **strain** on our marriage.
	缺錢讓我們的婚姻關係很緊張。

string [strɪŋ]（n.）繩、線、帶子

例 You should tie the parcel with a **string** before taking it to the post office.
你把包裹帶去郵局前應該先用繩子綁好。

補充 與字根 -strain- 同源自古印歐字根 *strenk-，原指「緊的、窄的、拉緊的」，後衍生為「比繩索還細的線」。

實用字

con-（字首）一起（= 字首 co-）

constraint [kən`strent]（n.）約束；限制；拘束

例 Try to break free of your **constraints** so that you can achieve your goals.
試著打破約束你的框架，也許你就能達成目標了。

re-（字首）回來；往後

restrict [rɪ`strɪkt]（v.）限制；限定；約束

例 This is a **restricted** area of the hospital for staff members only.
這是一個限定醫院員工才能進入的區域。

進階字

strangle [`stræŋgl̩]（v.）勒死；絞死；抑制

例 If you don't stop yelling, I'm going to **strangle** you!
如果你再繼續大吼大叫，我就要把你勒死！

stringent [`strɪndʒənt]（adj.）迫切的；嚴厲的

例 The manager placed rather **stringent** demands on our department.
經理對我們部門下達相當嚴厲的命令。

Quiz Time

中翻英，英翻中

（　）1. constraint　（A）拉緊　（B）約束　（C）阻止

（　）2. 繩子　（A）strain　（B）strait　（C）string

（　）3. 嚴格的　（A）strict　（B）restrict　（C）district

（　）4. strangle　（A）勒死　（B）迫切的　（C）緊張

（　）5. stress　（A）區域　（B）壓力　（C）抑制

解答：1. B 2. C 3. A 4. A 5. B

-stru(ct)-

▶to build，表「建造」

🎧 mp3: 036

字首 + 字根

de + stroy = destroy

徐薇教你記 把建好的東西往下拆除，或是做出和建造相反的動作，就是在「毀壞、摧毀」。

de-（字首）往下；相反的動作
destroy [dɪ`strɔɪ] (v.) 毀壞；摧毀；毀滅

例 The criminal **destroyed** all the evidence, so we couldn't solve the crime.
犯人銷毀了所有的證據，所以我們沒辦法偵破這宗犯罪。

字根 + 字尾

struct + ure = structure

徐薇教你記 建造出來的結果或集合體，就是一個「結構」。

-ure（名詞字尾）表「過程、結果、上下關係的集合體」
structure [`strʌktʃɚ] (n./v.) 結構；構造；組織

例 The **structure** of the airplane seems to be okay, but it still won't start.
這台飛機的結構看起來還可以，但它卻沒辦法發動。

字首 + 字根 + 字尾

in + struct + ion = instruction

徐薇教你記 進到你腦海裡去建構你的知識，也就是去「指導、教學」。把要教的東西集結起來，就是一份「操作手冊、操作指南」。

in-（字首）進入
instruction [ɪn`strʌkʃən] (n.) 指導；教育；操作說明書

例 You should read the **instructions** on how to use the ovens.
你應該看使用說明書才會知道如何使用這台瓦斯爐。

和「動作」有關的字根 **-stru(ct)-**

初級字	con- (字首) 一起 (= 字首 co-) **construction** [kən`strʌkʃən] (n.) 建造;建築 例 The large office building across the street is still under **construction**. 街道對面那棟大型辦公大樓還在建造中。 補充 construction site 建築工地
	de- (字首) 朝下;離開 **destruct** [dɪ`strʌkt] (v.) 破壞 例 The ship will self-**destruct** in thirty seconds! 這艘船在三十秒內會自動銷毀。
實用字	**instruct** [ɪn`strʌkt] ( v. ) 指示;訓練;指導 **instrument** [`ɪnstrəmənt] (n.) 儀器;樂器 例 What kind of **instrument** do you play? 你會彈什麼樂器?
	ob- (字首) 相對;逆著 **obstruct** [əb`strʌkt] (v.) 堵塞;妨礙;阻擾 例 Do not **obstruct** the flow of air into the lungs, or the patient will die. 不要堵住進入肺部的空氣,不然病人會死掉。
進階字	mis- (字首) 錯誤 **misconstrue** [ˌmɪskən`stru] (v.) 誤解;曲解 例 I think you **misconstrued** my words. 我想你誤解我的話了。
	re- (字首) 再次 **restructure** [ri`strʌktʃɚ] (v.) 改組;重建 例 We read the label on the bacon carefully because we didn't want to buy any **restructured** pork. 我們仔細看培根肉上的標籤,因為我們不想買到重組肉。

填空

(　) 1. 毀滅：de＿＿＿　　（A）troy　　（B）truct　　（C）stroy

(　) 2. 堵塞：＿＿＿struct　（A）de　　　（B）ob　　　（C）in

(　) 3. 樂器：instru＿＿＿　（A）ment　　（B）tion　　（C）ction

(　) 4. 建造：＿＿＿tion　　（A）struc　　（B）construc　（C）restruc

(　) 5. 結構：stru＿＿＿　　（A）ment　　（B）ction　　（C）cture

解答：1. C 2. B 3. A 4. B 5. C

和「動作」有關的字根 37 ....

-sum-/
-sumpt-

▶to take，表「拿、取」

mp3: 037

字首 + 字根

as + sum = assume

徐薇教你記　去拿了一個想法，就是「假定、臆測」；去拿一份工作，就是
去「擔任」；去拿一個身分來，就是在「冒充」。

as-（字首）朝向（＝字首 ad-）

assume [əˋsjum]（v.）假定；擔任；冒充

例　I **assumed** she was in her thirties, so I was surprised when she said
the young man was her son.
我以為她才三十多歲，所以當她說那個年輕人是她兒子時我嚇了一大
跳。

字首 + 字根 + 字尾

和「動作」有關的字根 -sum-/-sumpt-

con + sumpt + ion = consumption

徐薇教你記 一起拿走、一起取用的東西，就是「食用、消耗的量、消費」。

con（字首）一起（= 字首 co-）
consumption [kən`sʌmpʃən]（n.）消耗量；食用；消費

例 The government decided to tax sugary drinks to reduce people's **consumption** of sugar.
政府決定對含糖飲料課稅以減少人們的糖份食用量。

舉一反三▶▶▶

初級字	**consume** [kən`sjum]（v.）消耗，消費 例 The latest home appliances **consume** less electricity than the old types. 最新的家電消耗的電力比舊款的少。
	-er（名詞字尾）做…的動作的人 **consumer** [kən`sjumə]（n.）消費者 例 I believe that **consumers** will be willing to pay more for products with better quality. 我相信消費者會願意為品質更好的產品多付錢。
實用字	re-（字首）再次；返回 **resume** [rɪ`zjum]（v.）繼續，重新開始 例 After a short discussion with his coworkers, he **resumed** his work. 在和同事短暫討論後，他又重新回到他的工作上。
	pre-（字首）在…之前 **presume** [prɪ`zum]（v.）假定；推定；越權做… 例 We should **presume** the man to be innocent until he is proved guilty. 那男人在被證明有罪之前，我們應該認定他是無辜的。

-able （形容詞字尾）可⋯的

presumable [prɪˋzuməb!]（adj.）可假定的；可能有的

例 It is **presumable** that all the fans have gone home since it is quiet outside.
所有粉絲應該都回家了，因為外頭很安靜。

-ion （名詞字尾）表「動作的狀態或結果」

assumption [əˋsʌmpʃən]（n.）假定；擔任

例 A few of the **assumptions** about the kidnapping were proved wrong.
一些針對這個綁架案的推測被證明是錯的。

❓ Quiz Time

填空

（　）1. 消耗：＿＿sume　　（A）as　　（B）re　　（C）con

（　）2. 重新開始：＿＿sume （A）re　　（B）as　　（C）pre

（　）3. 假定：as＿＿ion　　（A）sume　（B）sumpt　（C）sumt

（　）4. 可假定的：＿＿able　（A）presum （B）assume （C）resum

（　）5. 消費者：con＿＿　　（A）summer （B）sumer （C）sumpter

解答：1. C 2. A 3. B 4. A 5. B

和「動作」有關的字根 38

-vict-/-vinc-

▶to conquer，表「征服」

🎧 mp3: 038

2

字根 + 字尾

vict + or = victor

徐薇教你記　能去征服別人的人，當然就是「勝利者」。

-or（名詞字尾）做…動作的人

victor [`vɪktɚ]（n.）勝利者；（V 大寫為男子名）維克多

例　There was no true **victor** in the civil war; neither the government nor the rebels could justify the cost.
這場內戰沒有真正的勝利者，不論政府或反抗軍都不能將這個代價合理化。

字根 + 字尾 + 字尾

vict + or + y = victory

-y（名詞字尾）表「動作的結果」

victory [`vɪktərɪ]（n.）勝利；成功

例　The townspeople held a big **victory** celebration for their home team.
城裡的居民為代表隊舉辦了盛大的慶祝勝利大會。

字首 + 字根

con + vinc = convince

徐薇教你記　一起來征服你，讓你聽從我們的，就是在「說服、使你信服」。

con-（字首）表「加強語氣」

convince [kən`vɪns]（v.）說服；使信服

例　It took me a lot of time to **convince** my child that there wasn't any monster in the closet.
我花了很多時間才讓我小孩相信櫃子裡沒有怪物。

(**pro + vinc = province**)

徐薇教你記　最早的 province 是指羅馬政務官以代表羅馬政府的身分所管轄的領地，在古代相關律法中也指隸屬政務官的辦公處所。

pro-（字首）做為…的代表
province [`prɑvɪns]（n.）省；領域

例　The capital city of Canada is Ottawa, which is located in Ontario **Province**.
加拿大首都是渥太華，位於安大略省。

舉一反三 ▶▶▶

初級字	e-（字首）向外；在外面（= 字首 ex-） **evict** [ɪ`vɪkt]（v.）驅逐；逐出 例　The man was **evicted** from the apartment because he didn't pay the rent for months. 因為好幾個月沒繳房租，那男人被趕出公寓了。
	con-（字首）表「一起；共同」 **convict** [kən`vɪkt]（v.）宣判；證明…有罪 例　The jury **convicted** the man of robbery by a unanimous verdict. 陪審團一致判定那男人搶劫罪成立。
實用字	-ion（名詞字尾）表「動作的狀態或結果」 **conviction** [kən`vɪkʃən]（n.）定罪；堅信 例　The woman had a strong **conviction** that her son would come home alive. 那名婦人堅信她的兒子會活著回家。
	-ing（形容詞字尾）表「持續的動作」 **convincing** [kən`vɪnsɪŋ]（adj.）有說服力的；令人信服的 例　There is no **convincing** evidence that can prove that you are innocent. 沒有令人信服的證據可以證明你是清白的。
進階字	**vanquish** [`væŋkwɪʃ]（v.）擊敗；使潰敗 例　No matter how hard she tried, she still can't **vanquish** her fears to darkness. 不論她多努力嘗試，她還是無法克服對黑暗的恐懼。

> in-（字首）表「否定」
> **invincible** [ɪn`vɪnsəbl̩]（adj.）無法征服的；不屈不撓的
> 例 The former champion had an **invincible** lead over the other competitors soon after the game had started.
> 上屆冠軍在比賽開始之後不久就取得絕對的領先。

? Quiz Time

填空

（　）1. 勝利：vic____ （A）tor 　（B）tory 　（C）tion
（　）2. 說服：con____ （A）vince 　（B）vict 　（C）vinct
（　）3. 驅逐：____ct （A）eva 　（B）evin 　（C）evi
（　）4. 定罪：con____ （A）vincing （B）viction （C）vincible
（　）5. 擊敗：____uish （A）vanq 　（B）vinq 　（C）vang

解答：1. B 2. A 3. C 4. B 5. A

和「動作」有關的字根 39

-voc-/-vok-

▶to call，表「召喚」

🎧 mp3: 039

字首 + 字根

e + vok = evoke

徐薇教你記 向外去召喚、呼叫，就會「引起」別人的注意。

e-（字首）向外（= 字首 ex-）
evoke [ɪ`vok]（v.）引起；喚起
例 That accent **evokes** the late Teresa Teng.
那個口音讓我想起已故的鄧麗君。

voc + ation = vocation

-ation（名詞字尾）表「動作的狀態或結果」

vocation [vo`keʃən]（n.）職業

徐薇教你記 vocation 原指「召喚」，中古世紀的人認為所有職業都是為神服務，大家都是受神的召喚來工作，後來這個字便有了「職業」的意思。

例 Be sure to choose a **vocation** which makes you happy.
要確定選一個會令你開心的職業。

比 -vac-（空的）+ -ation = vacation 時間是空著的，也就是不用工作或上學的狀態，指「假期」。

補充 vocational disease 職業病

字首 + 字根 + 字尾

ad + voc + ate = advocate

ad-（字首）朝向

advocate [`ædvə،ket]（v.）提倡；擁護
　　　　　　[`ædvəkɪt]（n.）提倡者；擁護者

例 I am a strong **advocate** for civil rights all over the world.
我是個全球公民權的強力支持者。

字根 + 字尾 + 字尾

voc + able + ary = vocabulary

徐薇教你記 可以說得出來的東西，也就是一個個的「字」，這些字的總稱就叫做「字彙、詞彙」。

-able（形容詞字尾）可…的

-ary（名詞字尾）表「事物總稱」

vocabulary [vo`kæbjəˌlɛrɪ]（n.）字彙，詞彙

例 Students must memorize 7,000 **vocabulary** words before they take this test.
學生在接受該考試前，必須記得七千個字彙量的字。

舉一反三 ▶▶▶

初級字

-al（形容詞字尾）表「狀況、情事」

vocal [`vokl]（adj.）發出聲音的、滔滔不絕的

（n.）流行音樂的演唱

例 Although I like the guitar part in this song, the **vocals** are atrocious.

儘管我喜歡這首歌的吉他部分，但演唱真的是糟透了。

vow [vaʊ]（n.）誓言；宣誓

例 He made a **vow** never to drink and drive again.

他發誓再也不酒後開車了。

實用字

a-（字首）離開（= 字首 ab-）

avocation [ˌævəˋkeʃən]（n.）副業；嗜好

例 Daisy makes the best cheese cake in the world though baking is only sheer **avocation** for her.

黛西做的起司蛋糕是全世界最棒的，雖然烘焙純粹只是她的嗜好而已。

pro-（字首）向前

provoke [prəˋvok]（v.）搧動；挑釁

例 Don't **provoke** that mean, black dog that lives at the end of this street.

不要挑釁那隻住在街尾的恐怖黑狗。

進階字

re-（字首）回來；往後

revoke [rɪˋvok]（v.）撤回；取消

例 Your liquor license is being **revoked** because you serve alcohol to minors.

因為你賣酒給未成年人，所以你的賣酒執照被撤銷了。

-er（名詞字尾）做…的人或事物

voucher [ˋvaʊtʃɚ]（n.）（1）保證人；（2）證明；擔保

例 This **voucher** entitled me to a dinner with Jolin next month.

我下個月可以憑這張證明去和裘琳共進晚餐。

和「動作」有關的字根 **-voc-/-vok-**

和「動作」有關的字根 40

-vol-

▶ to wish，表「祈願；意念」

🎧 mp3: 040

衍生字

well

> **徐薇教你記** 源自古印歐字根 *wel-，可以任意、憑自己意志決定的，當然就會令人感到滿意。

well [wɛl]（adv.）很好地；令人滿意地

例 She is so talented that she can do almost anything **well**.
她非常有天份，所以她能把幾乎所有事情做得好。

will

> **徐薇教你記** 同樣源自古印歐字根 *wel-，表「感到愉悅」，心裡可以自由的思考想要什麼，當然就會是愉悅的。

will [wɪl] （v.）希望，想要

（n.）意願

例 I do not have the **will** to keep trying to beat you at this game.
我並沒打算要在這場比賽裡一直打敗你。

字首 + 字根 + 字尾

bene + vol + ent = benevolent

徐薇教你記 具有好的意念的，也就是「仁慈的；慈善的、樂善好施的」。

bene-（字首）好的
benevolent [bə`nɛvələnt]（adj.）仁慈的；慈善的，樂善好施的

例 Many workers in this entrepreneur considered the founder a **benevolent** leader.
許多在這間企業的員工認為創辦人是一位慈善的領導者。

字根 + 字尾 + 字尾

vol + ent + eer = volunteer

徐薇教你記 做具有個人意志性的活動的人，也就是「自願者、義工」。

-eer（名詞字尾）做…動作的人
volunteer [ˌvɑlən`tɪr]（n.）自願者、義工

例 She is a **volunteer** for the hospital, helping with the paperwork at the front desk.
她是這間醫院的義工，主要工作是幫忙櫃台的文書工作。

舉一反三▶▶▶

初級字

-ion（名詞字尾）表「動作的狀態或結果」
volition [vo`lɪʃən]（n.）意志；選擇；決定

例 She entered an art school of her own **volition**.
她依自己的意願進入了一間藝術學校。

-ary（形容詞字尾）關於…的
voluntary [`vɑlənˌtɛrɪ]（adj.）自發的、自願的

例 This clinical study is completely **voluntary**; you can drop out if you want.
這個臨床實驗完全是自願的，如果你想的話隨時都可退出。

實用字	in-（字首）表「否定」 **involuntary** [ɪnˈvɑlənˌtɛrɪ]（adj.）非自願的；非出於本意的 例 He shakes his leg a lot, but it is a totally **involuntary** action. 他常會抖腿，但這是他不自覺的動作。
	tourism [ˈturɪzəm]（n.）旅遊；觀光 **voluntourism** [ˌvɑlənˈturɪzəm]（n.）公益旅行，前往某地做義工 的旅行活動 例 Many agree that **voluntourism** makes a big difference in the lives of these villagers. 許多人都同意公益旅行活動讓這些村民的生活變得很不同。
進階字	-ence（名詞字尾）表「情況；性質；行為」 **benevolence** [bəˈnɛvələns]（n.）仁慈；善心 例 The prisoner's life was spared due to his **benevolence**. 因為他的仁慈，那名囚犯撿回一條命。
	mal-（字首）不好的；壞的 **malevolent** [məˈlɛvələnt]（adj.）惡意的；壞心腸的 例 The **malevolent** police officer planted drugs at the man's home. 那名壞警官將毒品藏到那男人的家裡去。

Quiz Time

拼出正確單字

1. 義工　_____

2. 自願的　_____

3. 慈善的　_____

4. 惡意的　_____

5. 意願　_____

解答：1. volunteer 2. voluntary 3. benevolent 4. malevolent 5. will

和「動作」有關的字根 41

-volv-/ -volut-

▶to roll，表「旋轉」

🎧 mp3: 041

字首 + 字根

(in + volv = involve)

徐薇教你記 向內把你拉著一起轉動、捲到裡面來，也就是「捲入、涉及」。

in-（字首）進入
involve [ɪnˋvɑlv]（v.）使捲入；牽涉；包括

例 You don't need to **involve** your mother in this argument.
你不需要把你媽捲入這場爭論中。

(re + volv = revolve)

徐薇教你記 不斷的轉、轉個不停，也就是「旋轉」、不斷地「環繞」。

re-（字首）再次；回來
revolve [rɪˋvɑlv]（v.）使旋轉；使環繞

例 Until a few hundred years ago, humans believed the planets **revolved** around the Earth.
直到數百年前，人們都還相信天體繞著地球運轉。

字根 + 字尾

(volu + ble = voluble)

-able（形容詞字尾）可…的
voluble [ˋvɑljəb!]（n.）健談的；能言善道的

例 In Taiwan, you can see many **voluble** politicians talking about nonpolitical issues on TV.
在台灣，你可以看到許多口若懸河的政客在電視上談論非政治性的議題。

re + volut + ion = revolution

徐薇教你記 處在旋轉變動的情勢下，就是有「大變動、革命」。

-ion（名詞字尾）表「動作的狀態或結果」

revolution [ˌrɛvəˈluʃən]（n.）革命；大變革

例 In 1917, the Russian **Revolution** removed the czar from power.
在一九一七年，俄國大革命推翻了沙皇的統治。

舉一反三 ▶ ▶ ▶

初級字	e-（字首）向外（= 字首 ex-） **evolve** [ɪˈvɑlv]（v.）逐步形成；發展；進化 例 According to Darwin, humans **evolved** from apes. 根據達爾文的說法，人類是由猿類演化而來。
	volume [ˈvɑljəm]（n.）卷；冊；容量；音量 記 原指一組書冊的組成部分，後來由書的尺寸衍生出「大量、體積」的字義。 例 I can't hear the phone. Turn down the **volume**. 音樂轉小聲一點，我聽不到電話。
實用字	de-（字首）向下；分開 **devolve** [dɪˈvɑlv]（v.）移交；轉移 例 The situation quickly **devolved** into a horrible street fight. 情勢立刻轉變成一場可怕的街頭暴動。
	-ion（名詞字尾）表「動作的狀態或結果」 **evolution** [ˌɛvəˈluʃən]（n.）發展；演化 例 Our assignment is to make a report about the **evolution** of the computer. 我們的功課是要做一篇關於電腦發展的報告。
進階字	inter-（字首）互相 **intervolve** [ˌɪntəˈvɑlv]（v.）使互捲；使互相纏繞 例 The two electrical cords have become **intervolved**. 這兩條電線互相纏繞在一起。

-OUS（形容詞字尾）充滿…的

voluminous [vəˋlumənəs]（adj.）大量的；冗長的；多的

例 He is a **voluminous** songwriter.
他是位多產的歌曲創作人。

Quiz Time

中翻英，英翻中

（ ）1. revolution （A）演化 （B）革命 （C）轉移

（ ）2. 環繞 （A）involve （B）revolve （C）evolve

（ ）3. voluble （A）冗長的 （B）有價值的 （C）能言善道的

（ ）4. 牽涉 （A）involve （B）intervolve （C）evolve

（ ）5. volume （A）大量的 （B）發展 （C）音量

解答：1. B 2. B 3. C 4. A 5. C

和「動作」有關的字根 **-volv-/-volut-**

MEMO

LEVEL **THREE**
單字控必學

3

Ruby

-agri-/ -agro-

▶fields, soil，表「土地；土壤」

🎧 mp3: 042

衍生字

acre

徐薇教你記 源自於拉丁文的 ager，希臘文的 agro。acre 是丈量土地的單位，原本沒有固定的範圍，最早是指兩隻一起拉犁的牛，一天內可翻動的耕地大小。

acre [`ekɚ] (n.) 英畝；地產；土地

例 Mr. Armstrong owns two hundred **acres** of farmland in Ohio.
阿姆斯壯先生在美國俄亥俄州擁有兩百英畝的農田。

字根 + 單字

agri + culture = agriculture

徐薇教你記 和土地有關的文化，指「農業」囉！

culture [`kʌltʃɚ] (n.) 文化
agriculture [`ægrɪˌkʌltʃɚ] (n.) 農業；農藝

例 Fifty years ago, the economy of this country was mostly based on **agriculture**.
這個國家的經濟在五十年前主要是奠基於農業。

字根 + 字尾

agro + mania = agromania

徐薇教你記 只想與土地親近、不想與人接觸，深居山林間，指「獨處癖、曠野獨處癖」。

-mania (名詞字尾) …狂、…癖
agromania [ˌægroˈmenɪə] (n.) 獨居癖好；獨處慾；孤僻症

例 The rock band cancelled all its concerts in arenas due to the guitarist's **agromania**.
這個搖滾樂團由於吉他手的孤僻症，而將所有舉辦在小巨蛋的演唱會取消了。

(agro + phobia = agoraphobia)

-phobia（名詞字尾）恐懼症
agoraphobia [ˌægərə`fobɪə]（n.）廣場恐懼症

例 She doesn't want to stay in the park alone because she has **agoraphobia**.
她不想一個人待在公園，因為她有廣場恐懼症。

比 claustrophobia 幽閉恐懼症，指在狹小的空間會感到很害怕。

字首 + 字根 + 字尾

(per + egri + ation = peregrination)

徐薇教你記 去進行大江南北所有土地都徹底走一遍的動作，也就是去「遊歷、進行漫長旅行」。

per-（字首）徹底地；完全地
peregrination [ˌpɛrəgrɪ`neʃən]（n.）遊歷；旅行

例 The **peregrination** of the Israelites from Egypt to their new homeland was rather difficult.
猶太人從埃及遷徙至他們新的家園時相當辛苦。

舉一反三 ▶▶▶

初級字
> **business** [`bɪznɪs]（n.）生意；商業
> **agribusiness** [`ægrɪˌbɪznɪs]（n.）農業綜合企業（包括農業設備、用品製造、農產品產銷、製造加工等）
>
> 例 Despite an increase in other industries, **agribusiness** is still a vital part of the central United States.
> 儘管其他產業有所增長，農業綜合產業依舊是美國中部非常重要的一部分。
>
> -logy（名詞字尾）學科
> **agrology** [ə`grɑlədʒɪ]（n.）農業土壤學
>
> 例 Due to advances in **agrology**, farmers can have a better harvest.
> 由於農業土壤學的發展，農民們現在能有較好的收成。

industry [ˈɪndəstrɪ] (n.) 產業；工業

agroindustry [ˈægroˌɪndəstrɪ] (n.) 農產品供銷產業

例 **Agroindustry** dried up here many years ago. The farmland was overused, so the soil became poor.
此地的農產品供銷產業許多年前就已蕭條。由於農地過度使用，因此土壤變得貧瘠。

-nom- （字根）法律、習俗

agronomy [əˈgrɑnəmɪ] (n.) 農藝學；農業經營學

例 Ethanol has been a big development in the field of **agronomy** over the last two decades.
過去二十年，乙醇的應用在農藝學領域有長足的發展。

-ian （名詞字尾）同籍或同族群的人

agrarian [əˈgrɛrɪən] (n.) 平均地權論者
(adj.) 耕地的；農業的

例 The invention of GM crops has had a great impact on the **agrarian** economy of many countries.
基因作物的發明為許多國家的農業經濟帶來很大的影響。

per- （字首）徹底地、完全地

pilgrim [ˈpɪlgrɪm] (n.) 朝聖者；在國外的旅行者

補充 「the Pilgrims」常指最早移民至美洲的清教徒。

例 The first **Pilgrims** came to America in the 1600s.
十七世紀時，首批清教徒移民抵達美洲大陸。

? Quiz Time

填空

( ) 1. 農業：agri＿＿＿ （A）culture （B）ology （C）arian

( ) 2. 英畝：ac＿＿＿ （A）er （B）re （C）ne

( ) 3. 廣場恐懼症：agro＿＿＿ （A）mania （B）phobia （C）business

( ) 4. 農藝學：agro＿＿＿ （A）industry （B）logy （C）nomy

( ) 5. 朝聖者：pil＿＿＿ （A）gram （B）egri （C）grim

解答：1. A 2. B 3. B 4. C 5. C

和「事物」有關的字根 2

-alt-

▶high, deep，表「高度；深度」

mp3: 043

衍生字

altar [`ɔltə`]（n.）聖壇；祭壇

例 Visitors gathered in the front of the church to admire the stained glass windows and beautiful **altar**.
訪客們眾集在教堂前方欣賞彩繪玻璃和美麗的聖壇。

字根 + 字尾

(**alt + tude = altitude**)

徐薇教你記 具有高度的性質，就是「海拔」。

-tude（名詞字尾）表「性質、狀態」
altitude [`æltətjud]（n.）高度；海拔

例 These birds can only be spotted at the higher **altitudes**.
這些鳥類只有在較高海拔的地方才看得到。

字首 + 字根

(**ex + alt = exalt**)

徐薇教你記 把東西向外拉高，就是要「提升、提拔」。

ex-（字首）向外
exalt [ɪgˋzɔlt]（v.）提升；提拔

例 Winning the award has **exalted** the morale of the whole architecture firm.
贏得獎項讓這間建築師事務所士氣大振。

舉一反三 ▶▶▶

初級字

-o（義大利文）陽性名詞結尾

alto [ˋælto]（n.）（歌手）女低音
（adj.）（樂器）中音的

例 The **alto** saxophone you preferred is quite costly because it's an antique.
你比較喜歡的那把中音薩克斯風相當昂貴，因為它是古董。

enhance [ɪnˋhæns]（v.）增進；提高
例 Fresh ingredients **enhance** greatly the food in this restaurant.
新鮮的食材為這家餐廳的料理大大加分。

實用字

-y（形容詞字尾）表「有…傾向的」

haughty [ˋhɔtɪ]（adj.）傲慢的；高傲的；不友善的
例 I don't like to talk to him because he always speaks in a **haughty** tone.
我不喜歡跟他交談，因為他總是用一種高傲的語調說話。

-ion（名詞字尾）表「動作的狀態或結果」

exaltation [ˌɛgzɔlˋteʃən]（n.）興高采烈
例 The whole team was filled with a mood of **exaltation** after they won the Gold medal.
整個隊伍在贏得金牌之後沉浸在興高采烈的氣氛中。

進階字

meter [ˋmitɚ]（n.）測量儀器、計量表

altimeter [ælˋtɪmətɚ]（n.）高度測量儀
例 Sky divers are usually equipped with hand-mounted **altimeters** in their free fall.
高空跳傘員通常在自由落體期間配備使用手戴式的高度測量儀。

hawser [ˋhɔzɚ]（n.）鋼纜
例 They towed back the grounded ship and used a **hawser** to moor it in the harbor.
他們將擱淺的船拖回來並利用鋼纜將它繫泊在海港內。

和「事物」有關的字根 -alt-

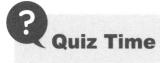

Quiz Time

從選項中選出適當的字填入空格中使句意通順

alto / altar / altitude / exalt / enhance

1. The king _____ed his loyal servant to the position of minister.

2. Keeping good habits will _____ the quality of life.

3. We are currently flying at an _____ of 15,000 meters.

4. Singing _____ in choir wasn't as easy as I had thought.

5. On the wedding ceremony, the bride usually stands on the left side of the _____.

解答:1. exalt 2. enhance 3. altitude 4. alto 5. altar

和「事物」有關的字根 **3**

-andro-/ -anthrop-

（1）male，表「雄性、男性」
（2）human being，表「人類」

mp3: 044

衍生字

Alexander

徐薇教你記 Alexander 來自希臘文 Alexandros，由 alex（指「防衛、保護」），加上 andros 意思是「人」，Alexander 的意思就是「人們的保衛者（Defender of the people）」。

Alexander [ˌælɪgˈzændɚ]（n.）（男子名）亞歷山大

例 **Alexander** the Great was a king of the ancient Greek kingdom and once conquered the Persian Empire.
亞歷山大大帝是古希臘王國的一位國王，他曾征服波斯帝國。

字根 + 字根

andro + gen = androgen

徐薇教你記 讓人產生男性特質的東西就是男性荷爾蒙。

-gen-（字根）產生
androgen [ˈændrədʒən]（n.）男性荷爾蒙

例 The study shows that **androgen** has something to do with hair loss.
這項研究顯示男性荷爾蒙和掉髮有關。

字根 + 字根 + 字尾

andro + gyn + ous = androgynous

徐薇教你記 -andro- 男性，-gyn- 女性，-ous 形容詞字尾，兼有男女兩性特徵的就是「雌雄同體的、中性的」。

-gyn-（字根）女性
　　-ous（形容詞字尾）有⋯特質的
androgynous [ænˋdrɑdʒənəs]（adj.）雌雄同體的；中性的、沒有明顯性別區分的

例 Tina likes to dress like a boy and has a cropped haircut; her **androgynous** nature attracts many young girls at school.
蒂娜很喜歡穿得像個男孩，頂個小男生頭，她中性的特質在學校吸引了許多女生。

舉一反三▶▶▶

初級字	-logy（名詞字尾）表「學科」 **anthropology** [͵ænθrəˋpɑlədʒɪ]（n.）人類學 **例** You will spend a lot of time studying human behaviors if you major in **anthropology**. 如果你主修人類學，你將會花很多時間研究人類的行為。
	-oid（名詞字尾）表「像⋯的東西」 **android** [ˋændrɔɪd]（n.）人型機器人 **補充** Android 智慧型手機的安卓系統 **例** The film which depicted **androids** taking control of the world was nominated for the best director. 那部描述機器人掌管全世界的影片獲得最佳導演的提名。
實用字	-phil-（字根）愛 　　-ist（名詞字尾）⋯的專家 **philanthropist** [fɪˋlænθrəpɪst]（n.）慈善家 **例** The successful entrepreneur is also known as a **philanthropist**. 那名成功的企業家也是知名的慈善家。
	-centric（名詞字尾）以⋯為中心的 **androcentric** [͵ændrəˋsɛntrɪk]（adj.）以男性為中心的 **例** This anthropologic research report was written in an **androcentric** view. 這份人類學研究報告是以男性為中心的觀點撰寫。

和「事物」有關的字根 **-andro-/-anthrop-**

-ic（形容詞字尾）關於…的

anthropogenic [ˌænθrəpəˈdʒɛnɪk]（adj.）人為的；由人類活動引起的

例 **Anthropogenic** emissions of greenhouse gases are one of the major causes of global warming.
人類活動排放的溫室氣體是全球暖化的主因之一。

-phobia（複合名詞字尾）恐懼症

androphobia [ˌændrəˈfobɪə]（n.）男性恐懼症

例 Miss Sophie kept single until the end due to her **androphobia**.
蘇菲小姐由於男性恐懼症直到最後都保持單身。

mis-（字首）表「厭惡」

misanthrope [ˈmɪzənˌθrop]（n.）厭世者，遁世者

例 The man who has lived in the cave alone for decades is said to be a **misanthrope**.
那名單獨住在山洞裡幾十年的男子據說是個厭世者。

❓ Quiz Time

拼出正確單字

1. 人形機器人 _____

2. 雌雄同體的 _____

3. 慈善家 _____

4. 男性荷爾蒙 _____

5. 人類學 _____

解答：1. android 2. androgynous 3. philanthropist 4. androgen 5. anthropology

和「事物」有關的字根 4

-avi-/-au-

▶ bird，表「鳥」

🎧 mp3: 045

字根 + 字尾

avi + an = avian

-an（形容詞字尾）和…有關的

avian [`evɪən]（adj.）鳥類的

例 The fear of **avian** flu brought down the consumption of chicken and eggs.
對禽流感的恐懼讓雞肉與蛋的消費降到谷底。

avi + ation = aviation

徐薇教你記 能做像鳥一樣的動作，就是指「飛行、航空」。

-ation（名詞字尾）表「動作的狀態或結果」

aviation [ˌevɪˈeʃən]（n.）航空；飛行

例 This type of plane is designed for commercial **aviation**.
這種款式的飛機是針對商務飛行設計。

字根 + 字根 + 字尾

au + spic + ous = auspicious

徐薇教你記 古代人會由觀察鳥類飛行來占卜預測未來，引申就有「吉兆的、吉祥的」。

-spic-（字根）看（= 字根 -spec-）

-ous（形容詞字尾）具…特質的

auspicious [ɔˋspɪʃəs]（adj.）吉祥的；吉利的

例 People believe that couples have to wait for an **auspicious** moment to tie the knot.
人們相信新人要等待良辰吉時才結婚。

舉一反三 ▶▶▶▶

初級字

-ate（動詞字尾）表「做出…動作」
aviate [ˋevɪet]（v.）飛行；駕駛飛機
例 For hundreds of years, humans were dreaming of **aviating**.
數百年來，人們一直夢想著飛行。

-or（名詞字尾）表「做…動作的人或事物」
aviator [ˋevɪetɚ]（n.）飛行員；飛機駕駛員
例 Many airlines award **aviator** badges to their pilots to recognize their qualifications and responsibilities.
許多航空公司會頒發飛行員勳章給他們的機師，以表彰他們的資歷與責任心。

實用字

electronics [ɪlɛkˋtrɑnɪks]（n.）電子學
avionics [ˏevɪˋɑnɪks]（n.）航空電子學
例 The sophisticated **avionics** enhance the possibilities of space travel.
先進的航空電子設備提升了太空旅行的可能性。

-spic-（字根）表「看」
auspices [ˋɔspɪsɪz]（n.）保護；支持
例 The photography exhibition was held under the **auspices** of the photographers' association.
這場攝影展是在攝影師協會的支持下所舉辦的。

進階字

-ary（名詞字尾）表「地點」
aviary [ˋevɪɛrɪ]（n.）鳥舍
例 Uncle Ted built an **aviary** beside the pond and kept some peacocks inside.
泰德叔叔在池塘旁邊蓋了一個鳥舍並在裡面養了幾隻孔雀。

culture [ˋkʌltʃɚ]（v.）栽培；養殖
aviculture [ˋevɪˏkʌltʃɚ]（n.）養鳥
例 His family has been engaged in the business of **aviculture** for generations.
他的家族已經從事養鳥事業好幾世代了。

Quiz Time

中翻英，英翻中

( ) 1. aviator　　　（A）飛行員　（B）飛機　　（C）駕駛

( ) 2. 鳥類的　　　（A）avionics　（B）aviate　（C）avian

( ) 3. auspicious　（A）養鳥的　（B）吉祥的　（C）飛行的

( ) 4. 航空　　　　（A）aviary　　（B）aviation　（C）auspices

( ) 5. aviculture　（A）飛行　　（B）鳥舍　　（C）養鳥

解答：1. A 2. C 3. B 4. B 5. C

和「事物」有關的字根 5

-cardio-

▶heart，表「心臟」

🎧 mp3: 046

衍生字

cardiac [ˋkɑrdɪˌæk]（adj.）心臟的；心臟病的

例 The man was diagnosed with a **cardiac** problem.
那男人被診斷出有心臟方面的問題。

字根 + 字根

cardio + gram = cardiogram

徐薇教你記 將心臟的狀態畫下來的東西，就是「心電圖」。

-gram-（字根）寫；畫

cardiogram [ˋkɑrdɪəˌgræm]（n.）心電圖

例 After looking at the **cardiogram**, the man was told to refrain from heavy physical activity.
在看過心電圖之後，那位男士被告知要避免從事劇烈運動。

> cardio + **logy** = cardiology

-logy（名詞字尾）學科
cardiology[ˌkɑrdɪˋɑlədʒɪ]（n.）心臟病學

例 He is thinking about specializing in **cardiology** in medical school.
他正思考到醫學院專攻心臟病學。

舉一反三 ▶▶▶▶

初級字	**-electro-**（字根）電的 　　　　　　　　**-graph**（複合名詞字尾）記錄的設備；儀器 **electrocardiograph** [ˌɪlɛktroˋkɑrdɪəˌgræf]（n.）電子心電圖儀 例 The **electrocardiograph** technician is examining the reports carefully. 這位操作心電圖的檢驗師正仔細地檢查報告。 　　　　　　　　**-ist**（名詞字尾）…的專家 **cardiologist** [ˌkɑrdɪˋɑləgɪst]（n.）心臟病學專家；心臟病科醫生 例 Dr. Lee is the most well-known **cardiologist** in this country. 李醫師是該國最有名的心臟病學專家。
實用字	echo [ˋɛko]（n.）回聲 **echocardiography** [ˌɛkoˌkɑrdɪˋɑgrəfɪ]（n.）心臟超音波檢查 例 The **echocardiography** is included in the health checkup package. 這個身體健康檢查有包含心臟超音波檢查。 　　　**-gen-**（字根）生產 **cardiogenic** [ˌkɑrdɪoˋdʒɛnɪk]（adj.）心臟性的；心因性的 例 **Cardiogenic** shock results from the sudden insufficiency of bloom pumped from the heart. 心因性休克是由於心臟突然無法打出足量的血液所導致。

進階字

vascular [ˈvæskjələ] (adj.) 血管的
cardiovascular [ˌkɑrdɪoˈvæskjulə] (adj.) 心血管的

例 It is reported that more and more young people have **cardiovascular** problems due to a greasy diet.
據報導，因為高油脂飲食，愈來愈多年輕人有心血管方面的問題。

tachy- (字首) 快速的
tachycardia [ˌtækɪˈkɑrdɪə] (n.) 心搏過速；心跳過速

例 **Tachycardia** usually refers to a resting heart rate that exceeds 100 beats per minute.
心搏過速通常是指在平靜的狀態下每分鐘心跳超過一百下。

?
Quiz Time

填空

( ) 1. 心電圖：cardio____ 　　(A) gram　　(B) logy　　(C) photo

( ) 2. 心臟的：card____ 　　(A) io　　(B) iac　　(C) ic

( ) 3. 心臟病學：cardio____ 　　(A) logic　　(B) logist　　(C) logy

( ) 4. 心臟科醫生：cardio____ 　　(A) logic　　(B) logist　　(C) logy

( ) 5. 心因性的：cardio____ 　　(A) genic　　(B) gentic　　(C) getic

解答：1. A 2. B 3. C 4. B 5. A

-carn-

▶flesh，表「肉；血肉」

🎧 mp3: 047

字根 + 字根

carn + vor = carnivore

徐薇教你記 吃肉的動物，就是「食肉動物」。

-vor- （字根）吞食

carnivore [ˈkɑrnəˌvɔr] （n.）食肉動物

例 Both tigers and lions are **carnivores**.
老虎和獅子都是食肉動物。

字根 + 字尾

carn + ation = carnation

徐薇教你記 最早指人的氣色、膚色，有著像人的氣色一樣的花朵，就是「康乃馨」。

-ation （名詞字尾）表「動作的狀態或結果」

carnation [karˈneʃən] （n.）康乃馨；血肉色

例 People often use **carnations** to honor their mothers on Mother's Day.
母親節時人們常用康乃馨來向媽媽們致敬。

carn + age = carnage

徐薇教你記 所有血肉橫飛的狀態都集結起來，因為發生了「大屠殺」。

-age （名詞字尾）表「集合名詞或總稱」

carnage [ˈkɑrnɪdʒ] （n.）大屠殺

例 The explosion was described as a scene of **carnage**.
這個爆炸被形容成像大屠殺的場景一樣。

舉一反三▶▶▶

初級字

val（拉丁文）levare 的縮寫，表「拿掉、減輕」

carnival [ˈkɑrnəvḷ]（n.）狂歡節；嘉年華

記 carnival 原指「把肉拿掉、丟棄」。基督教有齋戒期，齋戒時不可辦派對活動，也不可吃肉或乳製品，所以齋戒前必須要將所有此類食品丟棄，在古時人們就會在齋戒前舉辦大型狂歡活動來將這些食物消耗掉、吃掉，所以就用 carnival（把肉丟掉）來稱呼齋戒期之前的這個活動，也就是我們今天熟知的 carnival 嘉年華會。

例 Everyone who attends the **carnival** should wear a mask and never expose their true identities.
每個參加狂歡節的人都必須戴面具，並且絕不能曝露真實身分。

-ous（形容詞字尾）具…性質的

carnivorous [kɑrˈnɪvərəs]（adj.）肉食性的

例 Most animals with sharp teeth and claws are **carnivorous**.
大部分具有尖銳牙齒和爪子的動物都是肉食性的。

實用字

-al（形容詞字尾）有關…的

carnal [ˈkɑrnḷ]（adj.）肉體的；肉慾的

例 She denied that she had had **carnal** knowledge of the man.
她否認曾與該名男子發生過性行為。

in-（字首）使進入

incarnation [ˌɪnkɑrˈneʃən]（n.）（神靈等的）化身

例 Erin thought her ruthless boss was the **incarnation** of evil.
艾琳認為她冷酷無情的老闆是邪惡的化身。

進階字

re-（字首）再次；返回

reincarnation [ˌriɪnkɑrˈneʃən]（n.）轉世化身；輪迴說

例 They believed that the little dog was the **reincarnation** of their departed son.
他們相信那隻小狗是他們已逝兒子的轉世化身。

carrion [ˈkærɪən]（n.）腐屍；腐肉

例 Vultures, which are characterized by bare head and neck, chiefly feed on **carrion**.
以光禿的頭與脖子為特徵的禿鷹主要以腐肉為食物。

和「事物」有關的字根 **-carn-**

LEVEL THREE：單字控必學 **139**

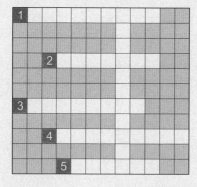

Quiz Time

依提示填入適當單字，並猜出直線處的隱藏單字

1. People often use _____s to honor their mothers on Mother's Day.

2. Hundreds of thousands of people died in the terrible _____ of the war.

3. We really had a great time at the _____.

4. Tigers and lions are _____s.

5. Islam requires that both women and men wear modest dress that does not inflame _____ desire.

解答：1. carnation 2. carnage 3. carnival 4. carnivore 5. carnal
隱藏單字：incarnation

和「事物」有關的字根 **7**

-chron-

▶time，表「時間」

記 crown → 王子想要得到國王的皇冠，需要時間等待。　　　🎧 mp3: 048

字根 + 單字

chron + meter = chronometer

徐薇教你記 計算時間的測量儀，不是指普通的時鐘，而是航海用的精密計時器。

meter [ˋmitɚ]（n.）測量儀、測量計
chronometer [krəˋnɑmətɚ]（n.）精密計時器

例 He bought me a fancy **chronometer** for my birthday to ensure that I would never be late.
他買了一個很炫的精密計時器當我的生日禮物，為的是確保我永遠不會遲到。

字根 + 字尾

chron + ic = chronic

徐薇教你記 屬於要與時間奮戰的，也就是「長期的、慣性的、慢性的」。

-ic（形容詞字尾）屬於…的；關於…的
chronic [ˋkrɑnɪk]（adj.）慢性的；久病的

例 He has had **chronic** headaches for several years.
他慢性頭痛的毛病已經有好幾年了。

補充 chronic disease 慢性病

(syn + chron + ize = synchronize)

徐薇教你記 一起讓時間變得相同,也就是「使同步、使同時發生」。

syn-(字首)共同;一起
synchronize [ˋsɪŋkrənaɪz] (v.) 同時發生;同步

例 Let's **synchronize** our watches, and then we can meet at eleven o'clock.
我們把手錶調到同樣的時間,然後我們可以十一點碰面。

舉一反三 ▶▶▶

初級字	-cle(名詞字尾)小的東西或載具 **chronicle** [ˋkrɑnɪk!] (n.) 編年史;年代記;記事 例 Our history teacher cited many interesting stories from the **chronicles** of the Chinese emperors so that we could memorize them easily. 我們歷史老師從中國帝王編年史中引用了許多有趣的故事,好讓我們容易記得。
	-ology(名詞字尾)學科 **chronology** [krəˋnɑlədʒɪ] (n.) 年代學;年表 例 Most students in Taiwan are asked to recite the **chronology** of the dynasties. 台灣大部分的學生都被要求能背誦各朝代的年表。
實用字	-er(名詞字尾)做…的人 **chronicler** [ˋkrɑnɪklɚ] (n.) 編年史家;年代史專家 例 Due to the new discovery, many **chroniclers** decided to rearrange their studies. 由於這個新發現,許多編年史家決定重新整理他們的研究。
	a-(字首)相反的 **synchronous** [ˋsɪŋkrənəs] (adj.) 同時的,同步的 **asynchronous** [eˋsɪŋkrənəs] (adj.) 非同期的;不同步的 例 The clocks in your house are all **asynchronous**, and none of them shows the correct time! 你家裡的時鐘每個時間都不一樣,沒有一個是正確時間!

和「事物」有關的字根 -chron-

進階字	

ana-（字首）逆著…；與…相反

anachronistic [ənækrəˋnɪstɪk]（adj.）時代錯誤的；過時的

例 Her recollection of events is completely **anachronistic**.
她所記得的事件發生時間點完全是錯的。

dendron-（字首）樹的；樹輪的
　　　　　-ology（名詞字尾）學科

dendrochronology [͵dɛndrokrəˋnɑlədʒɪ]（n.）樹輪年代學

例 According to the **dendrochronology** of the remains, the village might belong to the early Iron Age.
以樹輪年代學來判斷這些遺跡，這個村落應該屬於鐵器時代早期。

補充　樹輪年代學是二十世紀初期考古學界發展出的年代鑒定方法，可運用於鑒定木造建築或版畫等木質古跡、古物年代的方法。

? Quiz Time

拼出正確單字

1. 慢性的　＿＿＿＿＿＿＿＿＿＿

2. 編年史　＿＿＿＿＿＿＿＿＿＿

3. 同步　＿＿＿＿＿＿＿＿＿＿

4. 精密計時器　＿＿＿＿＿＿＿＿＿＿

5. 不同步的　＿＿＿＿＿＿＿＿＿＿

解答：1. chronic　2. chronicle　3. synchronize　4. chronometer　5. asynchronous

-corp(or)-

▶body，表「身體；本體」

🎧 mp3: 049

字根 + 字尾

corpor + ate = corporate

徐薇教你記 變成一體的性質，也就是結合成一個團體，表「全體的、團體的」。

-ate（形容詞字尾）有…性質的

corporate [ˈkɔrpərɪt]（adj.）公司的；團體的

例 Our company had its annual **corporate** retreat last weekend.
我們公司上個禮拜才剛結束年度公休。

比 co + operate = cooperate 一起去操作，也就是「合作」

corpor + al = corporeal

徐薇教你記 有關身體的狀況，也就是「身體的」，衍生為「具體的、有形的」。

-al（形容詞字尾）有關…的

corporeal [kɔrˈporɪəl]（adj.）身體的；有形的；具體的

例 Humans have certain **corporeal** requirements, such as food and water.
人類有特定的身體需求，像是食物和飲水。

字首 + 字根 + 字尾

in + corpor + ate = incorporate

in-（字首）進入

incorporate [ɪnˈkɔrpəˌret]（v.）包含；合併；組成公司或社團

例 I want you to **incorporate** your ideas, and then give me a presentation on Monday.
我希望你們能把想法合併一下，然後週一給我做個簡報。

舉一反三▶▶▶

初級字

corps [kɔr]（n.）團體；特種部隊（來自法文，p 與 s 不發音）

例 My uncle was in the US Marine **Corps** for three years.
我叔叔曾在美國海軍陸戰隊待了三年。

corpse [kɔrps]（n.）屍體（p 與 s 都要發音）

例 The police found several **corpses** in the killer's basement.
警方在兇手的地下室裡發現數具屍體。

補充 body 身體 → dead body 屍體，有時候也會簡稱為 body。

實用字

-al（形容詞字尾）有關…的
corporal [ˈkɔrpərəl]（adj.）肉體的

例 Before the 1970s, **corporal** punishment was common in American schools.
在一九七〇年代之前，體罰在美國各地的學校是很常見的。

-ation（名詞字尾）表「動作的狀態或結果」
corporation [ˌkɔrpəˈreʃən]（n.）法人；公司

例 The McDonalds **Corporation** has grown quite a bit since the 1950s.
自從一九五〇年代起，麥當勞公司就快速成長。

進階字

-ent（形容詞字尾）具…性的
corpulent [ˈkɔrpjələnt]（n.）肥胖

例 They have a special program for **corpulent** people to reduce their fat and weight.
他們有一個專為想減去脂肪及體重的肥胖人士所設計的特別計劃。

in-（字首）表「否定」
incorporeal [ˌɪnkɔrˈporɪəl]（adj.）無實體的；無形的；精神的

例 Some people believe that **incorporeal** beings, such as ghosts, do not exist.
有些人相信所謂無形的、如鬼之類的東西並不存在。

? **Quiz Time**

拼出正確單字

1. 團體的　＿＿＿＿＿＿＿＿＿＿＿

2. 合併　＿＿＿＿＿＿＿＿＿＿＿

3. 法人；公司　＿＿＿＿＿＿＿＿＿＿＿

4. 屍體　＿＿＿＿＿＿＿＿＿＿＿

5. 肉體的　＿＿＿＿＿＿＿＿＿＿＿

解答：1. corporate　2. incorporate　3. corporation　4. corpse　5. corporal

和「事物」有關的字根 **9**

-cosm-

▶order, universe，表「秩序；宇宙」

🎵 mp3: 050

衍生字

cosmos [ˋkɑzməs]（n.）有秩序體系的宇宙

例 The word "**cosmos**" refers to viewing the universe as a complex and orderly system; the opposite of chaos.
「cosmos」這個字意思是指將宇宙視為一個複雜但有秩序的系統，而不是混亂的。

字根 + 字尾

(cosm + ic = cosmic)

-ic（形容詞字尾）關於…的

cosmic [ˋkɑzmɪk]（adj.）宇宙的；巨大無比的

例 This program will tell you the **cosmic** origins and the history of the earth.
這個節目將告訴你宇宙的起源和地球的歷史。

(micro + cosm = microcosm)

徐薇教你記 微小的宇宙，就是「微觀世界」，微觀世界就是真實世界的「縮影」。

micro- （字首）小的

microcosm [ˋmaɪkrəͺkɑzəm] （n.）縮影；微觀世界

例 The school was a **microcosm** of the society.
學校就是社會的縮影。

舉一反三 ▶▶▶

初級字	-ic （形容詞字尾）有關…的 **cosmetic** [kɑzˋmɛtɪk] （adj.）表面的；虛飾的；化妝用的 （n.）化妝品（常用複數） 例 Olive oil is often used in **cosmetic** products. 橄欖油常被用在化妝用產品中。
	-logy （名詞字尾）學科 **cosmetology** [ͺkɑzməˋtɑlədʒɪ] （n.）美容術 例 As a fashion designer, Julia was often invited to lecture at some fashion or **cosmetology** schools. 身為一位時裝設計師，茱莉亞常常受邀到時裝學校或美容學校演講。
實用字	-ician （名詞字尾）精通…的人 **cosmetician** [ͺkɑzməˋtɪʃən] （n.）彩妝師 例 I must have met the **cosmetician** before because she looks so familiar. 我以前見過那位彩妝師因為她看起來很眼熟。
	metropolitan [ͺmɛtrəˋpɑlətn̩] （adj.）大都會的 （n.）大都市的人 **cosmopolitan** [ͺkɑzməˋpɑlətn̩] （adj.）國際大都會的；世界性的 例 Not every capital city in the world is highly **cosmopolitan** like New York. 並非世界上每個首都城市都像紐約這麼高度國際化。

-logy（名詞字尾）學科

cosmology [kɑz`mɑlədʒɪ]（n.）宇宙起源論

例 **Cosmology** is the study of the origin, evolution and structure of the universe.
宇宙起源論就是研究宇宙的起源、演化與結構。

-gon-（字根）生產（= 字根 -gen-）

cosmogony [kɑz`mɑgənɪ]（n.）宇宙進化論

例 There is some overlap between **cosmogony** and cosmology.
宇宙進化論和宇宙起源論之間有一些重疊。

? Quiz Time

填空

（　）1. 縮影：___cosm　　（A）mini　（B）milli　（C）micro

（　）2. 化妝品：cos___　　（A）metic　（B）mic　（C）mos

（　）3. 彩妝師：cosmet___　　（A）ian　（B）ician　（C）ist

（　）4. 國際大都會的：___politan（A）cosmo（B）metro（C）intro

（　）5. 宇宙起源論：cosmo___　（A）tology（B）gony（C）logy

解答：1. C 2. A 3. B 4. A 5. C

-cruc-

▶cross，表「交叉；十字」

mp3: 051

cross [krɔs]（n.）十字；叉號

（v.）穿越；橫跨；交叉

例 There is a man sitting on the bench, reading newspapers with his legs **crossed**.
有個男人坐在長椅上蹺著二郎腿在看報紙。

cruise [kruz]（v.）航行旅遊；巡航

（n.）航遊；乘船遊覽

例 His dream was **cruising** around the world on his own yacht.
他的夢想是駕著他的遊艇航行全世界。

字根 + 字根

cruc + form = cruciform

-form-（字根）形成

cruciform [`krusəˌfɔrm]（adj.）十字形的

例 The church was designed in a **cruciform** shape.
這間教堂被設計成十字形的外觀。

字根 + 字尾

cruc + al = crucial

徐薇教你記　crucial 原指膝關節上的十字韌帶，後指 X 形狀的東西；17 世紀時，crucial 也可指分叉路口往不同方向指示的路標，因為這些路標都是呈 X 形交錯；在這些叉路口的路標前選擇走哪條路很重要，後引申就有指「關鍵的、決定性的」意思了。

-al（形容詞字尾）有關…的

crucial [`kruʃəl]（adj.）關鍵的；決定性的

例 The new evidence was **crucial** to the trial.
這個新證據對這場官司十分重要。

舉一反三 ▶▶▶

<table>
<tr>
<td rowspan="2">初級字</td>
<td>a- （字首）在…上
across [əˋkrɔs] （prep.）橫越；在…的對面</td>
</tr>
<tr>
<td>例 The bridge has collapsed, so we can't walk **across** the river.
那座橋已經倒塌了所以我們無法越過河流。</td>
</tr>
<tr>
<td rowspan="2"></td>
<td>-er （名詞字尾）表「做…的人或物」
cruiser [ˋkruzɚ] （n.）巡洋艦；遊艇；[英] 警察巡邏車</td>
</tr>
<tr>
<td>例 **Cruisers** came in a variety of functions, from protected **cruisers** to armored **cruisers**.
巡洋艦有各種功能，從保護艇到武裝巡洋艦。</td>
</tr>
<tr>
<td rowspan="6">實用字</td>
<td>-ade （名詞字尾）做動作的人；動作的過程或結果
crusade [kruˋsed] （n.）（1）為理想與信念而奮鬥的運動；
（2）（C 大寫）十字軍東征</td>
</tr>
<tr>
<td>例 The volunteers have long been involved in a **crusade** against drunk driving.
那群志工長期以來一直致力於反酒駕的運動。</td>
</tr>
<tr>
<td>-fer- （字根）攜帶；載運
crucifer [ˋkrusəfɚ] （n.）（1）十字花科植物；
（2）基督教遊行中拿著十字架的人</td>
</tr>
<tr>
<td>例 The term "**crucifer**" literally means "cross-bearer".
「crucifer」這個字在字面上就是指「拿十字架的人」。</td>
</tr>
<tr>
<td>fix [fɪks] （n.）使固定
crucifix [ˋkrusəˏfɪks] （n.）有耶穌像的十字架</td>
</tr>
<tr>
<td>例 The necklace with a small **crucifix** is very important to me.
那條有個小小耶穌像的十字架項鍊對我來說很重要。</td>
</tr>
<tr>
<td rowspan="4">進階字</td>
<td>-ate （形容詞字尾）有…特質的
cruciate [ˋkruʃɪɪt] （adj.）十字形的；交叉的</td>
</tr>
<tr>
<td>例 My brother broke his **cruciate** ligament when playing basketball.
我弟弟在打籃球時弄斷了他的十字韌帶。</td>
</tr>
<tr>
<td>-fy （動詞字尾）使做出…
crucify [ˋkrusəˏfaɪ] （v.）把…釘在十字架上</td>
</tr>
<tr>
<td>例 December 25th was not the day that Christ was **crucified**.
十二月二十五日不是耶穌被釘在十字架上的日子。</td>
</tr>
</table>

crux [krʌks] (n.) 關鍵；癥結

例 I thought the **crux** of the matter was that he changed his attitude.
我覺得事件的癥結在於他改變了他的態度。

Quiz Time

中翻英，英翻中

( ) 1. cross （A）在對面 （B）交叉 （C）關鍵

( ) 2. 釘上十字架 （A）crucify （B）crucifix （C）crucifer

( ) 3. cruiser （A）遊艇 （B）乘船遊覽 （C）十字

( ) 4. 關鍵的 （A）crusade （B）cruciate （C）crucial

( ) 5. cruciform （A）十字軍東征（B）十字花科植物（C）十字形的

解答：1. B 2. A 3. A 4. C 5. C

和「事物」有關的字根 11

-dei-/-div-

▶god，表「神」

🎧 mp3: 052

衍生字

Diana [daɪˈænə] (n.) (女生名) 黛安娜；月亮女神

例 Many people went to the palace to pay tribute to the late Princess **Diana**.
許多人到皇宮來向已故的黛安娜王妃致敬。

字根 + 字尾

dei + ty = deity

-ty（名詞字尾）表「抽象的狀態、性格、性質」

deity [ˈdiətɪ]（n.）神明；女神

例 Mars and Venus were the ancient Roman **deities** of war and love.
瑪爾斯和維納斯是古代羅馬的戰神和愛神。

字根 + 字尾

div + ine = divine

徐薇教你記 像神一樣神聖的，就是「神的、像神一樣」。

-ine（形容詞字尾）像…的；與…相似的

divine [dəˈvaɪn]（adj.）神的；像神一樣的

例 Well goes the saying, "to err is human; to forgive **divine**."
俗話說得好：「凡人皆有過，唯神能寬恕。」

字根 + 字根 + 字尾

dei + fic + ation = deification

-fic-（字根）做

-ation（名詞字尾）表「動作的狀態或結果」

deification [ˌdiəfəˈkeʃən]（n.）奉為神明；神格化

例 There were a lot of stories about the **deification** of the ancient emperors in this book.
這本書裡有許多關於古代帝王被神格化了的故事。

舉一反三▶▶▶

初級字

diva [ˈdivə]（n.）知名女歌手；女神

例 The pop **diva** disappointed all her fans because she was found using drugs.
那名流行樂女歌手因為使用毒品讓她的歌迷都失望了。

-er（名詞字尾）做…的人或事物

diviner [dəˈvaɪnɚ]（n.）預言者；找水人；探礦人

例 The **diviner** stuck his ear to the ground, seeming to listen to the beating underground.
那名找水人將耳朵貼在地面看起來像是在聽地底下的脈動。

實用字

-fy（動詞字尾）使做出…

deify [ˈdiəfaɪ]（v.）將…奉為神明；崇拜

例 The villagers **deified** the old tree which was located in the entrance of the village.
村民們將坐落於村子入口的老樹奉為神明。

form [fɔrm]（v.）形成

deiform [ˈdiəfɔrm]（adj.）如神的；有神性的

例 People believe that the little girl is **deiform**, so they'll prostrate themselves in front of her.
人們相信那個小女孩有神性所以他們會在她面前伏地拜倒。

進階字

-ty（名詞字尾）表「抽象的狀態、性格、性質」

divinity [dəˈvɪnəti]（n.）神性；神學

例 The new priest holds a Master of **Divinity** from York University.
新來的牧師擁有約克大學的神學碩士學位。

-ism（名詞字尾）…主義、…行為狀態

deism [ˈdiɪzəm]（n.）自然神論

例 **Deism** is a belief in a supreme being who is the creator of the world.
自然神論是一種崇尚創造世界造物主的信仰。

? Quiz Time

從選項中選出適當的字填入空格中使句意通順

deity / divine / diva / deify / divinity

1. To the ancient Greeks, Zeus was the _____ who ruled over the sky and weather.
2. The Romans used to _____ their emperors.
3. Some fans seem to regard the players as _____ beings.
4. Adele is a world-famous pop _____.

5. For Christians, reading the Bible helps them understand the
_____ of God.

解答：1. deity 2. deify 3. divine 4. diva 5. divinity

和「事物」有關的字根 12

-dem(o)-

▶people，表「人」

🎧 mp3: 053

記 demo 當名詞時，指「示範的樣本」；在口語中，也可以指「示威遊行」，而示威遊行都是一大群的「人」。

字根 + 字尾

(demo + cracy = democracy)

徐薇教你記 由人為本組成一個政府的形式，也就是「民主制度」。

-cracy （名詞字尾）政府的形成
democracy [dɪˋmɑkrəsɪ] （n.）民主制度

例 Before the idea of **democracy**, only nobles and royal families had power.
在民主概念產生之前，只有貴族和皇室擁有權力。

(demo + ic = demotic)

徐薇教你記 關於人的、屬於和人們有關的，也就是「民眾的、大眾化的；普及的」。

-ic （形容詞字尾）屬於…的、關於…的
demotic [dɪˋmɑtɪk] （adj.）大眾的；通俗的

例 If you're looking for a novel with more **demotic** speech, try this one.
如果你在尋找更大眾化一點的小說，你可以試看看這本。

字首 + 字根 + 字尾

(epi + dem + ic = epidemic)

徐薇教你記 朝著眾人而來的東西，也就是會流行的「傳染病」或「流行病的」。

epi- （字首）在…上；朝向
epidemic [ˌɛpɪˈdɛmɪk] (n.) 流行病；傳染病
　　　　　　　　　　（adj.）流行的；傳染的

例 Selfishness is an **epidemic** in this country right now.
現在在這個國家，自私是一種流行通病。

舉一反三▶▶▶

初級字	-ic （形容詞字尾）屬於…的；關於…的 **democratic** [ˌdɛməˈkrætɪk] （adj.）民主的 例 The U.S.A. is a **democratic** country. 美國是個民主國家。 **補充** Democratic Party 美國民主黨 -ize （動詞字尾）使…化、使成…狀態 **democratize** [dɪˈmɑkrəˌtaɪz] (v.) 民主化 例 One day, this country may **democratize** completely. 終有一天，這個國家會全面地民主化。
實用字	-ics （名詞字尾）學術、技術 **demographics** [ˌdɪməˈgræfɪks] (n.) 人口統計資料 例 We need exact **demographics** on this city before we initiate the campaign. 在我們發起活動之前，我們需要這個城市精確的人口統計資料。 -graph- （字根）寫、畫 **demography** [dɪˈmɑgrəfɪ] (n.) 人口統計學 例 A simple understanding of **demography** will tell you that most of our customers are young women. 如果你對人口統計學有基本瞭解，你就會知道我們的主要客層是年輕女性。
進階字	en- （字首）使成為…；使進入…狀態 **endemic** [ɛnˈdɛmɪk] (n.) 地區性的病 　　　　　　　　　（adj.）地區性的；某地特有的 例 Bird-flu was once **endemic** but it became a worldwide disease eventually. 禽流感曾是地區性的病，但後來卻變成全球性的疾病。

pan- （字首）全部；所有的
pandemic [pæn`dɛmɪk] （adj.）流行性的；普遍的
（n.）全世界的流行病

例 Do you know the great flu **pandemic** of 1918?
你知道一九一八年造成世界各地大流行的流感嗎？

? Quiz Time

填空

( ) 1. 民主制度：demo___ （A）cratic （B）cracy （C）cratize

( ) 2. 民主的：demo___ （A）tic （B）crat （C）cratic

( ) 3. 流行病：epi___ （A）demic （B）demo （C）demtic

( ) 4. 人口統計資料：demo___ （A）graphics （B）graphy （C）grapher

( ) 5. 人口統計學：demo___ （A）graphics （B）graphy （C）grapher

解答：1. B 2. C 3. A 4. A 5. B

和「事物」有關的字根 13 ....

-derm-

▶ skin，表「皮膚」

源自古印歐字根 *der-，表示「剝開、剝皮、使分裂」，後衍生出
希臘文 dermato（皮膚）。

🎧 mp3: 054

衍生字

dermis

徐薇教你記 皮膚分成很多層，表皮之下的那一層皮膚就叫做「真皮」。

dermis [`dɝmɪs] （n.）真皮；皮膚

例 He mistakenly pierced the **dermis** of his skin with the pin.
他誤用大頭針刺穿了皮膚的真皮層。

字首 + 單字

epi + dermis = epidermis

徐薇教你記 在真皮的上面那一層，就叫做「表皮」。

epi- （字首）在…上面
epidermis [ˌɛpəˋdɝmɪs] （n.）表皮

例 After a while, layers of the **epidermis** will fall off as dead skin.
過了一會兒之後，表皮層掉落成為死皮。

希臘文 + 字尾

dermato + logy = dermatology

徐薇教你記 研究皮膚的學科，也就是「皮膚科、皮膚學、皮膚病學」。

-logy （名詞字尾）學科
dermatology [ˌdɝməˋtɑlədʒɪ] （n.）皮膚科；皮膚病學

例 Thanks to advancements in **dermatology**, fewer teenagers suffer the full effects of acne.
由於皮膚病學的進步，現在較少有青少年滿臉都是粉刺。

字首 + 字根 + 字尾

en + derm + ic = endermic

徐薇教你記 使變成在皮膚上面，就是指「塗在皮膚上的、外用的」。

en- （字首）使成為；使進入…狀態
endermic [ɛnˋdɝmɪk] （adj.）塗在皮膚上的、外用的

例 IcyHot is a great **endermic** product which quickly relieves pain.
「冰熱」是一種很棒的皮膚藥膏，它可以迅速舒緩疼痛。

舉一反三 ▶▶▶

初級字
-itis （名詞字尾）病菌感染或異常的狀態
dermatitis [ˌdɝməˋtaɪtɪs] （n.）皮膚炎

例 As her case of **dermatitis** was severe, none of the creams she tried would work.
由於她的皮膚炎很嚴重，她用的藥膏沒有一種有用。

實用字		pachy- （字首）厚的、濃密的 **pachyderm** [ˋpækɚdʒm] （n.）厚皮類；厚臉皮的人；遲鈍的人 例 Hippos and elephants are all **pachyderms**. 河馬和大象都是厚皮類的動物。
		-ist （名詞字尾）…的專家 **dermatologist** [ˏdʒmɚˋtɑlədʒɪst] （n.）皮膚科醫師；皮膚病學家 例 Most **dermatologists** recommend this product. 大部分皮膚科醫師都推薦這個產品。
		hypo- （字首）在…下面 **hypodermic** [ˏhaɪpɚˋdʒmɪk] （n.）皮下注射 （adj.）皮下的 例 Doctor, he requires a **hypodermic** injection of the drug instantly! 醫生，他需要立即接受皮下注射藥物。
進階字		raze [rez] （v.）拆毀；擦破 **dermabrasion** [ˏdʒmɚˋbreʒən] （n.）磨去皮膚疤痕的手術 例 The nurse applied some special cream on the patient's skin before starting the **dermabrasion**. 那護士在進行磨皮術前先在病患的皮膚上塗了一些特殊的乳膏。
		plastic [ˋplæstɪk] （adj.）（1）塑膠的；（2）整型的 **dermatoplasty** [ˋdʒmətoˏplæstɪ] （n.）皮膚移植 例 The famous actress went in for **dermatoplasty** after a tragic accident. 在一場悲劇性的意外之後，那名女演員進行皮膚移植。

? Quiz Time

拼出正確單字

1. 皮膚科 _____

2. 皮膚科醫師 _____

3. 真皮 _____

4. 皮下注射 _____

5. 皮膚炎 _____

解答：1. dermatology 2. dermatologist 3. dermis 4. hypodermic 5. dermatitis

和「事物」有關的字根 14

-dom-/
-domin-

▶ （1）house，表「房屋」
（2）to master，表「控制」

🎧 mp3: 055

3

衍生字

dome [dom] （n.）穹頂；半球形；穹頂建築；巨蛋

例 Many world-famous singers and bands, like Michael Jackson and BTS, used to hold their concerts at the Tokyo **Dome** in Japan.
許多世界知名的歌手和樂團，像是麥可傑克遜和防彈少年團，都曾在日本的東京巨蛋舉辦過演唱會。

字根 + 字尾

dome + tic = domestic

徐薇教你記 有家庭的性質的，就是「家庭的」；都在同個環境裡，引申就有「本國的、國內的」。

-tic（形容詞字尾）有…性質的

domestic [də`mɛstɪk]（adj.）本國的；國內的；家庭的

例 Since Terminal One is under renovation, all the **domestic** flight passengers are being transferred to Terminal Two.
由於一航廈在整修中，所有搭乘國內航班的旅客都轉往二航廈了。

domin + ate = dominate

徐薇教你記 做出控制人的動作，就是「統治、主導、佔優勢」。

-ate（動詞字尾）做出…動作

dominate [`damə‚net]（v.）統治；控制；佔有優勢

例 Dinosaurs used to **dominate** the Earth for more than 100 million years.
恐龍曾主宰地球超過一億年。

con + domin + ium = condominium

con-（字首）一起；共同（= 字首 co-）

-ium（名詞字尾）組成；狀態或地點

condominium [`kɑndəˌmɪnɪəm]（n.）社區型大樓（簡稱 condo）

補充 condominium 指各別住戶擁有獨立產權，但也有所有住戶共同持有的公共設施，就是我們俗稱的社區型大樓。

例 They couldn't afford a house with a yard, so they decided to buy a **condominium**.
他們買不起附庭園的獨棟房子，所以他們決定買一戶社區大樓。

舉一反三▶▶▶

初級字	**domain** [do`men]（n.）領地；領域 **例** The duke commanded the soldiers to drive off those Gypsies from his **domain**. 那位公爵命令士兵將吉普賽人驅離他的領地。
	-ant（形容詞字尾）具…性的 **dominant** [`dɑmənənt]（adj.）主導的；主要的 **例** Buddhism is the **dominant** religion of Thailand. 泰國的主要宗教信仰是佛教。
實用字	-ate（動詞字尾）做出…動作 **domesticate** [də`mɛstəˌket]（v.）馴養；馴化 **例** Is it possible to **domesticate** wild animals? 野生動物有被馴化的可能嗎？
	pre-（字首）在…之前；事先 **predominant** [prɪ`dɑmənənt]（adj.）佔優勢的；顯著的 **例** The younger generation is now a **predominant** force in this party. 年輕世代現在是這個黨派裡佔優勢的力量。
進階字	-ty（名詞字尾）表「狀態；性質」 **domesticity** [ˌdomɛs`tɪsətɪ]（n.）持家；家庭生活 **例** The movie star now wants nothing but an unpretentious **domesticity**. 那電影明星現在只想要過著低調的家庭生活。

in- （字首）表「否定」

-able （形容詞字尾）可以…的，能…的

indomitable [ɪnˋdɑmətəbl] （adj.）不屈不撓的；不服輸的；不氣餒的

例 He is so **indomitable** that he has proposed to his girlfriend ten times.

他是如此不屈不撓，他向女友求婚求了十次。

? Quiz Time

中翻英，英翻中

( ) 1. predominant （A）不屈不撓的（B）主要的 （C）佔優勢的

( ) 2. 領地 （A）dome （B）domain （C）dominant

( ) 3. domestic （A）馴化的 （B）主導的 （C）國內的

( ) 4. 統治 （A）dominate （B）domesticate （C）dominant

( ) 5. condominium （A）穹頂建築 （B）社區大樓 （C）家庭生活

解答：1. C 2. B 3. C 4. A 5. B

和「事物」有關的字根 15 ......

-dog-/-dox-

▶opinion, tenet，表「意見；信條；原則」

🎧 mp3: 056

衍生字

dogma [ˋdɔgmə] （n.）宗教的教義；教條

例 The latest AI development has challenged the traditional **dogmas** in many industries.

最新的人工智慧發展已對許多產業的傳統信條產生挑戰。

(para + dox = paradox)

徐薇教你記 同件事卻有相反的兩種原則，就是「自相矛盾、似是而非的說法」。

para-（字首）表「與…相反」

paradox [ˋpærəˌdɑks] (n.) 自相矛盾的情況；似非而是的說法

例 It sounds like a **paradox** that stress pushes us to work hard but when we work harder, we feel more stressed.
有個聽起來似是而非的說法是壓力促使我們努力，但當我們更努力時卻也更容易感受到壓力。

舉一反三▶▶▶

初級字	-ic（形容詞字尾）關於…的 **dogmatic** [dɔgˋmætɪk] (adj.) 武斷的；教條的 **例** They can't get along with each other because both are **dogmatic**. 他們無法和彼此相處因為兩個人都很武斷。
	orth-（字首）正確的；純粹的 **orthodox** [ˋɔrθəˌdɑks] (adj.) 正統的；傳統的 **例** She is considering whether to take an **orthodox** treatment. 她正在考慮是否要接受傳統的療法。
實用字	hetero-（字首）不同的 **heterodox** [ˋhɛtərəˌdɑks] (adj.) 非正統的；異端的 **例** I can say that the boss won't accept his **heterodox** ideas. 我敢說老闆不會接受他異端的想法。
	-ical（形容詞字尾）屬於…的 **paradoxical** [ˌpærəˋdɑksɪkl̩] (adj.) 自相矛盾的；似非而是的 **例** This phenomenon itself reflects the **paradoxical** nature of economic development. 這個現象本身反映了經濟發展自相矛盾的本質。

進階字

pseudo- （字首）假的
pseudodox [ˋsjudədɑks] （n.）錯誤的觀點

 He realizes now what he has held about driving safety is a **pseudodox**.
他現在理解了他對行車安全所秉持的是錯誤的觀點。

un- （字首）表「否定」
unorthodox [ʌnˋɔrθəˌdɑks] （adj.）非正教的；異教的

 The word "**unorthodox**" refers to things that are considered abnormal or eccentric.
「unorthodox」這個字指的是不正常或古怪的事物。

？ Quiz Time

拼出正確單字

1. 教條 　　＿＿＿＿＿＿＿＿＿＿＿＿＿

2. 武斷的 　＿＿＿＿＿＿＿＿＿＿＿＿＿

3. 自相矛盾 ＿＿＿＿＿＿＿＿＿＿＿＿＿

4. 正統的 　＿＿＿＿＿＿＿＿＿＿＿＿＿

5. 異端的 　＿＿＿＿＿＿＿＿＿＿＿＿＿

解答：1. dogma 2. dogmatic 3. paradox 4. orthodox 5. heterodox

-dyn-/ -dynam-

▶power，表「力量」

🎧 mp3: 057

字根 + 字尾

dynam + ic = dynamic

-ic（形容詞字尾）有關⋯的

dynamic [daɪˋnæmɪk]（adj.）動力的；充滿活力的

例 A recent survey shows that Bangalore in India has become the world's most **dynamic** city due to the development of high-tech industry.
最近有份調查顯示因高科技產業發展，印度的班加羅爾已成為全球最有活力的城市。

dynam + ite = dynamite

徐薇教你記 含有力量的化學成分組成的東西就是「炸藥」。

-ite（名詞字尾）表「化學成分」

dynamite [ˋdaɪnəˌmaɪt]（n.）炸藥

例 They used a small amount of **dynamite** to blast a hole in the mountain.
他們用少量的炸藥在山裡炸一個洞。

舉一反三▶▶▶

初級字

-ics（名詞字尾）學術、技術用語

dynamics [daɪˋnæmɪks]（n.）動力學

例 You may use this software to model the **dynamics** of ocean waves.
你可以使用這個軟體來模擬海浪的動力。

-aero-（字根）空氣

aerodynamics [ˌɛrədaɪˈnæmɪks]（n.）空氣動力學；航空動力學

例 **Aerodynamics** is not only concerned with flight, but is also used in designing automobiles and training bodies for minimum drag.

空氣動力學不只與飛機有關，也應用到設計汽車和體能訓練來減少阻力。

實用字

dynamo [ˈdaɪnəˌmo]（n.）發電機

補充 dynamo 是 dynamoelectric machine 的簡稱

例 The head and tail lights are powered by a small **dynamo** on the bicycle while the wheels are spinning around.

車頭和車尾燈是仰賴腳踏車上的一個小型發電機在車輪轉動時提供電力。

-electr-（字根）電

electrodynamics [ˌɪlɛktrodaɪˈnæmɪks]（n.）電動力學

例 Every electrician is supposed to understand the principles of **electrodynamics**.

每個電氣技師都應該要理解電動力學的原理。

進階字

-hydr-（字根）水

hydrodynamics [ˌhaɪdrodaɪˈnæmɪks]（n.）流體力學

例 They think the methods of **hydrodynamics** are no longer applicable in this case.

他們認為流體力學的方法在這個案例上不再適用。

-therm-（字根）熱

thermodynamics [ˌθɝmodaɪˈnæmɪks]（n.）熱力學

例 **Thermodynamics**, which is a branch of physics, applies to a wide variety of topics in science and engineering.

熱力學是物理學的分支之一，應用在科學與工程學的各種論題。

? Quiz Time

填空

( ) 1. 炸藥：dyna___　　(A) mic　(B) mics　(C) mite

( ) 2. 有活力的：dynam___　　(A) ic　(B) ical　(C) ics

( ) 3. 發電機：dyn___　　(A) amic　(B) amo　(C) mics

（　）4. 空氣動力學：___dynamics（A）aero（B）electro（C）thermo
（　）5. 流體力學：___dynamics（A）electro（B）aero（C）hydro

解答：1. C 2. A 3. B 4. A 5. C

和「事物」有關的字根 17

-fid-

▶belief, faith，表「信念；信任」

變形包括 -fai-, -fed-。

🎧 mp3: 058

字首 + 字根

con + fid = confide

徐薇教你記 讓你一起來相信，也就是向你「吐露實情」、向可信任的人「揭露祕密」。

con-（字首）一起（= 字首 co-）

confide [kən`faɪd]（v.）吐露；透露祕密

例 Spouses often **confide** in each other.
配偶們常互相吐露祕密。

字根 + 字尾

fed + al = federal

徐薇教你記 彼此互信而簽下條約結盟，也就成為「聯邦的、聯邦政府的」。

-al（形容詞字尾）表「屬性；情況」

federal [`fɛdərəl]（adj.）國家的；聯邦政府的

例 Tom got a **federal** loan to help him pay for college.
湯姆拿到了政府貸款來幫他完成大學學業。

補充 FBI 聯邦調查局 = Federal Bureau of Investigation

字首 + 字根 + 字尾

(con + fid + ence = confidence)

徐薇教你記 一起相信的性質、情況，就是「信心、自信」。

-ence（名詞字尾）表「情況；性質；行為」
confidence [ˈkɑnfədəns]（n.）自信；信心；信任

例 I don't have a lot of **confidence** that this play will be successful on Broadway.
我不敢保證這齣劇在百老匯演出會成功。

補充 confidence man = con man 取得受騙者信任來騙取錢財的人，也就是「騙子」；confidence trick 騙術

舉一反三▶▶▶

初級字	-ent（形容詞字尾）具…性的 **confident** [ˈkɑnfədənt]（adj.）自信的；有信心的 記 吐露實情讓人信服的特質，也就是「有自信的」。 例 Be **confident** of your English speaking ability! 對你英文的口說能力要有自信！ -th（名詞字尾）表「動作的狀態或性質」 **faith** [feθ]（n.）信念；信仰；信條 例 I have **faith** that you can make a good speech if you practice hard. 如果你認真練習，我相信你一定能發表一場很棒的演說。
實用字	-al（形容詞字尾）表「屬性；情況」 **confidential** [ˌkɑnfəˈdɛnʃəl]（adj.）機密的；表示信任的 例 This information is strickly **confidential**. 這個情報是絕對機密的。 -ity（名詞字尾）表「狀態；性格；性質」 **fidelity** [fɪˈdɛlətɪ]（n.）忠誠；忠貞 例 The **fidelity** of the restaurant manager is unquestioned -- he does everything by the book. 該名餐廳經理的忠誠度無庸置疑，他一向是照章辦事的。

di- （字首）除去、拿開（＝字首 dis-）

diffidence [ˋdɪfədəns]（n.）缺乏自信；怯懦；羞怯

例 Don't have so much **diffidence** about yourself. You've made a lot of progress.
別對你自己這麼沒自信。你已經進步很多了。

in- （字首）表「否定」

infidel [ˋɪnfədḷ]（n.）無宗教信仰的人；異教徒

例 In the middle ages, **infidels** were burned at the stake.
在中世紀時，異教徒會被綁在椿上燒死。

? Quiz Time

依提示填入適當單字, 皆填入小寫字母即可

1. Don't have so much _____ about yourself. You've made a lot of progress.

2. I have every _____ in her. She'll be perfect for the job.

3. The employees served the employer with loyalty and _____.

4. He doesn't have _____ in God.

5. FBI stands for _____ Bureau of Investigation.

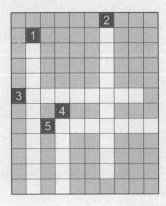

解答：1. diffidence 2. confidence 3. fidelity 4. faith 5. federal

3

-her-/-heir-

▶heir，表「繼承人」

🎧 mp3: 059

衍生字

heir [ɛr]（n.）繼承人

例 I was chosen as Uncle Thomas' **heir** apparent since he had no children.
因為湯瑪士叔叔沒有小孩，我被選為他的法定繼承人。

字根 + 字尾

her + age = heritage

徐薇教你記 繼承人得到的所有東西合起來，就是「遺產」。

-age（名詞字尾）表「集合名詞或總稱」

heritage [ˈhɛrətɪdʒ]（n.）遺產；繼承物

例 This island has been designated a world **heritage** site by UNESCO.
這座島已被聯合國教科文組織劃定為世界遺產。

字首 + 字根

in + her = inherit

徐薇教你記 進入成為繼承人，就是要來「繼承」，也可指身體的一些特質是「經遺傳而得到」。

in-（字首）進入

inherit [ɪnˈhɛrɪt]（v.）繼承；經遺傳而得

例 She **inherited** a villa from her grandmother.
她從她奶奶那裡繼承了一間別墅。

舉一反三 ▶▶▶

<table>
<tr>
<td rowspan="2">初級字</td>
<td>-ess（名詞字尾）表「女性」

heiress [ˋɛrɪs]（n.）女繼承人

例 Since the king didn't have a son, his only daughter became the **heiress** to the throne.
由於國王沒有兒子，他唯一的女兒成為王位的女繼承人。</td>
</tr>
<tr>
<td>-ity（名詞字尾）表「狀態、性格、性質」

heredity [həˋrɛdətɪ]（n.）遺傳

例 Variations between individuals can accumulate through **heredity** and cause species to evolve by natural selection.
個體之間的差異能夠透過遺傳累積並且造成物種藉由自然淘汰來演化。</td>
</tr>
<tr>
<td rowspan="2">實用字</td>
<td>**heirloom** [ˋɛrˏlum]（n.）傳家之寶；祖傳寶物

例 The jade bracelet they always keep in the safe is a family **heirloom**.
那只他們總是保存在保險箱的玉手鐲是家族的傳家之寶。</td>
</tr>
<tr>
<td>-ance（名詞字尾）表「情況；性質；行為」

inheritance [ɪnˋhɛrɪtəns]（n.）繼承的遺產；遺傳的特徵

例 Grace recently received a small **inheritance** from a remote uncle.
葛瑞絲最近從一位關係疏遠的叔叔那邊繼承了一小筆遺產。</td>
</tr>
<tr>
<td rowspan="2">進階字</td>
<td>dis-（字首）拿開；否定

disinherit [dɪsɪnˋhɛrɪt]（v.）剝奪…的繼承權

例 Rick's father threatened to **disinherit** him if he didn't end the relationship with Anna.
瑞克的父親威脅著要剝奪他的繼承權，如果他沒有結束跟安娜的交往關係。</td>
</tr>
<tr>
<td>-ary（形容詞字尾）和…有關的

hereditary [həˋrɛdɪˏtɛrɪ]（adj.）世襲的；遺傳的

例 The doctor diagnosed that her depression is **hereditary**.
醫師診斷出她的憂鬱症是遺傳的。</td>
</tr>
</table>

❓ Quiz Time

從選項中選出適當的字填入空格中使句意通順

heir / inheir / heritage / heirloom / inheritance

1. The portrait is a family _____. It is not for sale.
2. This island has been designated as a world _____ site.
3. She received a large _____ from her grandmother.
4. She _____ed a villa from her grandmother.
5. I was chosen as Uncle Thomas' _____ apparent since he had no child.

解答：1. heirloom 2. heritage 3. inheritance 4. inherit 5. heir

和「事物」有關的字根 **19**

-herb-

▶ grass，表「草」

🎧 mp3: 060

字根 + 字根

herb + cid = herbicide

徐薇教你記 把草都殺掉的東西，就是「除草劑」。

-cid- （字根）殺；切

herbi**cide** ['hɜbəˌsaɪd] （n.）除草劑

例 The creek behind the log cabin was polluted because some people used too much **herbicide**.
小木屋後面那條小溪被汙染了，因為有人用了太多除草劑。

(herb + al = herbal)

徐薇教你記 和草有關的，就是「藥草的、草的」，像花草茶就叫做 herbal tea。

-al（形容詞字尾）有關…的

herbal [ˋhɝbl̩]（adj.）藥草的

例 They gave me a glass of dark liquid and told me that was a kind of **herbal** tea.
他們給了我一杯黑色的液體然後告訴我那是一種藥草茶。

(herb + aceous = herbaceous)

-aceous（形容詞字尾）具…性質的

herbaceous [hɝˋbeʃəs]（adj.）草本的，草質的

例 **Herbaceous** plants are those which grow without persistent woody stems above ground.
草本植物就是那些在地面上並未生長木質莖的植物。

舉一反三▶▶▶

<table>
<tr><td>初級字</td><td>

-y（形容詞字尾）多…的

herby [ˋɝbɪ]（adj.）藥草味的；香草味的；多草本植物的

例 Don't you remember my brother hates coriander? He can't stand its **herby** taste.
你不記得我弟弟討厭香菜嗎？他無法忍受香菜的草味。

-age（名詞字尾）表「集合名詞或總稱」

herbage [ˋhɝbɪdʒ]（n.）草；牧草

例 The Tibetan nomads always graze their yaks on pastures with luxuriant **herbage** in summer.
西藏的牧民在夏天總是將犛牛放牧在擁有繁茂牧草的草地上。

</td></tr>
<tr><td>實用字</td><td>

-ism（名詞字尾）主義；行為狀態

herbalism [ˋhɝbəlɪzəm]（n.）藥草醫學

例 **Herbalism** has been practiced in many ancient cultures for centuries.
藥草醫學在許多古代文明中已經實行了數百年。

</td></tr>
</table>

進階字

-ist（名詞字尾）…的專家

herbalist [ˋhɝbḷɪst]（n.）草木植物學家；藥草栽培者

例 My great-grandmother was a respectable **herbalist** whom the villagers relied on.
我的曾祖母是一位令人尊敬的藥草專家，所有村民都信任她。

-vor-（字根）吞食

herbivore [ˋhɝbə͵vɔr]（n.）食草動物

例 Having wide flat teeth for grinding plants is one of **herbivores'** characteristics.
擁有寬大平坦的牙齒來研磨植物是食草動物的特徵之一。

-ous（形容詞字尾）有…特質的

herbivorous [hɝˋbɪvərəs]（adj.）食草的

例 Like giraffes, **herbivorous** dinosaurs usually had long necks which helped them pick foliage on tall trees.
草食性恐龍通常就像長頸鹿一樣，擁有長長的脖子來幫助他們採集高聳樹木上的枝葉。

-ium（名詞字尾）地點

herbarium [hɝˋbɛrɪəm]（n.）植物標本集，植物標本室

例 Bill's father is a botany professor, who is also the first curator of our university's **herbarium**.
比爾的父親是一名植物學教授，他也是我們大學植物標本室的第一任管理者。

? Quiz Time

中翻英，英翻中

（　）1. herbicide （A）除草劑 （B）食草的 （C）植物標本集

（　）2. 藥草的 （A）herby （B）herbal （C）herbage

（　）3. herbaceous （A）牧草 （B）藥草味的 （C）草本的

（　）4. 藥草醫學 （A）herbalism （B）herbalist （C）herbal

（　）5. herbivore （A）草質的 （B）食草動物 （C）藥草栽培者

解答：1. A 2. B 3. C 4. A 5. B

-hydr-

▶water，表「水」

🎧 mp3: 061

字根 + 字尾

(hydr + ant = hydrant)

-ant（名詞字尾）做…的事物

hydrant [ˋhaɪdrənt]（n.）消防栓

📝 There should be a fire **hydrant** within one hundred meters of every home.
家家戶戶每一百公尺都應該要有一個消防栓。

字根 + 單字

(hydro + therapy = hydrotherapy)

therapy [ˋθɛrəpɪ]（n.）治療；療法

hydrotherapy [͵haɪdrəˋθɛrəpɪ]（n.）水療

📝 Eli underwent **hydrotherapy** after he fell into the frozen lake.
艾利曾掉入結冰湖中，所以開始接受水療。

字首 + 字根 + 字尾

(de + hydr + ate = dehydrate)

徐薇教你記 把水拿掉了、水都離開了，也就「脫水、變乾燥」了。

de-（字首）離開；脫落

dehydrate [diˋhaɪ͵dret]（v.）脫水；使變乾燥

📝 It is said that drinking beer actually **dehydrates** the body.
據說喝啤酒其實會讓身體脫水。

舉一反三 ▶▶▶

初級字	**hydra** ['haɪdrə] (n.) (1) (希臘神) 九頭蛇;(2) 水螅 例 You will pick up a lot of **hydra** when dragging a net through this swamp. 在這個沼澤把網子拉起來,你會發現一堆水螅在裡面。
初級字	-gen- (字根) 產生 **hydrogen** ['haɪdrədʒən] (n.) 氫 例 The **hydrogen** airship, the LZ 129 Hindenberg, famously blew up in 1937. 氫氣飛船「興登堡號」在一九三七年爆炸一事廣為人知。
實用字	-phobia (名詞字尾) …恐懼症 **hydrophobia** [ˌhaɪdrəˈfobɪə] (n.) 恐水症;狂犬病 例 How can you have **hydrophobia** if you live next to the ocean? 如果你住在海洋的旁邊,你怎麼可能會有恐水症?
實用字	-phyto- (字根) 植物 **hydrophyte** ['haɪdrəˌfaɪt] (n.) 水生植物 例 Water lilies are a typical kind of **hydrophyte**. 荷花是一種典型的水生植物。
進階字	-agogue (名詞字尾) 引導者、帶領者 **hydragogue** ['haɪdrəˌgɑg] (n.) 瀉藥;利尿劑 例 **Hydragogues** were used during the flu outbreak of 1918. 瀉藥在一九一八年流感爆發期間普遍被使用。
進階字	geoponic [ˌdʒiəˈpɑnɪk] (adj.) 農學的;耕作的 **hydroponic** [haɪdrəˈpɑnɪk] (adj.) 水耕的 例 **Hydroponic** vegetables are welcome because they are usually grown indoors and they don't need pesticides. 水耕蔬菜會受到歡迎因為它們都是種在室內,不需要用農藥。

❓ Quiz Time

拼出正確單字

1. 消防栓 _____

2. 脫水 _____

3. 氫　＿＿＿＿＿＿＿＿＿

4. 水療　＿＿＿＿＿＿＿＿＿

5. 水生植物　＿＿＿＿＿＿＿＿＿

解答：1. hydrant 2. dehydrate 3. hydrogen 4. hydrotherapy 5. hydrophyte

和「事物」有關的字根 21

-hypno-

▶sleep，表「睡眠」

🎧 mp3: 062

字根 + 單字

hypno + therapy = hypnotherapy

therapy [ˈθɛrəpɪ]（n.）治療；療法
hypnotherapy [ˌhɪpnoˈθɛrəpɪ]（n.）催眠療法

例 My aunt tried **hypnotherapy** twice a week to help her cope after the bad accident.
在遭逢意外後，我阿姨每個禮拜接受兩次催眠治療才能正常生活。

字根 + 字尾

hypno + ize = hypnotize

徐薇教你記 使變成睡眠狀態，也就是「催眠」。

-ize（動詞字尾）使…化
hypnotize [ˈhɪpnəˌtaɪz]（v.）催眠

例 Some psychiatrists prefer to **hypnotize** their patients to help them relax.
一些精神科醫師較喜歡用催眠的方式幫助病患放鬆。

舉一反三 ▶▶▶

初級字

-sis（名詞字尾）表「抽象的狀態或過程」

hypnosis [hɪpˋnɑsɪs]（n.）催眠

例 Under deep **hypnosis**, he recalled what had happened that night.
在深度催眠之下，他回憶起那晚發生的事情。

-ic（形容詞字尾）表「屬…的；有關…的」

hypnotic [hɪpˋnɑtɪk]（adj.）催眠的
（n.）安眠藥

例 The ticking of the clock was so **hypnotic** that it almost put me to sleep.
時鐘的滴答聲非常具催眠效果，它幾乎要讓我睡著了。

實用字

-ism（名詞字尾）…主義；行為狀態

hypnotism [ˋhɪpnə͵tɪzəm]（n.）催眠術

例 Some believe that **hypnotism** is a tool of the devil.
有些人相信催眠術是惡魔的工具。

-ist（名詞字尾）…的專家

hypnotist [ˋhɪpnətɪst]（n.）催眠師；施行催眠術的人

例 She went to the **hypnotist** to try to quit her compulsive buying disorder.
她去找催眠師試看看能不能戒掉她衝動購物的心理失調問題。

進階字

de-（字首）離開

dehypnotize [dɪˋhɪpnə͵taɪz]（v.）解除催眠狀態

例 After our session was over, the hypnotist had to **dehypnotize** me to ensure my full recovery.
在我們的治療階段結束後，催眠師得幫我解除催眠狀態，確保我已完全恢復過來。

analysis [əˋnæləsɪs]（n.）分析；分解

hypnoanalysis [͵hɪpnoəˋnæləsɪs]（n.）精神催眠分析術

例 The **hypnoanalysis** given by the doctor led me to start this new medication.
醫生對我進行的精神催眠分析，讓我開始了這個新的藥物治療。

從選項中選出適當的字填入空格中使句意通順

hypnotize / hypnotic / hypnotism / hypnotist / hypnosis

1. Paul McKenna is a very famous _____.
2. Some psychiatrists will _____ their patients to help them relax.
3. The ticking of the clock was so _____ that it almost put me to sleep.
4. Under deep _____, he recalled what had happened that night.
5. My cousin is very interested in _____.

解答:1. hypnotist 2. hypnotize 3. hypnotic 4. hypnosis 5. hypnotism

和「事物」有關的字根 22 ···

-mar-/-mer-

▶sea,表「海」

🎧 mp3: 063

字根 + 字尾

mar + ine = marine

徐薇教你記 和海有關的,就是「海洋的」。

-ine（形容詞字尾）與…有關的
marine [məˋrin]（adj.）海洋的
補充 marine 也可當名詞,M 大寫的 Marines 指「海軍陸戰隊」。

例 Thousands of visitors come to the aquarium to see the fascinating **marine** creatures every year.
每年有上萬遊客來這個水族館觀賞迷人的海洋生物。

字根 + 單字

(mer + maid = mermaid)

徐薇教你記 住在海裡的少女就是「美人魚」囉！

maid [med] （n.）少女；年輕女子
mermaid [`mɜ,med]（n.）美人魚

例 *The Little Mermaid* is a world-famous story.
《小美人魚》是世界知名的故事。

字首 + 單字

(sub + marine = submarine)

徐薇教你記 在海洋之下穿梭的東西就是「潛水艇」。

sub-（字首）在…下方
submarine [`sʌbmə,rin]（n.）潛水艇

例 It is reported that the military detected a nuclear **submarine** sailed through the straits last week.
據報導，軍方上週偵測到有艘核子潛艇航過海峽。

舉一反三▶▶▶

初級字

-sh（名詞字尾）表「性質、特性」
marsh [mɑrʃ]（n.）沼澤
例 Many valuable species of amphibians can be found in this **marsh**.
這個沼澤可以發現許多珍貴品種的兩棲生物。

-er（名詞字尾）做…的人
mariner [mə`rinə]（n.）水手
例 Christopher Columbus is definitely the most famous **mariner** in history, who discovered the Americas in 1492.
克里斯多福‧哥倫布無疑是史上最有名的水手，他在一四九二年發現了美洲。

和「事物」有關的字根 **-mar-/-mer-**

實用字	**-ate**（動詞字尾）使成為…；做出…動作 **marinate** [ˋmærəˌnet]（v.）醃漬；醃泡 例 The chef **marinated** the ribs with sweet soy sauce and rice wine before grilling. 主廚在烤肉之前先將肋排以甜醬油和米酒醃漬。 **-ade**（名詞字尾）表「動作的過程或結果」 **marinade** [ˋmærəˌned]（n.）醃泡調料 例 Stir the vegetables over in the **marinade** to get them well soaked. 把浸在醃泡汁裡的蔬菜攪拌一下好讓它們能完全吸到味道。
進階字	**-timus**（拉丁字尾）表形容詞最高級，「最…的」 **maritime** [ˋmærəˌtaɪm]（adj.）海運的；海事的；沿海的 例 There will be an ancient warship exhibition in the **maritime** museum next month. 下個月有個古代戰船展覽將會在海事博物館展出。 **marina** [məˋrinə]（n.）小船塢；小港口 例 The **marina** is small but it carries all the infrastructure that the boat owners need. 這個小碼頭雖然小，但它有船主們都需要的基本設施。

? Quiz Time

填空

( ) 1. 海洋的：mar___ （A）inate （B）ina （C）ine

( ) 2. 美人魚：mer___ （A）made （B）maid （C）mard

( ) 3. 潛水艇：___marine （A）sub （B）ultra （C）aqua

( ) 4. 水手：mar___ （A）ine （B）iner （C）inor

( ) 5. 醃漬：mari___ （A）nate （B）nade （C）time

解答：1. C 2. B 3. A 4. B 5. A

和「事物」有關的字根 23

-mort-

▶death，表「死亡」

🎧 mp3: 064

字根 + 字尾

mort + al = mortal

徐薇教你記 有死亡特質的，也就是「終將死亡的、會死的」，凡人終將一死，所以當名詞用也指「凡人、普通人」。

-al（形容詞字尾）表「和…有關的，有…特質的」

mortal [`mɔrtl̩] (adj.) 會死的；死的
(n.) 凡人；普通人

例 Sometimes, it doesn't seem like the tennis player Roger Federer is a **mortal** -- he's too good.
有時，網球好手羅傑費德勒看起來不像是個普通人，他太厲害了。

補充 a mortal combat 直到死才算結束的戰鬥

mort + ician = mortician

徐薇教你記 精通關於死亡事務的人，就是「禮儀師或殯葬業者」。

-ician（字尾）表「專精…的人」

mortician [mɔr`tɪʃən] (n.) 殯葬業者；禮儀師

例 Good **morticians** can help ease the pain of losing a loved one.
好的殯葬業者可以幫助減少失去至愛親人的傷痛。

補充 under + taker = undertaker 也是指殯葬業者或禮儀師。

字首 + 字根 + 字尾

im + mort + al = immortal

徐薇教你記 不會死的，就是「不朽的、永生的」。

im-（字首）表「否定」(= 字首 in-)

immortal [ɪ`mɔrtl̩] (adj.) 不朽的；永生的

例 Super heroes seem to be **immortal**; they somehow survive the most horrible incidents.
超級英雄似乎都不會死，即使經歷最可怕的事件都還可以生還。

舉一反三 ▶▶▶

gage [gedʒ]（n.）抵押品；擔保品

mortgage [ˋmɔrgɪdʒ]（n.）抵押借款

補充 保證、承諾直到死亡才會停止，因為債務會在清償完畢或繳款人死亡後才算結束，所以叫作「抵押貸款」。

例 If you don't pay your **mortgage** for several months, the bank will foreclose on your house.
如果你幾個月都不付貸款的話，銀行就會查封你的房子。

-fy（動詞字尾）使⋯化；使變成⋯狀態

mortify [ˋmɔrtəfaɪ]（v.）使感到羞辱；使沒面子

例 The mother was **mortified** when she heard her child yelling at an old man.
那個媽媽聽到她的孩子對著一位老先生大吼時，她感到非常羞愧。

-ity（名詞字尾）表「狀態；性格；性質」

mortality [mɔrˋtælətɪ]（n.）必死的；死亡率

例 The child **mortality** rate in third world countries is quite high.
第三世界國家的兒童死亡率相當高。

-ry（名詞字尾）地點

mortuary [ˋmɔrtʃuˏɛrɪ]（n.）停屍間；太平間
（adj.）喪葬的；悲哀的

例 The **mortuary** was located in the basement of the hospital for some reason.
因為一些原因，太平間位於這間醫院的地下室。

ante-（字首）在⋯之前

antemortem [ˏæntɪˋmɔrtəm]（adj.）臨死前的

例 I have an **antemortem** wish to see the Seven Wonders of the World.
我臨死前有個遺願是想看到世界七大奇景。

moribund [ˋmɔrəˏbʌnd]（adj.）垂死的

例 The patient was in a **moribund** state, so we called in a priest to administer the last rites.
該名病患已在垂死邊緣，所以我們找來一位牧師進行最後的儀式。

❓ **Quiz Time**

中翻英，英翻中

( ) 1. mortal （A）垂死的 （B）死前的 （C）會死的

( ) 2. 殯葬業者 （A）mortician （B）mortuary （C）mortality

( ) 3. mortgage （A）死亡率 （B）抵押貸款 （C）悲哀的

( ) 4. 不朽的 （A）mortify （B）moribund （C）immortal

( ) 5. mortuary （A）太平間 （B）使沒面子 （C）凡人的

解答：1. C 2. A 3. B 4. C 5. A

和「事物」有關的字根 24

-nav-/ -naut-

▶ship，表「船」

🎧 mp3: 065

字根 + 字尾

nav + y = navy

徐薇教你記 navy 原指船艦，特別指作戰用的船艦，後來衍生指「海軍」。

-y（名詞字尾）表「動作的狀態」

navy [`nevɪ]（n.）海軍

例 My brother decided to pursue a career in the **navy**.
我弟弟決定要從事海軍工作。

nav + ig + ate = navigate

徐薇教你記 駕著船往前行進、行動，一路上都要不斷「確定方位、方向」以免迷航，就是 navigate。

-ig- （字根）行動（＝字根 -act-）
　　-ate （動詞字尾）做出…動作

navigate [ˋnævəˏget] （v.）確定…的方向

例 Sailors often **navigated** by the stars and the moon in ancient times.
古代的水手通常藉由星星和月亮來確定航行方向。

字根 + 字根

astro + naut = astronaut

徐薇教你記 在星際、外太空開船航行的人，就是「太空人、宇航員」。

-astro- （字根）星星

astronaut [ˋæstrəˏnɔt] （n.）太空人；宇航員

例 **Astronauts** need airproof suits when walking around in outer space.
太空人在進行外太空漫步時需要穿完全密閉式的服裝。

舉一反三▶▶▶

初級字	-al （形容詞字尾）表「屬性」 **naval** [ˋnevḷ] （adj.）海軍的 比 navel 肚臍 例 This town used to be a **naval** base. 這個小鎮以前曾經是海軍基地。
	-ation （名詞字尾）表「動作的狀態或結果」 **navigation** [ˏnævəˋgeʃən] （n.）導航 例 You can download this GPS **navigation** app for free. 你可以免費下載這個全球衛星導航應用程式。
實用字	-or （名詞字尾）做…的人或物 **navigator** [ˋnævəˏgetə] （n.）導航員；領航員 例 The **navigator's** primary responsibility is to be aware of ship or aircraft position at all times. 導航員最主要的任務是隨時注意船隻或飛機所在的位置。

-able（形容詞字尾）可…的

navigable [ˈnævəɡəbḷ]（adj.）水域可通航的；可航行的

例 The river freezes for three months every year, so it is not **navigable** in winter.

這條河每年有三個月會結凍，因此它在冬季時是不能航行的

進階字

-ia（名詞字尾）疾病

nausea [ˈnɔzɪə]（n.）噁心；嘔吐感

例 It is said that cancer chemotherapy often causes severe **nausea** and vomiting.

據說化療常常導致嚴重的噁心感和嘔吐。

-al（形容詞字尾）表「屬性」

nautical [ˈnɔtɪkḷ]（adj.）海上的；航海的

例 In the maritime museum, you can see all kinds of **nautical** equipment.

在這個海事博物館裡，你可以見到各式各樣的航海設備。

Quiz Time

中翻英，英翻中

( ) 1. astronaut （A）導航員 （B）宇航員 （C）海軍

( ) 2. 海軍的 （A）naval （B）nautical （C）navigate

( ) 3. navigable （A）導航的 （B）海上的 （C）可航行的

( ) 4. 導航 （A）navigation（B）navigator（C）navy

( ) 5. 噁心 （A）navy （B）nausea （C）nautical

解答：1. B 2. A 3. C 4. A 5. B

和「事物」有關的字根 25

-noct-

▶night，表「夜晚」

源自拉丁文 nox，古羅馬代表夜晚的女神名字就是 Nox。變形為 -nyct-, -nox-。

記 knock 敲門。半夜有人來敲門 Knock, knock!

🎧 mp3: 066

衍生字

night [naɪt]（n.）夜晚

例 I work the **night** shift at the factory, from eleven at night till eight in the morning.
我在工廠上晚班，從晚上十一點到第二天早上八點。

字根 + 字尾

nyct + phobia = nyctophobia

-phobia（名詞字尾）…恐懼症

nyctophobia [ˌnɪktəˈfobɪə]（n.）黑夜恐懼症

例 Although Tom is forty years old, his **nyctophobia** makes it hard for him to sleep at night.
儘管湯姆已經四十歲了，他的黑夜恐懼症還是讓他很難在晚上睡覺。

字根 + 字根

equi + nox = equinox

徐薇教你記 白天和夜晚長度均等的時候，就是在「春分或秋分」的時候。

-equi-（字根）均等的

equinox [ˈikwəˌnɑks]（n.）晝夜平分時；春分；秋分

例 After the vernal **equinox**, the days get longer and the weather gets warmer.
在春分之後，白天漸漸變長了，天氣也漸漸回暖了。

舉一反三▶▶▶

初級字	**nightingale** [ˈnaɪtɪŋ.gel]（n.）（1）夜鶯；（2）N 大寫為英文姓氏 「南丁格爾」
	例 The **nightingale** sings so beautifully. 夜鶯唱歌真好聽。
	nocturnal [nɑkˈtɝn!]（adj.）夜間發生的；夜行性的
	例 Bats are **nocturnal**, so just after dusk you can see them fly right out of that barn. 蝙蝠是夜行性的，所以在黃昏之後，你可以看到牠們飛出穀倉。
實用字	-luc-（字根）光亮
	noctilucent [ˌnɑktəˈlusənt]（adj.）夜間發光的；夜間可見的
	例 Some scientists went to the north to observe the phenomenon of **noctilucent** clouds. 一些科學家到北邊去觀察夜間發光雲的現象。
	-vag-（字根）徘徊；流浪
	noctivagant [nɑkˈtɪvəgənt]（adj.）夜間徘徊的；夜遊的
	例 Brad's wife wonders about his **noctivigant** meandering. 布萊德的太太想知道他夜晚在外面徘徊在做什麼。
進階字	ambulāre（拉丁文）行走
	noctambulism [nɑkˈtæmbjəlɪzəm]（n.）夢遊病；夢中步行
	例 Because of Rick's **noctambulism**, his wife locks all the doors of the house. 因為瑞克有夢遊的毛病，所以他太太把房子所有的門都上鎖了。
	-alo-（字根）盲的
	-op-（字根）眼睛的
	-ia（名詞字尾）疾病
	nyctalopia [ˌnɪktəˈlopɪə]（n.）夜盲症
	例 Due to his **nyctalopia**, he doesn't drive at night. 因為他有夜盲症，所以他晚上不開車。

拼出正確單字

1. 夜晚 ＿＿＿＿＿＿＿＿＿＿＿＿

2. 夜鶯 ＿＿＿＿＿＿＿＿＿＿＿＿

3. 夜行性的 ＿＿＿＿＿＿＿＿＿＿＿＿

4. 夜光的 ＿＿＿＿＿＿＿＿＿＿＿＿

5. 夜遊的 ＿＿＿＿＿＿＿＿＿＿＿＿

解答：1. night 2. nightingale 3. nocturnal 4. noctilucent 5. noctivigant

和「事物」有關的字根 26

-nom-

▶arrangement, law，表「安排；法律」

🎧mp3: 067

衍生字

nomad

徐薇教你記 nomad 來自希臘文 nomas，字面意思是「安排好的土地」，引申指在牧草區上一區、一區有如分配好地去游移、移動，進行這種行為的人就是牧民、游牧部落。

nomad [ˋnomæd]（n.）游牧民；游牧部落

例 Some of the desert **nomads** come to the oasis every summer.
一些沙漠游牧民每年夏天都會到這個綠洲來。

字根 + 字根 + 字尾

eco + nom + y = economy

徐薇教你記 家是最小的收支單位，家庭收支安排就是最基本的「經濟」。

-eco-（字根）環境；家庭

　　　-y（名詞字尾）表「專有名詞的暱稱」

economy [ɪˋkɑnəmɪ]（n.）經濟；經濟制度；節約

例 The typhoons have caused great damage to the local **economy**.
這些颱風已對當地經濟造成嚴重損害。

字首 + 字根 + 字尾

(auto + nom + y = autonomy)

徐薇教你記　自己安排自己的制度、法律，自己管理自己，就是「自治、自主權」。

auto-（字首）自己的

autonomy [ɔˋtɑnəmɪ]（n.）自治；自主權

例 Many women are still striving for economic **autonomy** due to traditional constraints on females.
由於傳統對女性的束縛，許多女性現今仍在努力爭取經濟自主權。

舉一反三▶▶▶

初級字	**-astro-**（字根）星星 **astronomy** [əsˋtrɑnəmɪ]（n.）天文學 **例** Louie has been interested in **astronomy** ever since he attended the Space Camp at NASA. 路易自從參加了 NASA 舉辦的太空營後就對天文學很感興趣。
	-ous（形容詞字尾）充滿…的 **autonomous** [ɔˋtɑnəməs]（adj.）自治的；自主的 **例** The culture and life style in the **autonomous** region is quite unique from other places. 那個自治區的文化與生活風格比起其他地方相當獨特。
實用字	**-gastr-**（字根）胃的 **gastronome** [ˋgæstrəˌnom]（n.）美食家；講究飲食的人 **例** Do you think you are a **gastronome** or someone with ordinary tasting skill? 你覺得你是個美食家或者只是平凡的普通人呢？

-metr- （字根）度量；衡量

metronome [ˋmɛtrəˌnom] （n.）節拍器

例 Musicians practice with **metronomes** to improve their ability to stick to a tempo.
音樂家用節拍器來練習增進他們貼合節拍的能力。

-sis （名詞字尾）表「動作的過程或狀態」

nemesis [ˋnɛməsɪs] （n.）勁敵；復仇者；報應；自食惡果

補充　nemesis 的首字母 N 大寫 Nemesis 為希臘神話中的復仇女神涅墨西斯，祂會對在神祇座前妄自尊大的人施予天譴。

例 The **nemesis** of Harry Potter was Voldemort.
哈利波特的勁敵是佛地魔。

-taxis- （字根）排列；秩序

taxonomy [tækˋsɑnəmɪ] （n.）分類法；分類學

例 The concept of **taxonomy** first arose in biology; the term itself was first proposed in 1813.
分類學的概念首次出現在生物學，這個詞彙在一八一三年首次被提出。

? Quiz Time

填空

（　）1. 經濟：＿＿nomy　（A）auto　（B）taxo　（C）eco

（　）2. 節拍器：＿＿nome　（A）metro　（B）astro　（C）gastro

（　）3. 自治的：auto＿＿　（A）nomy　（B）nome　（C）nomous

（　）4. 游牧部落：＿＿ad　（A）nem　（B）nom　（C）nam

（　）5. 勁敵：＿＿sis　（A）nem　（B）neme　（C）nom

解答：1. C　2. A　3. C　4. B　5. B

和「事物」有關的字根 27

-nomin-/-onym-

▶name，表「名字」

拉丁字根變形為 -nomen-；相同意思的希臘字根則為 -onym-。都是源自古印歐字根的 *no-men。

🎧 mp3: 068

字根 + 字尾

nomin + ate = nominate

-ate（動詞字尾）做出…動作

nominate [ˈnɑmə͵net]（v.）提名

例 The President **nominated** Judge Jones for the Supreme Court.
總統提名瓊斯法官擔任最高法院的法官。

字首 + 字根

syn + onym = synonym

徐薇教你記 擁有共同意義的字，也就是「同義詞」。

syn-（字首）共同

synonym [ˈsɪnə͵nɪm]（n.）同義字，同義詞

例 "Anger" is a **synonym** of "fury".
「氣憤」是「憤怒」的同義詞。

ant + onym = antonym

徐薇教你記 兩個字詞的意思正好相反，就是「反義詞」。

ant-（字首）反…的（= 字首 anti-）

antonym [ˈæntə͵nɪm]（n.）反義字；反義詞

例 "Slow" and "fast" are **antonyms**.
「慢」和「快」是反義詞。

> (ig + nomin + ous = ignominious)

徐薇教你記　充滿了不好的名聲的事，也就是「不名譽的、可恥的、羞愧的」。

ig-（字首）表「否定」（= 字首 in-）

-ous（形容詞字尾）充滿…的

ignominious [ˌɪgnəˈmɪnɪəs]（adj.）不名譽的；可恥的

例　A lifetime jail sentence was a fitting **ignominious** end to the evil tycoon's career.
終身監禁是終結這名邪惡大亨可恥人生的最恰當結局。

舉一反三 ▶▶▶

初級字	-al（形容詞字尾）表「屬性；情況」 **nominal** [ˈnɑmənḷ]（adj.）名義上的；有名無實的 **例**　The woman is only the **nominal** president of the company. 那女人只是這家公司掛名的總裁。
	-ee（名詞字尾）被…的人 **nominee** [ˌnɑməˈni]（n.）被提名人 **例**　She is a **nominee** for the best actress award at the Academy Awards. 她獲提名為本屆奧斯卡金像獎最佳女演員。
實用字	an-（字首）表「否定」 **anonymous** [əˈnɑnəməs]（adj.）匿名的；來源不明的 **例**　The ten million-dollar donor wished to remain **anonymous**. 該名一千萬元的捐贈者希望能匿名。
	de-（字首）朝下 **denominate** [dɪˈnɑməˌnet]（v.）命名 **例**　The newly-born baby was **denominated** Sophia after her great-grandmother. 那個新生的嬰兒以她曾祖母之名蘇菲亞而命名

進階字

-allo- （字根）其他的
allonymous [ə`lɑnəməs] （adj.）假別人之名的；筆名的
例 All his novels are published with an **allonymous** name of Mr. B.
他所有的小說都是以 B 先生為筆名出版的。

-clam- （字根）叫；喊
nomenclature [`nɑmənˌkletʃɚ] （n.）命名法；學術上的術語表
例 The **nomenclature** of terms in the medical field astounds me.
醫學領域裡的命名方式令我驚訝。

❓ Quiz Time

依提示填入適當單字

1. We received ten million dollars from an _____ donor.

2. The man is only the _____ president of the company.

3. "Happy" is a _____ of "cheerful".

4. She is a _____ for the best actress award at the Academy Awards.

5. Would you like to _____ anyone to be the next manager?

解答：1. anonymous 2. nominal 3. synonym 4. nominee 5. nominate

和「事物」有關的字根 28

-phan-/ -phen-

▶appearance，表「外觀；顯現」

🎧 mp3: 069

衍生字

phase [fes]（n.）階段

（v.）分階段實施

📖 The two companies are now entering the final **phase** of the merger.
這兩間公司已進入合併的最後階段。

單字 + 字根

cellulose + phan = cellophane

徐薇教你記 cellophane 指外觀像植物纖維素一樣薄且透明的材質，原為商標名稱，這項產品是一種不透水的透明包裝紙，常用來包裝花束或糖果，後來這個字就用來泛指這種材質的包裝紙、玻璃紙。

cellulose [ˋsɛljəɹlos]（n.）纖維素
cellophane [ˋsɛləɹfen]（n.）玻璃紙

📖 The lollipops were all wrapped in colorful **cellophane**.
這些棒棒糖都用彩色的玻璃紙包起來了。

字首 + 字根 + 字尾

dia + phan + ous = diaphanous

dia-（字首）穿過

　　　　-ous（形容詞字尾）充滿…的、有…的
diaphanous [daɪˋæfənəs]（adj.）又薄又透的；薄如蟬翼的

📖 The fashion designer made her latest piece with **diaphanous** sleeves.
那時裝設計師將她最新作品加上了薄如蟬翼的袖子。

和「事物」有關的字根 **-phan-/-phen-**

初級字

-y（名詞字尾）表「小東西或專有名詞的暱稱」

fantasy [ˋfæntəsɪ]（n.）空想；幻想

補充 英語在演進過程中曾發生語音轉換現象，也影響了拼字組成，字母 ph 發音為 [f]，f 發音也為 [f]，同個字源便衍生出 -phan- 與 -fan- 兩種拼寫法，fantasy 正是源於拉丁文的 phantasia（想像力）。

例 Jack has always had a **fantasy** about hitting the jackpot one day.
傑克總是幻想著有一天會中頭彩。

---

em-（字首）使進入（= 字首 en-）

emphasis [ˋɛmfəsɪs]（n.）強調；重音

例 I think we should put **emphasis** on quality rather than on quantity.
我認為我們應該重質不重量。

實用字

-ize（動詞字尾）使…化

emphasize [ˋɛmfəsaɪz]（v.）強調

例 My boss keeps **emphasizing** the importance of being on time.
我老闆不斷地強調準時的重要性。

---

phenomenon [fəˋnɑməˏnɑn]（n.）現象

例 Although he is a scientist, he believes in paranormal **phenomenon**.
儘管他是一位科學家，他相信超自然的現象。

進階字

phantom [ˋfæntəm]（n.）幽靈；幻象

例 It is said that the castle on the hill has been haunted by a **phantom** for a long time.
據說山丘上的城堡已經鬧鬼很久了。

---

epi-（字首）在…上

epiphany [ɪˋpɪfənɪ]（n.）神靈顯現；對某事突然頓悟

例 The word "**epiphany**" comes from a Greek term, meaning "manifestation" or "appearance".
「epiphany」這個字來自一個希臘詞彙，意思是指「顯示」或「出現」。

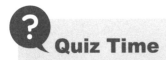

Quiz Time

依提示填入適當單字

直↓　1. Ivy's favorite _____ was to have a candlelight dinner with her idol.

3. Lightning is a natural _____.

5. We will put more _____ on speaking practice in this class.

橫→　2. The lollipops were all wrapped in colorful _____.

4. Rumor has it that a _____ haunted the old house.

6. We're now entering the final _____ of the project.

解答：1. fantasy　2. cellophane　3. phenomenon　4. phantom　5. emphasis　6. phase

和「事物」有關的字根 29

-pne-

▶blow, breath, lung，表「呼吸；肺部」

🎧 mp3: 070

希臘文 + 字尾

pneumon + ia = pneumonia

pneumon（希臘文）肺

　　　　-ia（名詞字尾）疾病

pneumonia [njuˋmonjə]（n.）肺炎

例 The baby was taken to the emergency room due to the high fever caused by **pneumonia**.
那小嬰兒因肺炎造成高燒被帶到了急診室。

字根 + 字尾

pneuma + ic = pneumatic

　　　　-ic（形容詞字尾）和⋯有關的

pneumatic [njuˋmætɪk]（adj.）空氣的；氣動的；充氣的

例 They installed a **pneumatic** door closer to prevent it from slamming.
他們安裝了一組氣壓門開關以避免開關門時的撞擊。

字首 + 字根 + 字尾

a + pne + ea = apnea

a-（字首）表「否定；沒有」

　　　　-ea（名詞字尾）疾病（= 字尾 -ia）

apnea [ˋæpˏniə]（n.）呼吸中止症（=apnoea）

例 My dad suffered from sleep **apnea** for years, so the doctor advised him to have the surgery.
我爸有睡眠呼吸中止症好幾年了，醫生建議他動手術。

舉一反三 ▶▶▶▶

<table>
<tr>
<td rowspan="2">初級字</td>
<td>-ic（形容詞字尾）與…有關的
pneumonic [njuˋmɑnɪk]（adj.）肺的；肺炎的
例 The symptoms of pneumonic plague include fever, headache, shortness of breath, chest pain and cough.
肺炎性鼠疫的症狀包括發燒、頭痛、呼吸短促、胸痛和咳嗽。</td>
</tr>
<tr>
<td>dys-（字首）壞的；生病的
dyspnea [dɪsˋniə]（n.）呼吸困難
例 Dyspnea can be acute or chronic signs of diseases of the lungs.
呼吸困難有可能是急性或慢性肺臟疾病的徵兆。</td>
</tr>
<tr>
<td rowspan="2">實用字</td>
<td>broncho-（字首）支氣管
bronchopneumonia [͵brɑŋkonjuˋmonjə]（n.）支氣管肺炎
例 Bronchopneumonia can be caused by bacterial, viral, or fungous chest infections.
支氣管肺炎可能透過細菌、病毒或真菌的胸部感染引起。</td>
</tr>
<tr>
<td>coccus [ˋkɑkəs]（n.）球菌
pneumococcus [͵njuməˋkɑkəs]（n.）肺炎鏈球菌
例 Pneumococcus may cause acute otitis media.
肺炎鏈球菌有可能會導致急性中耳炎。</td>
</tr>
<tr>
<td rowspan="2">進階字</td>
<td>-ectomy（名詞字尾）表「以手術切除」
pneumonectomy [͵njuməˋnɛktəmɪ]（n.）肺切除術
例 Pneumonectomy is a surgical procedure to remove an entire lung.
肺切除術是一項移除整個肺的外科手術程序。</td>
</tr>
<tr>
<td>-osis（名詞字尾）表「動作的狀態」，尤指「不正常的狀態」
pneumoconiosis [͵njuməͺkonɪˋosɪs]（n.）塵肺病
例 Pneumoconiosis is incurable and treatment is purely symptomatic.
塵肺病是無法治癒的，只能針對症狀治療。</td>
</tr>
</table>

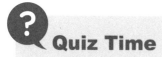

Quiz Time

拼出正確單字

1. 肺炎　　　　　_____

2. 呼吸中止症　_____

3. 呼吸困難　　_____

4. 肺的　　　　　_____

5. 充氣的　　　　_____

解答：1. pneumonia 2. apnoea / apnea 3. dyspnea 4. pneumonic 5. pneumatic

和「事物」有關的字根 30

-psych-

▶mind, soul，表「心智；靈魂；精神」

🎧 mp3: 071

字根 + 字尾

　psych + ic = psychic　

徐薇教你記　有通曉靈魂、心智的特質的，也就是「通靈的、對超自然力敏感的」，引申為「通靈者、靈媒」。

-ic（形容詞字尾）有…特質的

psychic [ˋsaɪkɪk]（adj.）通靈的；有特異功能的

（n.）通靈者、靈媒

例　Some people think that **psychics** can see ghosts and other supernatural things.

有些人認為通靈者可以看到鬼和其它超自然的東西。

---

psych + iatry = psychiatry

徐薇教你記 治療心理、精神疾病的方法，就是「精神治療」或是醫院的
「精神科」。

-iatry（名詞字尾）…治療法

psychiatry [saɪˋkaɪətrɪ]（n.）精神病學

例 Thanks to a background in **psychiatry**, the counselor was able to calm the student.
那諮詢師能讓學生冷靜下來，這都要歸功於他擁有精神病學的背景。

---

psych + logy = psychology

-logy（名詞字尾）學科

psychology [saɪˋkɑlədʒɪ]（n.）心理學

例 As a child **psychology** expert, Bob knew how to handle little Billy's strange behavior.
身為一位兒童心理專家，鮑伯知道如何處理小比利的怪異行為。

字根 + 字根

---

psych + path = psychopath

徐薇教你記 受到心理疾病折磨的人，指「精神病患者」，簡稱為 psycho。

-path-（字根）疾病

psychopath [ˋsaɪkəˌpæθ]（n.）精神病患者；變態人格者

例 Most horror movies are about a **psychopath** who kills for no reason.
大部份的恐怖電影都和沒什麼理由就殺人的變態有關。

舉一反三▶▶▶

初級字

-al（形容詞字尾）表「屬性；情況」

psychal [ˋsaɪkl]（adj.）心理上的

例 The song appeals to me in a **psychal** way; that is, quite deeply.
那首歌在心理層次上深深地吸引著我。

psyche [ˋsaɪkɪ]（n.）靈魂；心靈

例 Four straight losses dampened the **psyche** of the basketball team.
四連敗的成績讓這個籃球隊的心靈蒙上一層陰影。

和「事物」有關的字根 **-psych-**

實用字	active [ˋæktɪv]（adj.）活躍的；積極的

psychoactive [ˏsaɪkoˋæktɪv]（adj.）（藥物）對心理或精神有顯著影響的

例 Some people say that heavy metal rock music is **psychoactive**.
有人說重金屬搖滾樂會影響人的心理。

-ic（形容詞字尾）關於…的

psychotic [saɪˋkɑtɪk]（adj.）精神病的
（n.）精神病患者

例 We called the police when we saw a **psychotic** woman on the loose.
當看到那名女精神病患逃跑時，我們趕緊打電話報警。

進階字	analysis [əˋnæləsɪs]（n.）分析；分解

psychoanalysis [ˏsaɪkoəˋnæləsɪs]（n.）精神分析學；心理分析學

例 When Sandy was undergoing **psychoanalysis**, the psychiatrist found out some horrible things about her childhood.
當珊蒂進行心理分析時，心理醫師發現她童年時經歷過一些可怕的事。

somatic [soˋmætɪk]（adj.）身體的；軀體的

psychosomatic [ˏsaɪkosoˋmætɪk]（adj.）身心症的；身心失調的

例 When trying to finish his speech, the student exhibited sudden **psychosomatic** symptoms of illness, such as intense sweating.
當要結束演講時，該名學生突然出現身心失調的病狀，像是不停地冒汗之類的。

? Quiz Time

中翻英，英翻中

( ) 1. psyche （A）心靈 （B）通靈的 （C）精神病患者

( ) 2. 心理學 （A）psychiatry （B）psychology （C）psychoanalysis

( ) 3. psychic （A）精神病學的（B）變態人格者 （C）靈媒

( ) 4. 精神病的　　（A）psychotic　（B）psychoactive（C）psychopath
( ) 5. psychosomatic（A）心理分析　（B）身心症的　　（C）心理上的

和「事物」有關的字根 31

-sol-

▶sun，表「太陽」

Sol 是古羅馬的太陽神。

📝 已故男高音 Pavarotti 唱的知名歌謠'O Sole Mio = My Sun。　🎧 mp3: 072

字首 + 字根

para + sol = parasol

徐薇教你記　para- 原指「在旁邊」，也有「避免」的意思，-sol- 太陽。parasol 避免太陽的東西，就叫做「陽傘」。

para-（字首）（1）在旁邊的；相似的
　　　　　　　　（2）防避；避免

parasol [ˋpærəˌsɑl]（n.）陽傘

例 In Eastern Asia, many women use a **parasol** to protect their skin from the sun's rays.
在東亞地區，有許多女性會用陽傘來保護她們的皮膚以防止太陽光線傷害。

比 umbrella 雨傘

字根 + 字尾

sol + ar = solar

徐薇教你記　具太陽的性質，也就是「太陽的」。

-ar（形容詞字尾）具…性質的

solar [ˋsolɚ]（adj.）太陽的

例 In the future, most homes will be powered by **solar** energy.
未來，大部分的家庭都會以太陽能來發電。

補充 the solar system 太陽系

字首 + 字根 + 字尾

(**in + sol + ate = insolate**)

徐薇教你記 去放到太陽照得到的範圍內，也就是「曝曬、曬在太陽下」。

in-（字首）進入

insolate [ˋɪnsoˌlet]（v.）曝曬

例 Mom hung the bed sheets in the backyard and had them **insolated** for hours.
媽媽把床單晾在後院，並以陽光曝曬數小時。

舉一反三 ▶▶▶

初級字
-ism（名詞字尾）…主義、…行為狀態
solarism [ˋsolərɪzəm]（n.）太陽神話論
例 There are many different tales of **solarism** regarding the setting of the sun.
有許多關於太陽的不同神話都是依據太陽的東升西落而來的。

-ize（動詞字尾）使…化；使變成…狀態
solarize [ˋsolərˌraɪz]（v.）受日光作用；曝光
例 Plants need to be **solarized** as well as watered.
植物需要接受陽光，就跟需要澆水一樣。

實用字
extra-（字首）超出…
extrasolar [ˌɛkstrəˋsolɚ]（adj.）太陽系外的
例 Scientists estimate that the number of **extrasolar** planets is more than a trillion.
科學家們估計太陽系外的行星數量超過一兆。

-st-（字根）站立
solstice [ˋsolstɪs]（n.）夏至；冬至
例 The summer **solstice** is the longest day of the year.
夏至是一年中白天最長的一天。

-lun- （字根）月亮

lunisolar [ˌlunɪˈsolɚ] （adj.）日與月的；因日、月引力產生的

例 Small **lunisolar** changes cause a big difference with the Earth's tides.

小小的日月變化都會造成地球潮汐大大的不同。

-arium （名詞字尾）地方或容器

solarium [soˈlɛrɪəm] （n.）日光浴室；可曬太陽的玻璃房；日晷

例 My uncle converted his front porch into a **solarium**.

我叔叔把前陽臺改成可以做日光浴的玻璃房。

Quiz Time

填空

（　）1. 太陽的：sol＿＿＿　　（A）er　　（B）ar　　（C）or

（　）2. 陽傘：para＿＿＿　　（A）so　　（B）sol　　（C）sole

（　）3. 夏至：sol＿＿＿　　（A）stice　（B）sice　（C）tice

（　）4. 日光浴室：solar＿＿＿（A）room（B）um　　（C）ium

（　）5. 曝曬：＿＿＿ate　　　（A）sol　（B）insol　（C）solar

解答：1. B 2. B 3. A 4. C 5. B

-tempor-

▶time, season，表「一段時間」

🎧 mp3: 073

衍生字

tempo [ˋtɛmpo]（n.）步調；節奏
例 She played the piano with an upbeat **tempo**.
她以輕快的節奏彈奏著鋼琴。

字根 + 字尾

(tempor + ary = temporary)

徐薇教你記 跟一段時間有關的，就是「暫時的，短暫的」。

-ary（形容詞字尾）關於…的
temporary [ˋtɛmpəˌrɛrɪ]（adj.）暫時的；短暫的
例 She is looking for a **temporary** job to supplement her income when she studies at college.
她要找一份臨時工作來貼補讀大學期間的收入。

字首 + 單字

(con + temporary = contemporary)

徐薇教你記 con- 一起，temporary 暫時的，短暫的，一起在這個短暫的時期，就是「同時代的、當代的」。

con-（字首）一起；共同（= 字根 co-）
contemporary [kənˋtɛmpəˌrɛrɪ]（adj.）同時代的；當代的
例 The Cloud Gate is well-known as Asia's leading **contemporary** dance group.
眾所皆知的雲門舞集是亞洲頂尖的當代舞蹈團體。

初級字	**temper** [ˋtɛmpɚ] (v.) 使緩和；使變溫和 (n.) 脾氣 例 Kevin lost his **temper** when his child broke his favorite model car. 凱文的小孩弄壞了他最愛的模型車讓凱文大發雷霆。
	-ure (名詞字尾) 表「過程、結果、上下關係的集合體」 **temperature** [ˋtɛmprətʃɚ] (n.) 溫度 例 Don't keep the food at room **temperature** more than two hours. 不要把食物放在室溫下超過兩小時。
實用字	-al (形容詞字尾) 和…有關 **temporal** [ˋtɛmpərəl] (adj.) 世間的；世俗的 例 He was the **temporal** and spiritual leader of the Buddhist community. 他是這個佛教社群現實世界與精神上的領導人。
	-ment (名詞字尾) 表「結果、手段、狀態、性質」 **temperament** [ˋtɛmprəmənt] (n.) 氣質、性格、性情 例 Many young girls follow the young man on Instagram because he has an artistic **temperament**. 許多少女追蹤那年輕男子的IG，因為他有一種藝術家的氣質。
進階字	ex- (字首) 向外 **extempore** [ɛkˋstɛmpərɪ] (adj.) 即興的；臨場的 例 The stand-up comedian was asked to make an **extempore** performance in the wedding. 那名脫口秀演員在婚禮中被拱上台即興表演一段。
	tempestas (拉丁文) 風暴；天氣；季節 **tempest** [ˋtɛmpɪst] (n.) 大風暴；暴風雨 例 A political **tempest** is brewing while the cabinet reshuffles these next few weeks. 隨著這幾週內閣改組，一場政治風暴正在醞釀中。

3

? Quiz Time

從選項中選出適當的字填入空格中使句意通順

temporary / temporal / temperature / temperament / temper / tempo

1. Kevin lost his _____ when his child broke his favorite model car.
2. The church withdrew from _____ affairs.
3. We will hire some _____ staff in the next season.
4. The nurse took his _____ and told him he had a fever.
5. This young man has an artistic _____.

解答：1. temper 2. temporal 3. temporary 4. temperature 5. temperament

和「事物」有關的字根 33

-terr-

▶earth，表「大地」

🎧 mp3: 074

字根 + 字尾

terr + tory = territory

-tory（名詞字尾）場所；有某種目的之物

territory [ˈtɛrətorɪ]（n.）領土；領域

例 The two tribes have battled over **territory** for generations.
這兩個部落為了領地已經爭鬥了數個世代。

(in + terr = inter)

徐薇教你記 把物體放進土地裡面就是要將它「埋葬」。

in-（字首）進入

inter [ɪnˋtɝ]（v.）將…埋葬

例 It is said that the legendary hero was **interred** in a remote island.
據說那位傳奇的英雄被埋葬在一個遙遠的小島。

補充 inter- 當字首是表「在…之間」，和單字 inter 表「埋葬」是不一樣的哦。

(extra + terrestrial = extraterrestrial)

extra-（字首）在…之外；超出

extraterrestrial [ˌɛkstrətəˋrɛstrɪəl]（adj.）地球外的；天外的

例 The research team has been studying **extraterrestrial** beings for decades.
這個研究團隊已經研究外星生物好幾十年了。

舉一反三▶▶▶▶

初級字	-an（名詞字尾）地方 terrain [ˋtɛren]（n.）地勢；地帶 例 It's hard to imagine how the Inca built Machu Picchu on such steep **terrain**. 很難想像印加人如何將馬丘比丘建造在如此陡峭的地勢上。
	-ace（名詞字尾）階級；分類 terrace [ˋtɛrəs]（n.）露臺；階梯看台 例 They moved the dining table to the **terrace** and enjoyed their dinner with the sunset. 他們將餐桌搬到露臺上，在日落下享用晚餐。
實用字	-ial（形容詞字尾）有關…的 terrestrial [təˋrɛstrɪəl]（adj.）地球的；陸棲的；陸地上的 例 Some evidence shows that dolphins probably evolved from **terrestrial** animals. 某些證據顯示海豚很可能是由陸棲動物演化而來的。

territory [ˈtɛrəˌtorɪ]（n.）領土；領域
territorial [ˌtɛrəˈtorɪəl]（adj.）領土的；土地的
例 Several species that have **territorial** behavior, such as sharks, may behave aggressively toward intruders.
一些物種具領域性，像鯊魚可能會對入侵者表現出攻擊行為。

進階字

-gen-（字根）產生
terrigenous [tɛˈrɪdʒɪnəs]（adj.）來自陸地的
例 **Terrigenous** sediments usually consist of sand, mud, and silt carried to sea by rivers.
陸地沉積物通常由被河流帶到海洋的沙子、泥土和淤沙所構成。

sub-（字首）在…之下
subterranean [ˌsʌbtəˈrenɪən]（adj.）地下的
例 This gorgeous cave carved by a **subterranean** river attracts many tourists every year.
這個由一條地下河流切割形成的美麗洞穴每年都吸引許多觀光客。

? **Quiz Time**

填空

(　　) 1. 領域：terr＿＿　　　（A）toy　（B）itory　（C）ain

(　　) 2. 露臺：terr＿＿　　　（A）ain　（B）tory　（C）ace

(　　) 3. 陸棲的：ter＿＿rial　（A）rest　（B）rige　（C）rito

(　　) 4. 領土的：ter＿＿rial　（A）rest　（B）rige　（C）rito

(　　) 5. 地球外的：＿＿terrestrial　（A）extra　（B）sub　（C）inter

解答：1. B　2. C　3. A　4. C　5. A

-und-/ -ound-

▶wave，表「波浪；水波」

🎧 mp3: 075

衍生字

water [ˈwɔtɚ]（n.）水

（v.）給…澆水

例 Don't **water** the plants at noon, or it will hurt their roots.
別在中午幫植物澆水，不然會傷到植物根部。

字首 + 字根

(sur + ound = surround)

徐薇教你記 sur- 在…之上，-ound- 波浪，波浪不斷打在你身上，就表示水將你「環繞、包圍」了。

sur-（字首）在…之上、超越
surround [səˈraʊnd]（v.）環繞；包圍

例 The villa is located near a beach and **surrounded** by palm trees.
這間別墅靠近一個海灘，而且四周有棕櫚樹環繞。

字首 + 字根 + 字尾

(ab + und + ant = abundant)

徐薇教你記 水位不斷上升、水和波浪多到流散開來、流到各個地方去，就表示「很充足、很充沛」的意思。

ab-（字首）離開
　　　-ant（形容詞字尾）具…性的
abundant [əˈbʌndənt]（adj.）充足的

例 There is **abundant** evidence that it was a man-made incident rather than a natural disaster.
有充份的證據顯示這是一起人為事件而非自然災害。

舉一反三 ▶▶▶

和「事物」有關的字根 **-und-/-ound-**

初級字	in- (字首) 在…裡面 **inundate** [ˋɪnʌnˌdet] (v.) 被水淹沒 例 After the news of tainted oil broke out, the oil company was **inundated** with phone calls. 在餿水油新聞披露後，這家油品公司的電話一直沒停過。
	ab- (字首) 離開 **abound** [əˋbaʊnd] (v.) 大量存在；有很多 例 Many visitors love to come to the island where many beautiful scenes **abound**. 許多遊客喜愛到這個島上因為它有大量的美麗景色。
實用字	re- (字首) 再次 **redundant** [rɪˋdʌndənt] (adj.) 多餘的 例 CD-ROM drives are deemed **redundant** by some PC designers since USB storage devices are the mainstream. 因為 USB 儲存設備已成主流，一些電腦設計者視光碟機為多餘的設計。
	super- (字首) 在…之上；超越 **superabundant** [ˌsupɚəˋbʌndənt] (adj.) 極多的；非常豐富的 例 The price of soy beans fell rapidly due to the **superabundant** supply this season. 黃豆價格快速滑落因為本季的供貨量非常大。
進階字	re- (字首) 再次；回來 **redound** [rɪˋdaʊnd] (v.) 有助於…；帶來…作用；報償 例 The facility funded by the community will **redound** to its benefit. 這個由社區集資籌建的設施將有助於社區自身的利益。
	-ine (名詞字尾) 表「陰性、女性」 **undine** [ˋʌndin] (n.) 中世紀歐洲傳說的水精靈、女水神 例 Some girls dressed as an **undine**, others dressed as Elsa in *Frozen*. 一些女孩們打扮成水精靈的樣子；其他人則打扮成《冰雪奇緣》裡的艾莎。

和「狀態」有關的字根 1 ⋯⋯⋯⋯⋯⋯⋯⋯⋯⋯⋯⋯⋯⋯⋯⋯⋯⋯⋯⋯⋯⋯

-acu-

▶bitter, sour, sharp，表「苦的；酸的；尖銳的」

變形有 -acer-, -acid-, -acri-。

♫ mp3: 076

衍生字

acid [`æsɪd]（adj.）酸的；酸性的

（n.）酸

例 The air pollution is the main cause of the **acid** rain.

空氣污染是酸雨的主要成因。

字根 + 字尾

(acu + te = acute)

徐薇教你記 字根 -acu- 源自拉丁文 acutus 指「像針一樣尖銳的」。拉丁過去分詞字尾 -tus 後轉變為 -te。acute 像被針刺一樣尖銳的痛，就是「劇烈的、嚴重的」，衍生就指「急性的」。

-te（拉丁字尾）拉丁過去分詞字尾，表「狀態」(＝拉丁字尾 -tus)

acute [ə`kjut]（adj.）急性的

例 He was sent to the hospital due to the **acute** pain.
他因為劇烈疼痛被送往醫院。

字根 + 單字

acu + puncture = acupuncture

徐薇教你記 -acu- 原來指尖尖的針，用針去穿刺，就是「針灸」。

puncture [`pʌŋktʃə]（n.）穿刺；刺痕

acupuncture [`ækjuˌpʌŋktʃə]（n.）針灸

例 The clinic offers **acupuncture**, which is carried out by an experienced technician.
這間診所提供針灸治療，由一名很有經驗的技師來執行。

字首 + 單字 + 字尾

ex + acerbic + ate = exacerbate

ex-（字首）向外

acerbic [ə`sɝbɪk]（adj.）尖刻的；辛辣的

-ate（動詞字尾）使成為…

exacerbate [ɪg`zæsəˌbet]（v.）使惡化；使加重；使加劇

例 The building of the highway has **exacerbated** the environmental problems.
興建高速公路讓環境問題更加惡化。

舉一反三 ▶▶▶

初級字	-ity（名詞字尾）表「狀態、性格、性質」 **acuity** [ə`kjuətɪ]（n.）靈敏度；敏銳 例 Amanda is a woman of great fashion **acuity**, so she always cares about how she dresses. 亞曼達是個對流行時尚高度敏感的人，所以她總是在乎自己的穿著打扮。
	acne [`æknɪ]（n.）青春痘，面皰 例 The scars on his face were caused by severe **acne** in his adolescence. 他臉上的疤痕是青春期時嚴重的面皰所造成的。

實用字	pressure [`prɛʃə] (n.) 壓力 **acu**pressure [`ækjuˌprɛʃə] (n.) 指壓 例 **Acupressure** is an alternative medicine technique similar in principle to acupuncture. 指壓是一種另類的醫學技術就像針灸一樣。
	-medi- (字根) 在…中間 **medi**ocre [`mɪdɪˌokə] (adj.) 中等的，平庸的 例 Frankly speaking, I think the actor's performance was quite **mediocre**. 坦白說，我認為那名演員的表演相當普通。
進階字	**acumen** [ə`kjumən] (n.) 敏銳 例 It's hard to believe that a bookworm, like Tom, can have considerable business **acumen**. 很難相信像湯姆這樣的書呆子在商業方面相當敏銳。
	-mony (名詞字尾) 表「狀態或人的性格」 **acrimony** [`ækrəˌmonɪ] (n.) 尖酸刻薄 例 They were trying to come to a compromise, but their first meeting still ended in **acrimony**. 他們嘗試達成妥協，但是他們的首次會議仍舊在尖刻的言語中結束。
	acrid [`ækrɪd] (adj.) 辛辣的；嗆人的 **acrimonious** [ˌækrə`monɪəs] (adj.) 激烈的；尖刻的；充滿火藥味的 例 Everyone is talking about the **acrimonious** debate between the two candidates. 每個人都在討論那兩個候選人之間激烈的辯論。

？ Quiz Time

中翻英，英翻中

( ) 1. acute 　　（A）可愛的　　（B）急性的　　（C）中等的

( ) 2. 針灸 　　（A）acupuncture（B）acupressure（C）acrimonious

( ) 3. acne 　　（A）敏銳　　（B）辛辣的　　（C）青春痘

( ) 4. 尖酸刻薄　（A）acuity　（B）acumen　（C）acrimony

( ) 5. exacerbate（A）使惡化　（B）穿刺　（C）尖刻的

解答：1. B 2. A 3. C 4. C 5. A

和「狀態」有關的字根 2

-ali-/-allo-/ -alter-

▶ other，表「其他的」

字根 ali-/-allo-/-alter- 都源自古字根 *al-，原指 beyond 跨到另一邊，後衍生為 other 另一個、其他的意思。

🎧 mp3: 077

衍生字

alter [ˋɔltɚ]（v.）改變

例 She had her dress **altered** because the waistline was too narrow.
她把洋裝拿去修改，因為腰圍太緊了。

字根 + 字尾

alter + ate = alternate

徐薇教你記　原本是你在做，變成另一個人來做，就是在「輪流，交替」。

-ate（動詞字尾）使變成…

alternate [ˋɔltɚ͵net]（v.）輪流，交替
[ˋɔltɚnɪt]（adj.）輪流的，交替的

例 The **alternate** routes to the sightseeing spots are recommended because of holiday traffic.
因為假日車流，建議走替代道路到一些觀光景點。

(ali + en = alien)

徐薇教你記 像是其他的、不是我們這邊的，就表示是非我族類、是外來的，引申為「外國的」；當名詞就是指「外國人；外星人」。

-en（形容詞字尾）像…的；由…組成的

alien [ˈelɪən]（adj.）外國的；截然不同的

（n.）外國人；外星人

例 He claimed he witnessed an **alien** spaceship flying through at midnight.
他宣稱半夜時目睹了一艘外星太空船飛過天空。

字根 + 字根 + 字尾

(all + erg + y = allergy)

徐薇教你記 產生了其他的作用、不屬於原本身體的狀況，就表示有「過敏」。

-erg-（字根）表「作用」

allergy [ˈælədʒɪ]（n.）過敏

例 She has an **allergy** to shellfish; she gets a rash every time she eats a little.
她對甲殼類過敏，每次她只要吃一點點就會起疹子。

舉一反三▶▶▶

初級字

-ive（形容詞字尾）有…性質的

alternative [ɔlˈtɜnətɪv]（adj.）可替代的

（n.）可供選擇的方法或事物

例 Due to global warming, many countries are looking for **alternative** energy to reduce pollution.
由於全球暖化的問題，許多國家正在找尋替代能源以減少污染。

-ation（名詞字尾）表「動作的狀態或結果」

alteration [ɔltəˈreʃən]（n.）改變；變更

例 They suspected Aunt Mary's nephew of making **alterations** to her will.
他們懷疑瑪莉阿姨的外甥更改了她的遺囑。

和「狀態」有關的字根 **-ali-/-allo-/-alter-**

實用字

-ate（動詞字尾）做出…動作

alienate [ˈeljənˌet]（v.）使疏遠；離間，使不友好

例 His bad temper has **alienated** him from his colleagues.
他的壞脾氣使他同事疏遠他。

alias [ˈelɪəs]（prep.）又名（n.）假名

例 The fugitive fled to the south under a few **aliases**.
那名逃犯用幾個假名逃往南方去。

進階字

ibī（拉丁文）那裡；該處

alibi [ˈæləˌbaɪ]（n.）法律的不在場證明；藉口

例 The man claimed that he had an **alibi** for the crucial moments surrounding the robbery.
那男人宣稱他有那宗搶劫案關鍵時刻的不在場證明。

-ism（名詞字尾）…主義

altruism [ˈæltruˌɪzəm]（n.）利他主義

例 Compassion, generosity and **altruism** are deemed to be great virtues.
憐憫、慷慨以及利他無私被視為是很棒的美德。

Quiz Time

中翻英，英翻中

( ) 1. alter （A）改變 （B）交替 （C）輪流

( ) 2. 替代方案 （A）alternate （B）alternative （C）alteration

( ) 3. alien （A）使疏遠 （B）其他的 （C）截然不同的

( ) 4. 假名 （A）alias （B）alibi （C）altruism

( ) 5. allergy （A）利他主義 （B）外星人 （C）過敏

解答：1. A 2. B 3. C 4. A 5. C

-apt-/-ept-

▶fit，表「**適當的**」

🎧 mp3: 078

衍生字

apt [æpt] （adj.）適當的；有…傾向的；天資聰穎的

例 Many teenagers are **apt** to say no to their parents on almost everything.
許多青少年傾向在幾乎各種事情上都對父母說「不」。

單字 + 字尾

apt + tude = aptitude

徐薇教你記 有傾向的狀態、適合某個人的性質，就是一個人的「天資、資質、才能」。

-tude （名詞字尾）表「抽象的性質或狀態」

aptitude [ˈæptəˌtjud] （n.）天資；資質；才能

例 The boy has shown great **aptitude** for learning languages.
那男孩展現了他對學習語言的高度資質。

字首 + 字根

ad + apt = adapt

ad- （字首）朝向

adapt [əˈdæpt] （v.）適應；改編

例 It took Nancy a few weeks to **adapt** to her new school.
南西花了幾週的時間適應新的學校。

和「狀態」有關的字根 **-apt-/-ept-**

舉一反三 ▶▶▶

初級字	in-（字首）表「否定」 **inapt** [ɪn`æpt]（adj.）不適當的 例 The tycoon expressed apologies in public for his **inapt** remarks. 那名企業大亨當眾對他不適當的言論表達了歉意。

-ion（名詞字尾）表「動作的狀態或結果」
adaptation [ədæp`teʃən]（n.）適應；改編
例 The award-winning film is an **adaptation** of a best-selling novel.
那部得獎的影片是改編自一本暢銷小說。

實用字	-er（名詞字尾）做…動作的人 **adapter** [ə`dæptɚ]（n.）改編者 例 The **adapter** of the screenplay also took a supporting role in the film. 那位電影編劇也在電影裡飾演一個配角。

attitude [`ætətjud]（n.）態度
例 Judy found it was impossible to change her father's **attitude** toward her marriage.
茱蒂發現要改變她父親對於她婚姻的態度是不可能的。

進階字	ad-（字首）表「朝向」 **adept** [ə`dɛpt]（adj.）熟練的；內行的 例 I was stupid enough to believe the words of the **adept** juggler. 我居然笨到去相信那個詐騙老手說的話。

in-（字首）表「否定」
inept [ɪn`ɛpt]（adj.）無能的；笨拙的
例 He always feels inferior since he is **inept** at sport.
他總是對於自己不擅長運動一事感到自卑。

? Quiz Time

中翻英，英翻中

( ) 1. inapt （A）笨拙的（B）完整的 （C）不適當的

( ) 2. 適應 （A）adapt （B）adept （C）adopt

( ) 3. apt （A）改編 （B）有…傾向的（C）資質

( ) 4. 天資 （A）attitude（B）altitude （C）aptitude

( ) 5. adapter（A）改編者（B）更熟練的 （C）內行人

解答：1. C 2. A 3. B 4. C 5. A

和「狀態」有關的字根 4

-brev-

▶short，表「短的」

🎧 mp3: 079

衍生字

brief [brɪf]（adj.）簡短的（v.）簡報（n.）簡報；概要

例 The sales manager **briefed** the boss on the latest marketing campaign.
銷售經理向老闆簡報了最新的行銷活動。

字根 + 字尾

(**brev** + **ity** = **brevity**)

徐薇教你記 具有短的狀態、在性質上是短的、不拖泥帶水的，也就是「簡短、簡潔」。

-ity（名詞字尾）表「抽象的狀態、性格、性質」

brevity [ˈbrɛvətɪ]（n.）簡潔；簡短

例 Her PowerPoint file was considered a great example of **brevity** and clarity.
她的簡報檔案被視為簡潔又清晰的最佳範例。

字首 + 字根 + 字尾

ab + brev + ate = abbreviate

ab- (字首) 朝向 (= 字首 ad-)

　　　-ate (動詞字尾) 使做出…動作;讓…

abbreviate [ə`brivɪˌet] (v.) 縮寫;簡稱

例 "As soon as possible" is often **abbreviated** to "ASAP."
「As soon as possible (儘快)」通常被縮寫為「ASAP」。

舉一反三▶▶▶

初級字	-ing (名詞字尾) 表「動作的結果」 **briefing** [`brifɪŋ] (n.) 簡要介紹;簡報會 例 They are going to announce their new product in a press **briefing** tomorrow. 他們明天將在一場媒體簡報會中發表他們的新產品。
	case [kes] (n.) 箱子;盒子 **briefcase** [`brifˌkes] (n.) 公事包 例 Have you seen the man who always carries a black **briefcase**? 你有看到那個老是帶著一只黑色公事包的男子嗎?
實用字	-ion (名詞字尾) 表「動作的狀態或結果」 **abbreviation** [əˌbrivɪ`eʃən] (n.) 縮寫;簡稱 例 Do you know what the **abbreviation** "ETS" is for? 你知道「ETS」是什麼的縮寫嗎?
	a- (字首) 去;朝向 (= 字首 ad-) **abridge** [ə`brɪdʒ] (v.) 縮短;刪節 例 The editor in chief decided to **abridge** two chapters before publishing the book. 主編決定在書籍出版之前刪節掉兩個章節。

de- （字首）從…
debrief [dɪˋbrif] （v.）聽取…的報告；質問執行任務的狀況

例 All the pilots should be thoroughly **debriefed** after every mission.
所有的飛行員都必須在每次完成任務之後接受詳細質詢。

un- （字首）表「相反動作」
unabridged [ˌʌnəˋbrɪdʒd] （adj.）未刪減的；完整的

例 I was the lucky one who could watch the **unabridged** version before the film was released.
我有幸成為在電影發行之前看過完整版本的一員。

Quiz Time

從選項中選出適當的字填入空格中使句意通順

brief / brevity / abbreviation / abridge / briefing

1. Her PowerPoint file was considered a great example of
   _____ and clarity.

2. It will only be a _____ visit because we don't have
   much time.

3. He has to attend a _____ this afternoon.

4. You'd better _____ the speech; it is a bit lengthy.

5. "ASAP" is the _____ for "as soon as possible."

解答：1. brevity 2. brief 3. briefing 4. abridge 5. abbreviation

和「狀態」有關的字根 5

-celer-

▶fast，表「快速的」

🎧 mp3: 080

字首 + 字根 + 字尾

ac + celer + ate = accelerate

徐薇教你記 去做出快速的動作，就是在「加速、促進」。

ac-（字首）朝向（= 字首 ad-）
　　　-ate（動詞字尾）做出…動作

accelerate [æk`sɛlə.ret] (v.) 加速；促進

例 Many drivers **accelerated** to overtake the slow-moving bus.
許多駕駛人加速超越那台緩慢移動的公車。

de + celer + ate = decelerate

de-（字首）表「相反意思的動作」或「除去；拿開」

decelerate [di`sɛlə.ret] (v.) 減速；降低速度

例 You'd better **decelerate** when you drive through the tunnel.
你最好減速開過隧道。

舉一反三 ▶▶▶

初級字

　　　-or（名詞字尾）表「做…動作的人或事物」
accelerator [æk`sɛlə.retə] (n.) 加速裝置；催化劑

例 Don't step on the **accelerator** without fastening your seat belt.
沒有繫好安全帶不要踩下油門。

　　　-ity（名詞字尾）表「狀態；性格；性質」
celerity [sə`lɛrətɪ] (n.) 迅速；敏捷

例 Since we don't have much time, you should make a decision with the utmost **celerity**.
因為我們沒有太多時間，你必須以最快的速度做出決定。

-ion（名詞字尾）表「動作的狀態或結果」
acceleration [ækˌsɛləˋreʃən]（n.）加速；促進
例 The **acceleration** of house prices has become a social problem.
房價快速成長已經成為社會問題。

-ant（名詞字尾）做…的人或事物
accelerant [ækˋsɛlərənt]（n.）催化劑
例 Most chemical reactions can be hastened with an **accelerant**.
大部分的化學反應能夠藉由催化劑來加速。

meter [ˋmitɚ]（n.）儀；表
accelerometer [ækˌsɛləˋrɑmɪtɚ]（n.）加速計；重力加速度傳感器
例 **Accelerometers** are used in drones for enhancing flight stabilization.
加速計使用在空拍機來增加飛行穩定度。

-ion（名詞字尾）表「動作的狀態或結果」
deceleration [diˌsɛləˋreʃən]（n.）減速
例 Passengers may experience **deceleration** as the car approaches traffic lights.
乘客可能會在車子接近紅綠燈時感受到減速。

Quiz Time

從選項中選出適當的字填入空格中使句意通順

celerity / accelerate / decelerate / accelerator / accelerant

1. You'd better _____ when you drive through the tunnel.

2. They use special chemicals to _____ the growth of crops.

3. Gossip often travels with _____.

4. The driver pressed the _____ to the floor and the car shot forward.

5. The hair spray could act as an _____ for a fire.

解答：1. decelerate 2. accelerate 3. celerity 4. accelerator 5. accelerant

和「狀態」有關的字根 6

-dign-

►worthy，表「有價值的」

🎧 mp3: 081

字根 + 字尾

dign + ity = dignity

徐薇教你記 一個人最有價值的東西就是「尊嚴、自尊心」。

-ity（名詞字尾）表「抽象的狀態、性格、性質」

dignity [ˋdɪgnətɪ]（n.）莊重；尊嚴；自尊心

例 The cancer patient decided to accept euthanasia because he wanted to die with **dignity**.
那癌症病人決定接受安樂死，因為他想要死得有尊嚴。

字根 + 字尾 + 字尾

dign + ity + ary = dignitary

徐薇教你記 有尊嚴、很莊重、大家都尊敬的人，就是「達官顯貴、要人」。

-ary（名詞字尾）從事…的人

dignitary [ˋdɪgnəˌtɛrɪ]（n.）顯貴；要人；高官

例 Several foreign **dignitaries** will come to visit us next week.
下週會有幾位外國顯要來拜訪我們。

con + dign = condign

con-（字首）一起；共同（= 字首 co-）

condign [kən`daɪn]（adj.）適當懲罰的；罪有應得的

例 I may understand your motives, but hurting others is wrong and deserves a **condign** punishment.
我或許瞭解你的動機，但傷害他人就是不對，且必須要有應得的懲罰。

字首 + 字根 + 字尾

in + dign + ation = indignation

in-（字首）表「否定」

-ation（名詞字尾）表「動作的狀態或結果」

indignation [ˌɪndɪg`neʃən]（n.）憤怒；憤慨

例 She yelled angrily at her boyfriend, her eyes blazing with fierce **indignation**.
她對著她男朋友大吼，眼中閃著憤怒的火焰。

舉一反三▶▶▶

初級字

dainty [`dentɪ]（adj.）小巧玲瓏的；精緻的

例 The **dainty** teacups displayed in the glass cabinet cost thousands of dollars.
玻璃櫃展示的精緻茶杯組要價好幾萬塊。

in-（字首）表「否定；沒有」

indignity [ɪn`dɪgnətɪ]（n.）輕蔑；侮辱

例 She suffered the **indignity** of having to bend her knees in public.
她蒙受了必須當眾跪下的屈辱。

實用字

-fy（動詞字尾）使做出…動作

dignify [`dɪgnəˌfaɪ]（v.）使受到重視；抬舉

例 The CEO turned a blind eye to the reporter, refusing to **dignify** his stupid question.
那名執行長對那記者視而不見，拒絕回答他的蠢問題。

和「狀態」有關的字根 -dign-

-ant（形容詞字尾）具…性的
in**dign**ant [ɪn`dɪgnənt]（adj.）憤怒的；憤慨的
例 He felt most **indignant** at the rude way he had been treated.
他最生氣的是他被粗魯對待的方式。

進階字

dis-（字首）表「否定」
dis**dain** [dɪs`den]（n./v.）輕蔑；鄙視
例 Patty, a vegetarian and an environmentalist, **disdains** people who consume a lot of beef.
身為素食者與環境保護主義者的佩蒂鄙視那些消耗大量牛肉的人。

-ful（形容詞字尾）表「充滿…的」
dis**dain**ful [dɪs`denfəl]（adj.）輕蔑的；驕傲的
例 The housekeeper gave me a **disdainful** glance when she passed by.
那名管家在經過時給了我輕蔑的一瞥。

 Quiz Time

中翻英，英翻中

（　）1. dignity　（A）尊嚴　　（B）憤慨　　（C）侮辱

（　）2. 憤怒的　（A）indignity（B）disdainful（C）indignant

（　）3. dignitary（A）驕傲的　（B）高官　　（C）抬舉

（　）4. 鄙視　　（A）deign　　（B）dainty　　（C）disdain

（　）5. condign　（A）輕蔑的　（B）適當懲罰的（C）小巧玲瓏的

解答：1. A 2. C 3. B 4. C 5. B

和「狀態」有關的字根 **7**

-grav-/ -griev-

▶heavy，表「重的」

🎧 mp3: 082

衍生字

grieve

徐薇教你記 讓你心裡很沉重，就是因為你很「悲痛、悲傷」。

grieve [griv]（v.）悲痛；悲傷

例 She is heartbroken and still **grieving** over her dog.
她傷心欲絕，並且仍對她的愛犬死去感到悲傷。

字根 + 字尾

grav + ity = gravity

徐薇教你記 很重的狀態、有重量的性質，就是「重力、地心引力」。

-ity（名詞字尾）表「抽象的狀態、性格、性質」

gravity [ˋgrævətɪ]（n.）地心引力；重力

例 It is believed that Newton discovered the force of **gravity** when he saw an apple falling to the ground.
人們相信牛頓看到一顆蘋果掉到地上於是發現了地心引力。

字首 + 字根 + 字尾

ag + grav + ate = aggravate

ag-（字首）朝向（= 字首 ad-）

-ate（動詞字尾）使做出…動作

aggravate [ˋægrəˌvet]（v.）使加劇；使惡化

例 The unemployment rate was **aggravated** by the economic downturn.
失業的問題因為景氣下滑而更加嚴重。

和「狀態」有關的字根 **-grav-/-griev-**

3

初級字	**grave** [grev]（n.）墳墓；墓穴
	（adj.）嚴重的；重大的
	例 He had no choice but to make a **grave** decision in the time of crisis.
	他不得不在危機時刻做出重大決定。

grief [grif]（n.）悲痛；悲傷

例 Irene couldn't cope with the **grief** she felt inside after her son's death.

艾琳在她兒子過世後無法處理內心的悲傷。

實用字

aggrieve [ə`griv]（v.）使悲痛，使受委屈

例 That she was forbidden to see her parents **aggrieved** her very much.

她被禁止見她父母使她感到非常委屈。

-**ation**（名詞字尾）表「動作的狀態或結果」

gravitation [ˌgrævə`teʃən]（n.）萬有引力；重力

例 The **gravitation** of the tourists to the world heritage site has risen year after year.

那個世界遺產景點對觀光客的吸引力每年都在增加。

-**ance**（名詞字尾）表「情況、性質、行為」

grievance [`grivəns]（n.）不滿；抱怨

例 The government set up a committee immediately to handle the citizens' **grievances**.

政府立刻成立專門委員會來處理市民的抱怨。

-**ed**（形容詞字尾）表「被動的狀態」

aggrieved [ə`grivd]（adj.）感到委屈的；憤憤不平的

例 He really felt **aggrieved** at being looked down on because of his humble background.

他對於因為身世卑微而被瞧不起感到憤憤不平。

進階字

-**ous**（形容詞字尾）充滿…的

grievous [`grivəs]（adj.）極嚴重的；令人悲痛的

例 The leader's death was a **grievous** loss to the whole group.

那位領導人的離世對於整個集團是重大損失。

-ate （動詞字尾）使做出…動作

gravitate [`grævə͵tet] （v.）受引力作用而運動；被吸引

例 Children tend to **gravitate** toward things with bright colors.
小孩子容易被擁有鮮豔顏色的東西吸引。

? Quiz Time

依提示填入適當單字

直↓　1. The unemployment rate was _____d by the economic downturn.

　　3. It was hard for her to express her _____ when her dad passed away.

　　5. Her death is a _____ loss to the entire society.

橫→　2. It is believed that Newton discovered the force of _____.

　　4. Memorials offer an opportunity for people to _____ in their own ways.

　　6. He felt _____ at not being chosen for the school team.

解答：1. aggravate　2. gravity　3. grief　4. grieve　5. grievous　6. aggrieved

-luc-

▶ bright, light，表「光亮的」

變形包括 -lust-, -lumin-。

記 luck 運氣。好運到，全身就會金光閃閃、銳氣千條。

🎧 mp3: 083

字根 + 字尾

luc + id = lucid

徐薇教你記 有著光亮的性質，也就是「明亮的」，引申為「明白易懂的」。

-id（形容詞字尾）表「狀態、性質」

lucid [ˈlusɪd] (adj.) 清楚易懂的；明晰的；清澈的

例 The professor is known at this university for being quite **lucid**, so many students take his classes.
該教授在這所大學以教課清楚易懂聞名，因此有許多學生修他的課。

lumin + ary = luminary

徐薇教你記 會發出光亮的東西，指「發光體」。名人走在路上總是閃閃發光、引人注目，所以 luminary 也指「大師級的專家、知名人物」。

-ary（名詞字尾）表「事物總稱」

luminary [ˈlumənɛrɪ] (n.) 發光體；某領域的專家、知名人士

例 Every Christmas, we light **luminaries** and place them on our driveway.
每年的聖誕節，我們都會點亮燈泡並擺設在屋前的車道上。

lust + er = luster

-er（名詞字尾）做…的事物

luster [ˈlʌstɚ] (n.) 光澤；光輝；光彩

例 After thirty years, the wooden coffee table has lost some of its **luster**.
經過三十年後，那張木製咖啡桌已經失去了部分的光澤。

il + lumin + ate = illuminate

徐薇教你記 il- 進入，-lumin- 光亮，-ate 動詞字尾。illuminate 進去做使變光亮的動作，表示在「照亮、啟發」。

il-（字首）進入（= 字首 into-）

illuminate [ɪ'lumə‚net]（v.）照亮；啟發；闡釋

例 Allow me to **illuminate** the subject a little since we lack sufficient details.
由於我們缺乏足夠的細節，請容我再稍微闡釋一下這個主題。

舉一反三▶▶▶

初級字	**light** [laɪt]（n.）光；光線；燈 例 When you leave home, don't forget to turn off the **lights**. 當你出門時別忘了把燈關掉。
	Luna ['lunə]（n.）月神 例 According to legend, the goddess **Luna** had fifty daughters. 據神話故事記載，月神有五十個女兒。
實用字	-ate（動詞字尾）做出…動作 **illustrate** ['ɪləstret]（v.）說明；闡明；圖解 例 "Do it like this," said the teacher, **illustrating** with her hands how she wanted the children to fold the paper. 老師用手向小朋友示範如何摺紙，並說：「請照這樣做。」
	-ion（名詞字尾）表「動作的狀態或結果」 **illustration** [ɪ‚lʌs'treʃən]（n.）插圖；圖解 例 Kids love to read books with a lot of photographs and **illustrations**. 孩子們喜歡讀有很多照片和插圖的書。
進階字	-ent（形容詞字尾）具…性的 **lucent** ['lusn̩t]（adj.）發光的；透光的 例 You seem rather **lucent** today -- did you hear some good news? 你今天看起來容光煥發，是不是有什麼好消息？

3

trans-（字首）穿越；橫跨
translucent [trænsˋlusn̩t]（adj.）半透明的

例 After so many years, the window glass has become **translucent**, so it's a little blurry.
在這麼多年之後，這扇窗戶的玻璃變成半透明的，所以有點模糊。

? Quiz Time

中翻英，英翻中

（　）1. luminary 　（A）發光的（B）光輝 　（C）知名人士

（　）2. 清晰的 　（A）lucid 　（B）lucent 　（C）luster

（　）3. illuminate 　（A）圖解 　（B）闡釋 　（C）透光

（　）4. 光澤 　（A）lucid 　（B）lucent 　（C）luster

（　）5. translucent（A）透明的（B）半透明的（C）易懂的

解答：1. C 2. A 3. B 4. C 5. B

和「狀態」有關的字根 9

-nuc-

▶nut, center, core，表「核的；中央的」

🎧 mp3: 084

衍生字

nut [nʌt]（n.）堅果，核果

例 Squirrels collect **nuts** and store them away before the winter comes.
松鼠在冬天來臨前收集堅果並將它們貯存起來。

(nucle + ar = nuclear)

徐薇教你記 具有核的性質的,就是「核的;原子核的」。

-ar(形容詞字尾)具…性質的

nuclear [`njuklɪɚ](adj.)核的;原子核的

例 There's a fierce debate over the use of **nuclear** energy.
對於是否要使用核能有激烈的爭論。

舉一反三▶▶▶

初級字	nogat(普羅旺斯方言)果仁糕(= nut cake) **nougat** [`nuɡɑ](n.)牛軋糖;奶油杏仁花生糖 例 She wanted me to try her homemade **nougat** before she sold it online. 她在把手工牛軋糖拿到網路上賣之前要我先試吃看看。
	nuke [njuk](n.)核武器;核潛艇 (v.)用核武器攻擊 例 According to the news, this country has **nukes** hidden underground. 據報導,該國有藏在地底下的核子武器。
實用字	de-(字首)去除 **denuclearize** [di`nuklɪɚˏraɪz](v.)使國家或地區非核化 例 All the members reached a consensus that they should **denuclearize** this place and make it a peaceful place. 所有成員達成共識要將此地區非核化並使它成為和平之地。
	-ules(名詞字尾)小東西 **nucleus** [`njuklɪəs](n.)原子核;…的核心;細胞核 例 An animal cell contains the membrane, the cytoplasm, and the **nucleus**. 動物細胞裡有細胞膜、細胞質以及細胞核。
進階字	-ide(名詞字尾)物質成分 **nucleotide** [`njuklɪɚˏtaɪd](n.)核甘酸 例 Studies have shown that food ingredients which contain **nucleotides** are rich in flavors. 研究顯示含核甘酸的食材有豐富的風味。

3

-oxy- （字根）氧
deoxyribonucleic acid [diˌɑksiraɪbonuˈkliɪk] [ˈæsɪd] （n.）
去氧核糖核酸（簡稱 DNA）

例 **Deoxyribonucleic** acid, also known as DNA, is responsible for carrying genetic information.
去氧核糖核酸，也就是 DNA，負責攜帶基因訊息。

? Quiz Time

拼出正確單字

1. 堅果 _____
2. 牛軋糖 _____
3. 細胞核 _____
4. 原子核的 _____
5. 使…非核化 _____

解答：1. nut 2. nougat 3. nucleus 4. nuclear 5. denuclearize

和「狀態」有關的字根 10

-sati-

enough，表「足夠的」

🎧 mp3: 085

字根 + 字尾

sati + fy = satisfy

徐薇教你記 使做到足夠，就會「讓人滿足、滿意」。

-fy （動詞字尾）做成…；使…化
satisfy [ˈsætɪsˌfaɪ] （v.）使滿足

例 The man ate all of the whole jumbo ribs to **satisfy** his appetite.
那男人吃了整份超大肋排以滿足他的食慾。

(sati + ate = saturate)

徐薇教你記 使變得被充滿了、使成為很足夠的樣子，就是「飽和；浸透了」。

-ate（動詞字尾）使變成…

saturate [`sætʃəˌret]（v.）使浸透；使飽和

例 The rag was **saturated** with water and oil.
那條破布吸滿了水和油。

單字 + 字尾

(satisfy + ed = satisfied)

-ed（形容詞字尾）表「被…的」

satisfied [`sætɪsˌfaɪd]（adj.）感到滿意的

例 The boss was **satisfied** with this season's sales.
老闆對本季的銷售額感到滿意。

舉一反三▶▶▶

初級字	as-（字首）去；朝向（= 字首 ad-） **asset** [`æsɛt]（n.）資產；優點；有用的人 例 Not only capability, but also good looks can be an **asset** to one's career. 　不只能力，長得好看對一個人的工作生涯也是一個優勢。
	-ing（形容詞字尾）表「令人覺得…的」 **satisfying** [`sætɪsˌfaɪɪŋ]（adj.）令人滿意的 例 Finally, the two companies reached a mutually **satisfying** outcome. 　最後，這兩家公司達到讓彼此都很滿意的結果。
實用字	dis-（字首）表「相反情況」 **dissatisfied** [dɪs`sætɪsˌfaɪd]（adj.）某人感到不滿的；不高興的 例 The customers were **dissatisfied** and made a strong complaint to the mall. 　客人們很不滿意並對購物中心提出強烈客訴。

un-（字首）表「否定」
unsatisfactory [ˌʌnsætɪsˈfæktərɪ]（adj.）不令人滿意的；不夠好的

例 The restaurant's service was awesome, but the food was **unsatisfactory**.
那家餐廳的服務很棒，但食物不令人滿意。

進階字

in-（字首）表「否定」
　　-able（形容詞字尾）可…的
insatiable [ɪnˈseʃɪəbl]（adj.）無法滿足的；貪得無厭的

例 The little girl has an **insatiable** desire for knowledge.
那小女孩對知識有無盡的渴望。

poly-（字首）超過一個或很多的
polyunsaturated [ˌpɑlɪʌnˈsætʃəretɪd]（adj.）多元不飽和的

例 Nuts and fish are said to be rich in **polyunsaturated** fats.
據說堅果和魚類都富含多元不飽和脂肪。

? Quiz Time

拼出正確單字

1. 資產　　　　＿＿＿＿＿＿＿＿＿＿＿＿＿＿

2. 感到不滿的　＿＿＿＿＿＿＿＿＿＿＿＿＿＿

3. 貪得無厭的　＿＿＿＿＿＿＿＿＿＿＿＿＿＿

4. 不令人滿意的＿＿＿＿＿＿＿＿＿＿＿＿＿＿

5. 使浸透　　　＿＿＿＿＿＿＿＿＿＿＿＿＿＿

解答：1. asset　2. dissatisfied　3. insatiable　4. unsatisfactory　5. saturate

-sol-

▶alone，表「單獨的」

🔊 mp3: 086

記 表「太陽」的字根也是 -sol-，就記得太陽獨自在天上閃耀，兩個字根都是 -sol-。

衍生字

sole [sol]（adj.）單獨的；唯一的

例 Since Mr. Brown has only one daughter, she becomes the **sole** heir to all his property.
由於布朗先生只有一個女兒，她成為他所有財產的唯一繼承人。

solo [`solo]（adj.）單獨的；獨自的；單獨演出的
（n.）獨奏；獨唱；單獨進行的事物

例 The boy is going to have his first **solo** guitar performance on the street.
那男孩即將在街頭進行他第一次的吉他獨奏。

字首 + 字根 + 字尾

(de + sol + ate = desolate)

徐薇教你記 完全是孤獨的狀態、完全沒有半個人的性質，就是「荒蕪的、沒有人煙的」。

de-（字首）完全地
　　-ate（形容詞字尾）有…性質的
desolate [`dɛslɪt]（adj.）荒蕪、無人煙的；孤寂的
　　　　　 [`dɛslˌet]（v.）使荒蕪；使孤寂

例 A few buildings have sprung from this **desolate** area recently.
最近有幾棟大樓在這個荒涼的地區蓋了起來。

和「狀態」有關的字根 **-sol-**

初級字

-ly（副詞字尾）表「…地」

solely [ˋsolɪ]（adv.）單獨地；唯一地

例 The movie's success cannot be attributable **solely** to the super stars.
那部電影的成功不能只歸因於大明星。

-ary（形容詞字尾）表「關於…的」

solitary [ˋsɑləˌtɛrɪ]（adj.）單獨的；唯一的

例 On the roof, a **solitary** figure was busy installing solar panels.
屋頂上，有個人正忙著安裝太陽能板。

實用字

-ation（名詞字尾）表「動作的狀態或結果」

desolation [ˌdɛsḷˋʃən]（n.）荒蕪；孤寂

例 The severe drought that happened five years ago brought **desolation** to the region.
五年前的嚴重旱災給這個區域帶來荒蕪。

-tude（名詞字尾）表「抽象的性質或狀態」

solitude [ˋsɑləˌtjud]（n.）獨處；獨居

例 The old woman has lived a life of **solitude** since her husband died.
那名老婦人自從丈夫死後就過著獨居生活。

進階字

-loqu-（字根）說話

soliloquy [səˋlɪləkwɪ]（n.）自言自語；獨白

例 Your 15-minute **soliloquy** tonight was really impressive.
你今晚 15 分鐘的獨白真是令人印象深刻。

sullen [ˋsʌlən]（adj.）慍怒的；悶悶不樂的

例 Come on! Don't give me such a **sullen** expression.
拜託，不要給我這麼悶悶不樂的臉色。

❓ Quiz Time

從選項中選出適當的字填入空格中使句意通順

solo / solely / desolate / solitary / solitude

1. A few buildings have sprung from this _____ area recently.

2. It was his first _____ guitar performance on the street.

3. My aunt lives a pretty _____ life.

4. The yogis usually meditate in complete _____.

5. It is simply not true that smoking is _____ responsible for lung cancer.

解答：1. desolate　2. solo　3. solitary　4. solitude　5. solely

和「狀態」有關的字根 **12**

-vail-/-val-

▶**strong, be worth，表「有力的；有價值的」**

🎧 mp3: 087

衍生字

value

徐薇教你記　源自拉丁文 volére，指「強壯的、值得的」，後引申為動詞的「去估價、評價」。

value [ˋvælju]（n.）價值、重要性
　　　　　　（v.）重視

例 The value of these goods is not more than one hundred dollars.
這些商品的價值不超過一百塊錢。

字根 + 字尾

(val + id = valid)

徐薇教你記 呈現有價值、有力的狀態，也就是「健全的、有效的」。

-id（形容詞字尾）表「狀態；性質」

valid [ˋvælɪd]（adj.）健全的；有效的

例 That isn't a **valid** complaint; you need real proof.
那不算有效抱怨，你得要有確實的證據。

字首 + 字根 + 字尾

(a + vail + able = available)

徐薇教你記 可成為有效的、可變成有效用的，也就是「可用、可取得的」；時間可以取得，也就是「有空的」。

a-（字首）朝向（= 字首 ad-）
　　-able（形容詞字尾）可…的

available [əˋveləbḷ]（adj.）可用、可取得的；有空的

例 I'm not sure whether Becky is **available** to go to the movies or not.
我不確定貝琪有沒有空去看電影。

舉一反三 ▶▶▶

初級字

in-（字首）表「否定」

invalid [ɪnˋvælɪd]（adj.）無效的

例 The coupon is **invalid** because it has passed its expiration date.
這張折價券無效了，因為它已經過期了。

valentine [ˋvæləntaɪn]（n.）情人節禮物或情人卡；情人

例 Will you be my **Valentine**?
你願意當我的情人嗎？

補充 St. Valentine's Day 情人節，原為「聖瓦倫泰節」，來自古羅馬聖人的名字 Valentinus。最早是用來慶祝春天的到來，也是野鳥尋覓配偶的時節，時間約在二月中旬。直到十九世紀才開始成為愛人情侶間互相寄送禮物或卡片的日子。

實用字	e- （字首）向外（= 字首 ex-） **evaluate** [ɪˋvæljuˌet] （v.）評估；估價 例 You need to **evaluate** this student to decide whether she is good enough. 你得評估這個學生以決定她是不是夠好。
	valuable [ˋvæljəb!] （adj.）值錢的；有價值的 **invaluable** [ɪnˋvæljəb!] （adj.）無價的；非常貴重的 例 The advice you gave me is **invaluable**, and I'll treasure it forever. 你給我的建議太有價值了，我會永遠珍惜。
進階字	-equ- （字根）均等的 **equivalent** [ɪˋkwɪvələnt] （n.）相等物（adj.）相等的；相當的 例 An inch is **equivalent** to 2.54 centimeters. 一英寸等於二點五四公分。
	-ant （形容詞字尾）具…性的 **valiant** [ˋvæljənt] （adj.）英勇的；勇敢的 例 You gave a **valiant** effort, but you lost in the end. 你的努力很勇敢，但你最後還是輸了。

❓ Quiz Time

填空

（　）1. 有空的：＿＿able　（A）vail　（B）aval　（C）avail

（　）2. 評估：＿＿ate　（A）value　（B）evalu　（C）valid

（　）3. 有效的：val＿＿　（A）id　（B）ue　（C）ant

（　）4. 相等的：＿＿valent （A）pre　（B）equi　（C）ambi

（　）5. 無價的：in＿＿　（A）valiant （B）valid　（C）valuable

解答：1. C 2. B 3. A 4. B 5. C

-am-/ -amat-

▶to love，表「愛」

🎧 mp3: 088

3

衍生字

Amy [ˈemɪ]（n.）艾咪（女子名）

例 The name "**Amy**" means "beloved" and sometimes is short for Amelia.
「艾咪」這個名字意思是「心愛的」，有時也是「愛蜜莉亞」的縮寫名。

字根 + 字尾

（ **amat** + **eur** = **amateur** ）

徐薇教你記 因為喜歡而去做某事，而不是因為工作需要，就是純粹的愛好者、尤指「業餘的愛好者、外行人」。

-eur（名詞字尾）做…動作的人（= 字尾 -or）

amateur [ˈæmətʃur]（n.）業餘愛好者；外行人

（adj.）業餘的

例 Jake is a professional photographer and an **amateur** violinist.
傑克是專業攝影師和業餘小提琴家。

字首 + 字根 + 字尾

（ **en** + **amor** + **ed** = **enamored** ）

en-（字首）使成為…

-ed（形容詞字尾）表「被動的狀態」

enamored [ɪnˈæmɚd]（adj.）喜愛的；迷戀的

例 She has been **enamored** with her new colleague since they met.
她自從遇上她的新同事後就開始迷戀他。

舉一反三▶▶▶

初級字	**-ity**（名詞字尾）表「狀態、性格、性質」 **amity** [ˋæmətɪ]（n.）和睦；友好 例 The two families have lived in **amity** over the past several decades. 這兩家人過去幾十年來都相處得很和睦。
	-able（形容詞字尾）可…的 **amiable** [ˋemɪəbḷ]（adj.）和藹可親的；令人愉悅的 例 We are all impressed with how **amiable** and polite he behaves. 我們都對他表現得如此和藹可親和禮貌感到印象深刻。
實用字	**amenity** [əˋminətɪ]（n.）便利設施；生活福利設施 例 The hotel was equipped with a 24-hour gym, a swimming pool, and other **amenities**. 這家飯店配備有一間二十四小時的健身房、一座游泳池還有其他設施。
	-tory（形容詞字尾）關於…的 **amatory** [ˋæmətərɪ]（adj.）性愛的；情慾的 例 Jenny had some **amatory** adventures during her journey in Europe. 珍妮在歐洲旅行期間有過幾次豔遇。
進階字	**amour** [əˋmʊr]（n.）偷情；情婦；（法文）愛意 例 It is said that the woman living on the fifth floor is the **amour** of the mayor. 據說住在五樓的女子是市長的情婦。
	in-（字首）在…裡面 **inamorata** [ɪnˌæməˋrɑtə]（n.）戀人；情人 例 Ben has dated so many girls that Grandma is confused with who his current **inamorata** is. 班跟很多女生交往過，這讓奶奶很困惑他現在的戀人是誰。

Quiz Time

拼出正確單字

1. 業餘的 _____

2. 和睦 _____

3. 便利設施 _____

4. 和藹可親的 _____

5. 迷戀的 _____

解答：1. amateur 2. amity 3. amenity 4. amiable 5. enamored

和「動作」有關的字根 2 ·······························

-ang-

▶ to strangle，表「勒死；絞死；使窒息」

mp3: 089

衍生字

anger [ˋæŋgɚ]（n.）怒氣；憤怒

例 Knowing her boyfriend cheated on her, she shouted at him with **anger**.
得知她男朋友劈腿，她對他憤怒地大叫。

單字 + 字尾

anger + y = angry

徐薇教你記 讓人想絞死、勒死人的那種氣，就是「很生氣、憤怒的」。

-y（形容詞字尾）含有…的

angry [ˋæŋgrɪ]（adj.）生氣的；憤怒的

例 His mother was very **angry** because he lied to her.
他媽媽因為他說謊而非常生氣。

舉一反三 ▶▶▶

<table>
<tr>
<td>初級字</td>
<td>

-OUS（形容詞字尾）充滿…的

anxious [ˋæŋkʃəs]（adj.）焦慮的；不安的

例 The flood has made residents **anxious** about the reconstruction.
這場水災使居民因擔心重建而焦慮不安。

-ty（名詞字尾）表「狀態、性格、性質」

anxiety [æŋˋzaɪətɪ]（n.）焦慮；不安

例 Hank always feels a lot of **anxiety** when he goes to the hospital.
漢克去醫院的時候總是感到非常不安。
</td>
</tr>
<tr>
<td>實用字</td>
<td>

anguish [ˋæŋgwɪʃ]（n.）極度痛苦；劇痛

例 Her **anguish** at the aftereffect of the surgery was very clear.
得知手術後的副作用她明顯感到痛苦欲絕。

---

angina [ænˋdʒaɪnə]（n.）心絞痛

例 Leo suddenly experienced **angina** while he was jogging by the lake.
里歐在湖邊慢跑時突然感到心絞痛。
</td>
</tr>
<tr>
<td>進階字</td>
<td>

-al（形容詞字尾）有關…的

anginal [ænˋdʒaɪn!]（adj.）心絞痛的

例 Leo didn't realize at first that he had **anginal** problems.
里歐第一時間沒有想到他會有心絞痛的問題。

-st（古高地德語字尾）表名詞

angst [æŋst]（n.）對私人問題的焦慮；煩憂

例 My daughter is still in a period of teenage **angst**.
我女兒仍處於一段青春期煩惱的年紀。
</td>
</tr>
</table>

Quiz Time

填空

(C) 1. 生氣的：an＿＿＿　（A）gst　　（B）ger　　（C）gry

(A) 2. 焦慮：anx＿＿＿　（A）iety　　（B）ity　　（C）ety

(B) 3. 劇痛：ang＿＿＿　（A）st　　　（B）uish　　（C）er

(A) 4. 心絞痛：ang＿＿＿　（A）ina　　（B）inal　　（C）ish

(C) 5. 不安的：anx＿＿＿　（A）inal　　（B）uish　　（C）ious

解答：1. C　2. A　3. B　4. A　5. C

和「動作」有關的字根 3

-auc-/-aug-/
-aux-

▶to increase，表「增加」

🎧 mp3: 090

衍生字

augur [ˋɔgɚ]（v.）預示；是⋯的預兆

（n.）古羅馬占卜官

徐薇教你記　古羅馬占卜官專責預測國運，並為皇室解釋各種自然現象或徵兆，也要執行會增加穀物、使農作豐收的宗教儀式，就是來自 -aug- 這個字根。

例　With the news in mind, Kevin's presence seems to **augur** a shift of the board members.
在知道那個新聞後，凱文的出現似乎預示著董事會成員的更替。

> **august**

August 八月是以古羅馬皇帝奧古斯都（Augustus）命名，Augustus 原意為「德高望重的」，引申表「尊者、陛下」；後推測該名字是由古羅馬占卜官 augur 以占卜術讓這個名字神格化，因而有「令人敬畏、展現威嚴」之意。

august [`ɔgəst] （adj.）威嚴的；令人敬畏的
August [`ɔgəst] （n.）八月

例 Mr. Burlington was the **august** patron for our organization.
柏林頓先生是我們組織德高望重的贊助人。

字首 + 單字 + 字尾

> **in + augur + ation = inauguration**

in- 進入，augur 占卜官，-ation 使成為⋯狀態，古代帝王登基一定要由占卜官引導進入皇位，並認證新王就是天意指定的天下第一人；inauguration 帝王要登基、領導人要上台主政，就是「就職典禮」。

in-（字首）進入
　　　　-ation（名詞字尾）使成為⋯狀態
inauguration [ɪnˌɔgjəˈreʃən] （n.）就職典禮

例 Many celebrities are invited to the presidential **inauguration**.
許多名流受邀參加總統就職典禮。

舉一反三▶▶▶

初級字

　　　　-ion（名詞字尾）表「動作的狀態或結果」
auction [`ɔkʃən] （n.）拍賣
例 They decided to put the paintings up for **auction**.
他們決定將這些畫作拿去拍賣。

　　　　-eer（名詞字尾）做⋯的人
auctioneer [ˌɔkʃənˈɪr] （n.）拍賣商
例 The main profit of the **auctioneers** is the service fee charged for each transaction.
拍賣商的主要收益在於每次交易所收取的服務費。

實用字	**augment** [ɔg`mɛnt] (v.) 增大；擴張
	例 He **augmented** his fortune by selling the farmland he inherited from his grandpa. 他靠賣掉祖父留給他的農地增加財富。
	inaugurate [ɪn`ɔgjəˌret] (v.) 啟用；正式就任
	例 They **inaugurated** the new branch office with a ceremony and a party. 他們以典禮和派對宣告新分公司辦公室正式開張。
進階字	**-y** (名詞字尾) 表「專有名詞的暱稱」
	augury [`ɔgjərɪ] (n.) 預兆；占卜術
	例 The outcome of the knockout stage was a good **augury** for our semi-finals. 淘汰賽的結果對我們的準決賽是個好預兆。
	Auxo (古希臘神名) (女神名) 奧克索
	auxiliary [ɔg`zɪljərɪ] (n.) 輔助者；助動詞
	例 "Do" and "does" are **auxiliary** verbs used in present tense sentences. 「do」和「does」是用在現在式句子裡的助動詞。
	補充 古希臘神話中，Auxo 是掌管夏天植物生長的女神，能幫助植物成長、長大。

❓ Quiz Time

中翻英，英翻中

( ) 1. augment （A）增大 （B）啟用 （C）拍賣

( ) 2. 是…的預兆 （A）augur （B）augury （C）august

( ) 3. auction （A）增大 （B）啟用 （C）拍賣

( ) 4. 就職典禮 （A）inaugurate （B）inauguration （C）inaugural

( ) 5. auxiliary （A）拍賣商 （B）占卜術 （C）助動詞

解答：1. A 2. A 3. C 4. B 5. C

和「動作」有關的字根 4

-bal-/-bel-/ -bol-

▶to throw，表「丟、拋」

🎧 mp3: 091

衍生字

ball

> **徐薇教你記**　ball 舞會源自拉丁文 ballare，指跳舞時人的身體就像被拋出或丟出一樣的動作。

ball [`bɔl] (n.) 大型舞會

例 Cinderella wanted to go to the **ball** to see the prince.
灰姑娘想要去舞會見到王子。

字首 + 字根

sym + bol = symbol

sym- (字首) 共同；一起 (= 字首 syn-)
symbol [`sɪmb!] (n.) 標誌；符號；象徵

例 "O" is the chemical **symbol** for oxygen.
「O」是氧的化學符號。

字首 + 字根

pro + blem = problem

> **徐薇教你記**　pro- 向前，-blem- 丟，problem 最早指將一個難題往前丟出來，向大家尋求解決方法，那個被丟出來待解決的東西，就是「問題」。

pro- (字首) 向前
problem [`prɑbləm] (n.) 問題

例 I don't see any **problem** in this report.
這份報告我看不出有什麼問題。

舉一反三 ▶▶▶

和「動作」有關的字根 **-bal-/-bel-/-bol-**

初級字

ballet [`bæle] (n.) 芭蕾舞
例 The young girl's dream is to become a **ballet** dancer.
那小女孩的夢想是當一名芭蕾舞者。

em-（字首）往…裡面（= 字首 en-）
emblem [`ɛmbləm] (n.) 象徵；標誌；徽章
例 The bald eagle is the national **emblem** of the United States.
禿鷹是美國的象徵。

實用字

ballista [bə`lɪstə] (n.) 投射機；投射弩
ballistics [bə`lɪstɪks] (n.) 彈道學
例 The police are analyzing the **ballistics** of the bullet lodged in the wall.
警方正在以彈道學分析嵌在牆裡的那枚子彈。

meta（希臘文）改變
metabolism [mɛ`tæbḷɪzəm] (n.) 新陳代謝
例 Blood donation is said to be helpful for increasing our **metabolism**.
捐血據說可以幫助增加新陳代謝。

進階字

para-（字首）在…旁邊
parabola [pə`ræbələ] (n.) 拋物線
例 The math teacher taught the students how to use the equation to graph a **parabola**.
那數學老師教學生如何利用方程式畫出一條拋物線。

hyper-（字首）在…之上，超越
hyperbole [haɪ`pɝbəlɪ] (n.) 誇飾法
例 The book review was full of **hyperboles**, such as "the one and only", "fantastic" and so on.
這書評裡用了滿滿的誇飾法，像是「絕無僅有的」或是「讚透了」之類的字眼。

em- (字首）往⋯裡面（= 字首 en-）

embolism [ˈɛmbəˌlɪzəm]（n.）血管栓塞；血栓

例 The man was diagnosed with acute pulmonary **embolism** and needed emergency surgery.
那男人被診斷是急性肺栓塞需緊急開刀。

❓ Quiz Time

依提示填入適當單字

1. You should solve the _____ by yourself.

2. Taking exercise is helpful for increasing our _____.

3. The bald eagle is the national _____ of the United States.

4. She is an excellent _____ dancer.

5. A dove is the _____ of peace.

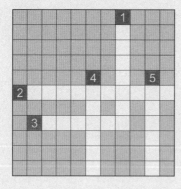

解答：1. problem 2. metabolism 3. emblem 4. ballet 5. symbol

和「動作」有關的字根 5

-clin-

▶ **to lean**，表「**傾斜；依靠**」

記 clean 清理時，需要彎腰或傾斜身體去掃地、擦地板。

🎧 mp3: 092

衍生字

clinic

徐薇教你記 源自古印歐字根 *kli-，原指人斜躺的地方，也就是「床或躺椅」，後引申為「病床」。有病床的地方就是醫生診察病患的地方，所以就衍生出「醫療診所」的意思。

clinic [ˋklɪnɪk]（n.）診所

例 Doctor Wang decided to open his own health **clinic** on Roosevelt Road.
王醫師決定在羅斯福路上開一間自己的健康診所。

比 hospital 醫院

字首 + 字根

de + clin = decline

徐薇教你記 向下傾斜、把別人的東西向下彎，也就是「拒絕」。

de-（字首）往下；離開
decline [dɪˋklaɪn]（v.）拒絕；謝絕

例 I'm afraid that I'll have to **decline** your offer, since I'm too busy.
因為我太忙了，恐怕我得拒絕你的邀請。

re + clin = recline

徐薇教你記 向後傾斜，表示「把椅子向後靠」。

re-（字首）回來；向後
recline [rɪˋklaɪn]（v.）把椅子向後靠

例 Frank likes to come home and **recline** in his favorite couch.
法蘭克喜歡回家後靠坐在他最愛的那張沙發椅上。

舉一反三 ▶▶▶

初級字

cling [klɪŋ]（v.）黏附；依附

例 Doris **clings** to her boyfriend now, so we never see her anymore.
桃莉絲現在黏著她的男朋友，所以我們再也沒看到她了。

climate [ˋklaɪmɪt]（n.）氣候

例 The **climate** in this area is good for growing coffee trees.
這個地區的氣候很適合種咖啡樹。

實用字

in-（字首）進入
incline [ɪnˋklaɪn]（v.）傾斜；彎腰
（n.）斜面；斜坡

例 When I use the treadmill, I like to use a steep **incline** setting.
當我用跑步機時，我喜歡設定在陡坡模式。

-ician（名詞字尾）專精⋯的人
clinician [klɪˋnɪʃən]（n.）臨床醫生

例 He has been a **clinician** for about twenty years, having left the university a long time ago.
他離開大學已經很久了，擔任臨床醫師也已經有大約二十年了。

進階字

-er（名詞字尾）做⋯動作的事物
recliner [rɪˋklaɪnɚ]（n.）(1) 斜靠的人；(2) 活動躺椅

例 His favorite activity is sitting in his **recliner** in the yard and doing nothing.
他最喜歡的活動就是坐在他院子裡的躺椅上什麼事都不做。

-meter-（字根）測量
clinometer [klaɪˋnɑmətɚ]（n.）測斜儀

例 A **clinometer** is necessary when constructing a bridge.
建造一座橋時會需要測斜儀。

Quiz Time

拼出正確單字

1. 依附 ＿＿＿＿＿＿＿＿＿＿＿＿

2. 診所 _____

3. 拒絕 _____

4. 氣候 _____

5. 躺椅 _____

解答：1. cling 2. clinic 3. decline 4. climate 5. recliner

和「動作」有關的字根 6 ·······················

-cer(n)-

▶to sift, to separate，表「篩；分離」

變形有：-cert- ,-cret-

🎧 mp3: 093

衍生字

certain

徐薇教你記 將東西篩過後，出來的結果就是「確定的、必然的」。

certain [ˋsɝtən]（adj.）確信的；無疑的；必然的

例 I'm **certain** that you will pass the test.
我很確定你一定會通過測驗。

字根 + 字根 + 字尾

cert + fic + ate = certificate

-fic-（字根）做
-ate（名詞字尾）表「動作的結果」

certificate [səˋtɪfəkɪt]（n.）證書；證明

例 A medical **certificate** is required if you want to apply for indemnity.
如果你要申請賠償金需準備醫療證明。

con + cert = concert

con-（字首）一起；共同（= 字首 co-）

concert [ˋkɑnsət]（n.）音樂會

徐薇教你記 concert 最早是指各方在一起透過熱烈的討論、爭辯、決定而得出的相同看法或協議，引申有「經會議或討論後得到的和諧」；十八世紀時，這個字又合併了長得很像的義大利文 contare 表「歌唱」，演變到後來 concert 反而主要指音樂層面的用法，表示協議、協調的字義則漸漸消失了。

例 The band is going to hold its fiftieth **concert** this summer.
這個樂團今年夏天要舉辦它們第五十場的演唱會。

字首 + 字根 + 字尾

se + cret + ary = secretary

se-（字首）分開

-ary（名詞字尾）從事…職業的人

secretary [ˋsɛkrəˌtɛrɪ]（n.）秘書

例 The boss' **secretary** was in charge of taking the minutes of the meeting.
老闆的秘書負責做會議紀錄。

舉一反三 ▶▶▶

初級字	**secret** [ˋsikrɪt]（adj.）秘密的；機密的 　　　　　　　（n.）秘密；機密 例 Can you keep a **secret**? 你能保守秘密嗎？
	con-（字首）一起（= 字首 co-） **concern** [kənˋsɝn]（v.）使擔憂；使掛念 　　　　　　　　（n.）擔心；掛念 例 My **concern** is that we don't have enough time to finish the project. 我擔心的是我們沒有足夠的時間來完成這個專案。
實用字	-fy（動詞字尾）做…動作 **certify** [ˋsɝtəˌfaɪ]（v.）證明；證實 例 The contract has been **certified** by the court. 這份合約已經法院認證了。

進階字

dis-（字首）分開；分離
discern [dɪ`zɝn]（v.）分辨；辨清

例 When the police showed suspects to the witness, she **discerned** the murderer on the spot.
當警方向目擊者展示嫌疑犯，她當下就認出兇手。

-ion（名詞字尾）表「動作的狀態或結果」
discretion [dɪ`skrɛʃən]（n.）謹慎；守口如瓶

例 He was warned to conduct the whole affair with the utmost **discretion**.
他被警告要以最謹慎的態度來處理整件事情。

as-（字首）表「朝向」（= 字首 ad-）
ascertain [ˌæsɚ`ten]（v.）確定；查明

例 The boss wanted me to **ascertain** if the limousine would be available on that day.
老闆要我去確定大型豪華轎車那天是否能夠提供服務。

de-（字首）表「朝下；完全」
decree [dɪ`kri]（n.）政令；法令
（v.）頒布法令；下達政令

例 The government has issued a **decree** forbidding hunting in this area.
政府頒布法令禁止在這個區域狩獵。

? Quiz Time

1. 醫療證明　　the medical _____
2. 保守秘密　　to keep a _____
3. 公眾關注　　public _____
4. 舉辦演唱會　to hold a _____
5. 分辨善惡　　to _____ good from evil

解答：1. certificate　2. secret　3. concern　4. concert　5. discern

-don-/-dot-/-dow-

▶to give，表「給予」

🎧 mp3: 094

衍生字

Dora [`dɔrə]（n.）朵拉（女子名）

例 **Dora the Explorer** is a well-known educational animated TV series.
《愛探險的朵拉》是知名的美國教育性電視卡通影集。

字根 + 字尾

(**don** + **ate** = **donate**)

徐薇教你記 做給出去的動作，就是「捐贈、捐獻」。

-ate（動詞字尾）使做出…動作
donate [`donet]（v.）捐獻；捐贈

例 The CEO claimed to **donate** all his salary to the charity.
那名執行長宣稱要將所有薪水捐給慈善機構。

字首 + 字根

(**par** + **don** = **pardon**)

par-（字首）完全地；徹底地（= 字首 per-）
pardon [`pɑrdn]（n./v.）原諒；寬恕

例 **Pardon** me, but I didn't hear you. Can you raise your voice a bit?
抱歉，我聽不到你說什麼。你可以說大聲一點嗎？

(**anti** + **dot** = **antidote**)

徐薇教你記 antidote 原指給予藥物以中和原本的毒性，後來就泛指「解毒劑、解藥、緩和事物的解方」。

anti- （字首）反對；對抗

antidote [ˈæntɪˌdot] （n.）解毒劑；緩解方法

例 There is still no **antidote** for the venom of this kind of snake.
這種蛇的毒液目前還沒有解藥。

舉一反三▶▶▶

初級字	**dose** [dos] （n.）劑量 例 The warning says up to 25 of these pills would be a lethal **dose**. 警告上寫著超過二十五顆這種藥丸就會達到致命劑量。
	-or （名詞字尾）做…動作的人或事物 **donor** [ˈdonɚ] （n.）捐贈者 例 The books in the reading room are the gifts from many anonymous **donors**. 閱讀教室裡的圖書都是來自許多匿名的捐贈者。
實用字	-ion （名詞字尾）表「動作的狀態或結果」 **donation** [doˈneʃən] （n.）捐贈 例 The businessman made a huge **donation** in his wife's name. 那名商人以他太太的名義捐了一大筆錢。
	-ary （名詞字尾）和…有關的東西 **dowry** [ˈdaʊrɪ] （n.）嫁妝 例 Helen was given a new refrigerator and a washing machine as her **dowry**. 海倫收到了一台新冰箱和一台洗衣機作為嫁妝。
	en- （字首）使進入 **endow** [ɪnˈdaʊ] （v.）向學校或醫院的捐款；資助 例 The computer company has **endowed** an institute to develop a robot. 那家電腦公司資助一所大學院校來研發機器人。
進階字	an- （字首）表「否定」 ec- （字首）向外（= 字首 ex-） **anecdote** [ˈænɪkˌdot] （n.）軼事；趣聞 例 Peter told us some **anecdotes** about his years as a soldier in Vietnam. 彼得跟我們講了幾件他在越南當兵時的趣事。

和「動作」有關的字根 -don-/-dot-/-dow-

> con- （字首）一起；共同（= 字首 co-）
> **condone** [kənˋdon] (v.) 寬恕
> 例 My parents cannot **condone** behavior that involves stealing.
> 我的父母無法寬恕涉及偷竊的行為。

Quiz Time

中翻英，英翻中

( ) 1. antidote （A）軼事 （B）嫁妝 （C）解毒劑

( ) 2. 原諒 （A）pardon （B）donor （C）dowry

( ) 3. donation （A）寬恕 （B）捐贈 （C）藥劑

( ) 4. 劑量 （A）dose （B）donate （C）condone

( ) 5. endow （A）捐贈者 （B）寬恕 （C）資助

解答：1. C 2. A 3. B 4. A 5. C

和「動作」有關的字根 **8**

-dorm-

▶to sleep，表「睡覺」

∩ mp3: 095

字根 + 字尾

dorm + tory = dormitory

徐薇教你記 讓人睡覺的地方、場所，就是「宿舍」。

-tory （名詞字尾）表「場所；有某種目的之物」
dormitory [ˋdɔrməˌtori] (n.) 宿舍（簡稱 dorm）

和「動作」有關的字根 **-dorm-**

例 Male visitors can't get into the girls' **dormitory** without permission.
男性訪客未經許可不能進入女生宿舍。

(**dorm** + **ant** = **dormant**)

　　　-ant（形容詞字尾）具…性的
dormant [`dɔrmənt]（adj.）沉睡的；休眠的
例 Scientists are still monitoring the **dormant** volcano in case it erupts.
科學家們仍監控著這座休眠火山唯恐它噴發。

舉一反三▶▶▶

初級字	**mouse** [maʊs]（n.）老鼠 **dormouse** [`dɔr.maʊs]（n.）睡鼠，冬眠鼠 例 **Dormice** are particularly known for their long period of hibernation. 睡鼠最為人所知的就是長時間的冬眠。
實用字	**dormer** [`dɔrmɚ]（n.）屋頂窗；老虎窗；閣樓窗 例 Although a **domer** doesn't necessarily contain a window, it is used to increase the usable space in a loft. 儘管老虎窗不一定包含窗戶，它被用來增加閣樓裡的可用空間。
	automobile [`ɔtəmə.bil]（n.）汽車 **Dormobile** [`dɔrmobl]（n.）（露營車廠牌名）野營車 例 A **Dormobile** looked like a camper van and was once very popular in the UK. Dormobile 的野營車是一種露營廂型車，而且曾經在英國相當流行。
進階字	**-ancy**（名詞字尾）表「情況、性質、行為」 **dormancy** [`dɔrmənsɪ]（n.）休眠狀態 例 The seeds can sometimes be brought out of **dormancy** by warm temperatures. 種子有時候會因為變溫暖而脫離休眠狀態。
	Dormition [dɔr`mɪʃən]（n.）東正教的聖母升天節 例 The **Dormition** of the Mother of God is a feast celebrated in the Orthodox Churches. 聖母升天節是東正教的一個紀念日。

和「動作」有關的字根 9

-dur-

▶to harden, to last，表「使強硬；持續」

記 durian 榴槤，外殼堅硬且臭味持久。　　　　　🎧 mp3: 096

字首 + 字根

en + dur = endure

徐薇教你記 持續撐在那個狀態裡，就是在「忍耐、忍受」。

en-（字首）使成為；使進入

endure [ɪnˋdjʊr]（v.）忍耐、忍受

例 It's difficult to **endure** so many hours of work day after day.
要每天忍受這麼長時間的工作真是困難。

字根 + 字尾

dur + ing = during

徐薇教你記 -dur- 持續，-ing 現在分詞字尾。during 一直持續的狀態，也就是「在…期間」。

during [`djʊrɪŋ] (prep.) 在…期間

例 The rude children were talking **during** the principal's speech.
在校長演講時，那些無禮的孩子們一直在講話。

(**in** + **dur** + **ate** = **indurate**)

徐薇教你記 進去做出讓你變硬的動作，indurate 也就是「使硬化」，引申為「使麻木」。

in- (字首) 進入…
indurate [`ɪndjʊˏret] (v.) 使堅硬；使麻木
         (adj.) 無感覺的

例 Years of war made him **indurate** to pain.
連年的戰爭使他對痛苦麻木了。

舉一反三▶▶▶

初級字	**-able** (形容詞字尾) 可…的 **durable** [`djʊrəbḷ] (adj.) 耐久的；耐用的 例 Not only is this coffee mug fashionable, but it's **durable**, too. 這個咖啡杯不只時尚，而且還很耐用。
	-ation (名詞字尾) 表「動作的狀態或結果」 **duration** [djʊ`reʃən] (n.) 持續；持久 例 Please stay in your seats for the **duration** of the play. 在遊戲進行期間請坐在你的位子上。
實用字	**-ty** (名詞字尾) 表「狀態；性質」 **durability** [ˏdjʊrə`bɪlətɪ] (n.) 耐久性 例 They used high-**durability** materials to make the bicycle pedals. 他們用耐久性強的材料來做腳踏車踏板。
	endure [ɪn`djʊr] (v.) 忍耐；忍受 **endurance** [ɪn`djʊrəns] (n.) 耐受力 例 My headache is beyond **endurance**. 我的頭痛超過能忍受的範圍。

和「動作」有關的字根 **-dur-**

epi- （字首）在…上
　　dural ［`djʊrəl］（adj.）（醫學）硬膜的
epidural ［ˌɛpəˋdjʊrəl］（n.）硬膜外麻醉

例　The pregnant woman got an **epidural**, so she immediately relaxed.
那名孕婦接受硬膜外麻醉，所以她馬上就放鬆下來了。

補充　在體內脊椎硬膜上進行的動作，就是「硬膜外麻醉」，指無痛分娩或手術時施行的麻醉法。

ob- （字首）相對；抗…的
obdurate ［`ɑbdjərɪt］（adj.）頑固的；冷酷的

例　My father is so **obdurate** in his hatred of rock music.
我爸爸對搖滾音樂的痛恨非常堅絕。

? Quiz Time

從選項中選出適當的字填入空格中使句意通順

endure / durable / during / duration / indurate

1. Years of war made him _____ to pain.

2. I can't _____ the boring work anymore.

3. Don't talk to your classmates _____ the class.

4. Please stay in your seats for the _____ of the play.

5. The machine is made of _____ materials.

解答：1. indurate　2. endure　3. during　4. duration　5. durable

-crit-/-crisi-

▶to judge, to separate，表「判斷；分別」 🎧mp3: 097

和「動作」有關的字根 -crit-/-crisi-

衍生字

crisis [ˋkraɪsɪs]（n.）危機

例 The college admissions bribery scandal is a big **crisis** for many Ivy League colleges.
大學入學賄賂醜聞對許多常春藤名校是很大的危機。

字根 + 字尾

crit + ize = criticize

徐薇教你記 去做判斷、去做分別的狀態，就是在「批判、評論」。

-ize（動詞字尾）使…化；使變成…狀態

criticize [ˋkrɪtɪͺsaɪz]（v.）批判；評論

例 The media **criticized** the officials for their bureaucracy.
媒體批評這些官員的官僚作風。

字首 + 字根 + 字尾

dia + crit + ic = diacritic

dia-（字首）在…之間

-ic（名詞字尾）表「學術；技術用語」

diacritic [ͺdaɪəˋkrɪtɪk]（n.）附加變音符號

例 The word "café" has a **diacritic** over the letter "e".
「café」這個字裡的字母「e」上方有個附加變音符號。

初級字

critic [ˋkrɪtɪk] (n.) 批評者；評論家

例 The food **critic** is well-known for his pungent remarks.
那個美食評論家以苛刻的言論出名。

-al (形容詞字尾) 有關…的
critical [ˋkrɪtɪkl̩] (adj.) 批判的；關鍵性的

例 The **critical** analysis contained several controversial points of view.
那份評論分析包含了幾個有爭議的觀點。

實用字

-ism (名詞字尾) …主義；…行為狀態
criticism [ˋkrɪtəˏsɪzəm] (n.) 批判；評論

例 It is sometimes essential for celebrities not to overreact to **criticism**.
對名人來說有時候不要對批評過度反應是很重要的。

critique [krɪˋtik] (n.) 批評；評論

例 **Critique** is commonly understood as fault finding and negative judgment.
批評通常都被理解為尋找錯誤和負面評判。

進階字

-terion (名詞字尾) 表「…的東西」(= 字尾 -tory)
criterion [kraɪˋtɪrɪən] (n.) 判定標準；準則

例 Appearances shouldn't be the only **criterion** for your choice of boyfriend.
外貌不應該是你挑選男朋友的唯一標準。

endo- (希臘字首) 在…之中
endocrine [ˋɛndoˏkraɪn] (n.) 內分泌

例 The **endocrine** system is like the nervous system, yet its effects and mechanisms are different.
內分泌系統就像神經系統一樣，但是效果和機制是不同的。

Quiz Time

依提示填入適當單字

直↓　1. He felt discouraged because of all the ＿＿＿＿＿＿＿＿＿

　　　 he had received.

　　　3. Mr. Brown is a senior editor as well as a famous film

　　　 ＿＿＿＿＿＿＿＿＿.

　　　5. Pronunciation of a language is not the only ＿＿＿＿＿＿＿＿

　　　 for acquisition.

横→　2. The bribery scandal is a big ＿＿＿＿＿＿＿＿ in the

　　　 senator's political career.

　　　4. My mom is very ＿＿＿＿＿＿＿＿ of the way we bring

　　　 up our children.

　　　6. The artists ＿＿＿＿＿＿＿＿ each other's work in order

　　　 to improve themselves.

解答：1. criticism　2. crisis　3. critic　4. critical　5. criterion　6. criticize

和「動作」有關的字根 11

-cult-

▶to till，表「耕作；務農」

🎧 mp3: 098

字根 + 字尾

cult + ure = culture

徐薇教你記 人類開始耕種務農後就進入了有文化的狀態，就是「文化」。

-ure（名詞字尾）表「過程、結果、上下關係的集合體」
culture [ˈkʌltʃɚ]（n.）文化；文藝
　　　　　　　　（v.）培養

例 Many westerners are especially fascinated with Japanese **culture**.
許多西方遊客對日本文化特別著迷。

字根 + 字尾 + 字尾

cult + ive + ate

-ive（形容詞字尾）有…性質的
　-ate（動詞字尾）使做出…動作
cultivate [ˈkʌltəˌvet]（v.）耕作；培育；養殖
例 Most of the land in this area was intensively **cultivated** for soybeans.
這個地區大部分的土地都被密集地種植黃豆。

字根 + 單字

agri + culture = agriculture

徐薇教你記 土地的文化、耕種的文化，就是「農業」。

-agri-（字根）土地；土壤
agriculture [ˈægrɪˌkʌltʃɚ]（n.）農業；農藝
例 The use of pesticide in **agriculture** affects not only other life but also human health.
殺蟲劑在農業上的使用不但影響了其他生物，同時也影響了人類健康。

舉一反三 ▶▶▶

初級字	**-ed**（形容詞字尾）表「被動的狀態」 **cultivated** [ˋkʌltəˌvetɪd]（adj.）有教養的 例 The naughty boy has grown up as a **cultivated** young gentleman. 那個頑皮的小男孩已經長成一位有教養的年輕紳士。
	-al（形容詞字尾）表「狀況；事情」 **cultural** [ˋkʌltʃərəl]（adj.）文化的 例 The city has become highly developed in **cultural** diversity due to the influx of different ethnic groups. 這個城市因為不同族群的湧入而發展出高度的文化多樣性。
實用字	**-aqua-**（字根）水 **aquaculture** [ˋækwəˌkʌltʃə]（n.）水產養殖 例 **Aquaculture** involves cultivating freshwater and saltwater organisms under controlled conditions. 水產養殖包括在控制的環境下養殖淡水和海水生物。
	sub-（字首）在…之下 **subculture** [ˋsʌbˌkʌltʃə]（n.）次文化 例 The study of **subcultures** often includes the study of symbolism attached to clothing. 次文化的研究通常包含研究服裝穿著所隱含的象徵符號。
	multi-（字首）很多的 **multicultural** [ˌmʌltɪˋkʌltʃərəl]（adj.）融合多種文化的 例 The paper I'm reading is a **multicultural** curriculum assignment. 我正在讀的報告是多元文化課程的作業。
進階字	**-able**（形容詞字尾）可…的 **cultivable** [ˋkʌltəvəbl]（adj.）可耕作的；可種植的 例 The pioneers found that most land of this island was not **cultivable**. 開拓者們發現這座島嶼大部分的土地無法耕作。
	mono-（字首）單一的 **monoculture** [ˋmɑnəˌkʌltʃə]（n.）單一栽培 例 Some studies show that extensive **monoculture** can be harmful to the environment. 有些研究顯示大規模的單一栽培對環境有害。

un- (字首) 表「否定」
uncultured [ʌnˈkʌltʃəd] (adj.) 未開墾的；未耕作的
例 The archeologist found a prehistoric site buried under an **uncultured** field.
考古學家發現了一個史前遺址埋葬在一片未開墾的地底下。

Quiz Time

中翻英，英翻中

( ) 1. cultivated　　（A）有教養的　（B）未耕作的　（C）文化的
( ) 2. 農業　　　　（A）subculture（B）aquaculture（C）agriculture
( ) 3. multicultural（A）單一栽培　（B）多元文化的（C）水產養殖
( ) 4. 文藝　　　　（A）cultivate　（B）culture　　（C）cultural
( ) 5. cultivable　　（A）農業的　　（B）未開墾的　（C）可種植的

解答：1. A 2. C 3. B 4. B 5. C

和「動作」有關的字根 **12**

-empt-

▶to take，表「拿、取」

變形為 -em-, -ampl-。

🎧 mp3: 099

字首 + 字根

(**ex + empt = exempt**)

徐薇教你記 把你身負的責任或義務拿出去了，就讓你「免除責任」，不用負擔義務或責任就表示是「被豁免的」。

ex- （字首）往外
exempt [ɪgˈzɛmpt] （adj.）被免除義務或付款的；被豁免的
（v.）免除

例 Senior people are **exempt** from medical registration fees under the health insurance system.
在現行健保制度下，年長者就醫可免掛號費。

字首 + 字根 + 字尾

(ex + empl + ary = exemplary)

徐薇教你記 被拿出來當作樣本的東西，如果是好的就是「值得仿效的」；如果是不好的就是拿來「殺雞儆猴、具懲戒性的」。

-ary （形容詞字尾）與…有關的
exemplary [ɪgˈzɛmplərɪ] （adj.）值得仿效的；懲戒性的

例 Her study habits and attitude were acknowledged by her professor as **exemplary**.
她的學習習慣和態度受到她教授的認可值得大家效法。

舉一反三 ▶▶▶

初級字	**ransom** [ˈrænsəm] （n.）贖金 （v.）贖回；向…勒索贖金 **例** The gangsters kidnapped the son of the CEO and demanded a huge **ransom**. 那群惡徒綁架了那名執行長的兒子並要求高額贖金。
	-ware （名詞字尾）…的製品；…的工具 **ransomware** [ˈrænsəmˌwɛr] （n.）勒索軟體 **例** "WannaCry" is a terrible **ransomware** which will lock your files or computer systems until you pay the ransom. 「WannaCry」是一種很可怕的勒索軟體，它會將檔案或電腦鎖住直到你付贖金。
實用字	re- （字首）再次；返回 **redeem** [rɪˈdim] （v.）彌補；贖回；償還；兌換 **例** You can **redeem** your lottery receipt with the winning numbers at any convenience store in Taiwan. 你可以在台灣的任何超商兌換中獎發票。

和「動作」有關的字根 **-empt-**

pre-（字首）在…之前
preempt [prɪˈɛmpt]（v.）預先制止；先發制人；電視節目的插播
例 The election result coverage **preempted** the regular drama series.
選舉開票報導取代了原本時段的電視劇。

進階字

per-（字首）完全地
peremptory [pəˈrɛmptərɪ]（adj.）不容置疑的；專斷霸道的
例 The king's **peremptory** command triggered off a wave of protests.
國王專斷的命令激起各地的抗議。

-ion（名詞字尾）表「動作的狀態或結果」
redemption [rɪˈdɛmpʃən]（n.）救贖；贖取為現金
例 If you hold the bonds until **redemption**, the interest will be tax-free.
如果你持有債券直到到期贖回，利息將可免稅。

? Quiz Time

拼出正確單字

1. 豁免的 _____

2. 贖金 _____

3. 償還；彌補 _____

4. 先發制人 _____

5. 不容置疑的 _____

解答：1. exempt　2. ransom　3. redeem　4. preempt　5. peremptory

3

-ess-/-est-

▶to be，表「存在」

🎧 mp3: 100

字根 + 字尾

ess + ence = essence

徐薇教你記 事情存在的性質，就是「本質、要素」。

-ence（名詞字尾）表「情況、性質、行為」

essence [`ɛsn̩s]（n.）本質；要素；植物香精

例 When it comes to emergency rescues, time is of the **essence**.
談到緊急救援，時間是最重要的。

字根 + 字尾 + 字尾

ess + ent + ial = essential

-ial（形容詞字尾）有關…的

essential [ɪ`sɛnʃəl]（adj.）必要的；不可缺少的

例 Sunshine, air and water are **essential** to all living things.
陽光、空氣和水對所有生物來說是不可或缺的。

字首 + 字根

inter + est = interest

徐薇教你記 在我們彼此間存在著的東西，就是「興趣、利益、利息」。

inter-（字首）在…之間

interest [`ɪntərɪst]（v.）使感興趣

（n.）興趣；利益；利息

例 The new law is intended to protect the **interests** of vulnerable families.
這個新法是要保障弱勢家庭的利益。

字首 + 字根 + 字尾

(ab + es + ence = absence)

ab-（字首）分離；離開

absence [ˈæbsn̩s]（n.）缺席；不在

例 He flunked his history class because of too many **absences**.
他因為缺席太多歷史課被當了。

舉一反三 ▶▶▶

<table>
<tr><td rowspan="4">初級字</td><td>-ent（形容詞字尾）具…性的
absent [ˈæbsn̩t]（adj.）缺席的；缺少的
例 Don't be absent because the teacher calls the roll every class.
別缺席，因為那個老師每堂課都點名。</td></tr>
<tr><td>mind [maɪnd]（n.）心智
absent-minded [ˈæbsn̩tˈmaɪndɪd]（adj.）心不在焉的；健忘的
例 Are you listening to me? You seem so absent-minded.
你有在聽我說話嗎？你似乎心不在焉。</td></tr>
<tr><td rowspan="2">實用字</td><td>pre-（字首）表「在…之前」
present [ˈprɛznt]（adj.）現在的；在場的
例 It is necessary for the parents to be present when their children are on the playground.
小孩子在遊樂場時家長必須在場。</td></tr>
<tr><td>presence [ˈprɛzn̩s]（n.）出席；存在
例 The contract needs to be signed in the presence of an attorney.
這份合約需要律師在場才能簽署。</td></tr>
<tr><td rowspan="2">進階字</td><td>-ee（名詞字尾）表「動作的承受者」
absentee [ˌæbsn̩ˈti]（n.）缺席者
例 As one of the absentees, Vicky spent an afternoon reading the conference minutes carefully.
身為缺席者之一，維琪花了一個下午的時間仔細閱讀會議紀錄。</td></tr>
<tr><td>re-（字首）表「加強語氣」
represent [ˌrɛprɪˈzɛnt]（v.）代表；代理
例 We were chosen to represent our school at the speech contest.
我們獲選代表學校參加演講比賽。</td></tr>
</table>

Quiz Time

填空

( ) 1. 不可缺少的：es___ial　　(A) senc　　(B) sent　　(C) ses
( ) 2. 出席：___ence　　(A) pres　　(B) abs　　(C) ess
( ) 3. 本質：___ence　　(A) pres　　(B) abs　　(C) ess
( ) 4. 利息：inter___　　(A) esse　　(B) est　　(C) ence
( ) 5. 心不在焉的：___-minded　(A) represent　(B) present　(C) absent

解答：1. B　2. A　3. C　4. B　5. C

和「動作」有關的字根 14

-fall- / -fals-

▶to deceive，表「欺騙」

mp3: 101

衍生字

fail

徐薇教你記　"You failed me." 可以表示：（1）你欺騙了我。（2）你把我當掉了。

fail [fel]（v.）失敗；不及格
例 The runner **failed** to finish the marathon due to a knee injury.
那名跑者因為膝蓋受傷無法跑完馬拉松。

fault [fɔlt]（n.）過錯；缺點；毛病
例 I'm sorry that I gave you the wrong file for the meeting. It's all my **fault**.
我很抱歉拿了錯的檔案給你去開會。這都是我的錯。

(**de** + fault = default)

de-（字首）除去；拿開

default [dɪˋfɔlt]（n.）（1）預設值，默認結果；（2）拖欠；違約

例 You should re-connect to the LAN if you change the **default** user name.
如果你改了預設的使用者名稱，你必須重新連上網路。

字首 + 字根 + 字尾

(**in** + fall + ible = infallible)

in-（字首）表「否定」

　　-ible（形容詞字尾）可⋯的

infallible [ɪnˋfæləbḷ]（adj.）絕對正確的；永無過失的

例 What the doctor said is not **infallible**. You'd better ask for advice from others.
醫生所說的不是絕對不會錯。你最好能再多問一些建議。

舉一反三▶▶▶

初級字	**false** [fɔls]（adj.）假的；錯的 例 The man was arrested at Customs because he assumed a **false** identity. 那名男子因為使用假身分在海關被逮捕。
	-ure（名詞字尾）表「過程、結果、上下關係的集合體」 **failure** [ˋfeljɚ]（n.）失敗 例 His attempt to take over the company ended in **failure**. 他企圖接管公司卻以失敗告終。
實用字	-fy（動詞字尾）做成⋯；使⋯化 **falsify** [ˋfɔlsəˌfaɪ]（v.）竄改；偽造 例 We didn't believe that she **falsified** her testimony in court. 我們無法相信她在法庭上作偽證。

-y（形容詞字尾）表「含有…的」

faulty [ˈfɔltɪ]（adj.）有缺陷的；不完美的

例 They found the problem resulted from a **faulty** engine.
他們發現問題來自於一個有缺陷的引擎。

進階字

un-（字首）表「相反動作」

unfailing [ʌnˈfelɪŋ]（adj.）一貫的；歷久不衰的

例 She always faces difficulties with her **unfailing** optimism.
她總是用一向樂觀的態度來面對困境。

falsetto [fɔlˈsɛto]（n.）男高音的假音
（adj.）用假音唱的

例 The singer is known for his excellent transition between his true voice and **falsetto**.
那歌手以真假音之間的完美轉換而聞名。

? Quiz Time

依提示填入適當單字

1. 以失敗告終　　　　to end in _____

2. 預設使用者名稱　　the _____ user name

3. 考試不及格　　　　to _____ the exam

4. 竄改結果　　　　　to _____ the results

5. 挑我的毛病　　　　to find _____ with me

解答：1. failure　2. default　3. fail　4. falsify　5. fault

和「動作」有關的字根 15

-fa-/-fat-/ -fess-

▶to speak，表「說」

🎧 mp3: 102

衍生字

fate

徐薇教你記 「命運」就是人的一生說出來的故事。

fate [fet]（n.）命運

📝 Don't be so superstitious. Your **fate** is in your own hands, not your palms.
別那麼迷信。你的命運掌握在你自己的手中，不是在手相上。

fame

徐薇教你記 所有的人都說你的好話，你就有好「名聲」。

fame [fem]（n.）名聲

📝 Many people spend their whole lives pursuing **fame** and fortune.
許多人窮其一生追逐名聲和財富。

單字 + 字尾

fame + ous = famous

徐薇教你記 所有的人都在說你，表示你很有名喔。

-OUS（形容詞字尾）充滿…的

famous [ˋfeməs]（adj.）有名的；著名的

📝 Green Island is **famous** for its underwater hot springs and beautiful coral reefs.
綠島以海底溫泉和美麗的珊瑚礁聞名。

和「動作」有關的字根 **-fa-/-fat-/-fess-**

字首 + 字根

in + fant = infant

徐薇教你記 還不會說話的小孩，也就是「嬰兒」。

in-（字首）表「否定」
infant [ˈɪnfənt]（n.）嬰兒

例 The newborn **infants** were taken care of by the nurses.
這些新生嬰兒都由那些護士照顧。

字首 + 字根 + 字尾

pro + fess + or = professor

pro-（字首）向前
　　　-or（名詞字尾）做…動作的人
professor [prəˈfɛsɚ]（n.）教授

例 **Professor** Lee is an authority on intellectual property laws.
李教授是著作權法方面的權威。

舉一反三 ▶▶▶

初級字	-ry（名詞字尾）表「事物的總稱」 **fairy** [ˈfɛrɪ]（n.）仙女；小精靈 例 I used to believe there were **fairies** living in the woods. 我以前相信森林裡住著小精靈。
	fable [ˈfebḷ]（n.）寓言故事 例 **Fables** can be found in the literature of almost every country. 幾乎在每個國家的文學裡都可以找到寓言故事。
實用字	-ous（形容詞字尾）表「充滿…的」 **fabulous** [ˈfæbjələs]（adj.）極好的；虛構的 例 Both the dragon and the phoenix are **fabulous** creatures in Chinese culture. 龍和鳳凰都是中國文化中虛構的生物。
	-al（形容詞字尾）有關…的 **professional** [prəˈfɛʃənḷ]（adj.）職業的；專業的 例 You can ask for his advice because he's a **professional** consultant. 你可以諮詢他的建議因為他是專業的顧問。

-al（形容詞字尾）有關…的

fatal [ˈfetl̩]（adj.）致命的；災難性的

例 It was a miracle that she survived in the **fatal** air crash.
她在那場致命的空難中存活真是奇蹟。

con-（字首）一起；共同（= 字首 co-）

confess [kənˈfɛs]（v.）坦承；告解

記 一起說出來，就表示互相坦承。

例 He **confessed** to his wife that he had lost his wedding ring.
他向他老婆坦承他弄丟了結婚戒指。

pro-（字首）向前

profess [prəˈfɛs]（v.）聲稱

例 She **professed** that she had nothing to do with the robbery.
她聲稱她跟那件搶案一點關係都沒有。

pre-（字首）在…前面；事先

preface [ˈprɛfɪs]（n.）序言

例 The author explained how to use the manual in the **preface**.
作者在序言裡解釋如何使用這本手冊。

? Quiz Time

中翻英，英翻中

（　）1. 坦承　　　（A）confess　（B）profess　（C）preface

（　）2. infant　　（A）小精靈　（B）嬰兒　（C）教授

（　）3. 命運　　　（A）fate　　（B）fame　（C）fatal

（　）4. professional （A）致命的 （B）極好的 （C）專業的

（　）5. 寓言故事　（A）famous　（B）fable　（C）fairy

解答：1. A 2. B 3. A 4. C 5. B

-gno-/-gnit-

▶to know，表「知道」

🎧 mp3: 103

衍生字

notice [`notɪs]（n.）告示；通知

（v.）注意到；引起關注

例 She hit the brakes as soon as she **noticed** a dog running across the road.
她注意到有隻狗跑過馬路就踩了煞車。

字首 + 字根

i + gnor = ignore

徐薇教你記 不知道因此就不理會、忽視了。

i-（字首）表「否定」（= 字首 in-）
ignore [ɪg`nor]（v.）不理會；忽視

例 The woman was angry because the store manager **ignored** her complaints.
那女士很生氣因為店經理不理會她的抱怨。

字首 + 字根 + 字尾

i + gnor + ant = ignorant

徐薇教你記 不理會的性質就是我完全不理它，也就是「無知的、不了解的」。

-ant（形容詞字尾）具…性的
ignorant [`ɪgnərənt]（adj.）無知的

例 It was surprising that he was **ignorant** about the geography of the world.
那男人對世界地理相當無知真的令人驚訝。

re + co + gn + ize = recognize

徐薇教你記 兩相比較再看一次就會認出來、辨識出來。

re- （字首）再次；回來

co- （字首）一起

-ize （動詞字尾）使…化；使變成…狀態

recognize [ˋrɛkəɡ͵naɪz]（v.）認出；認可

例 I could hardly **recognize** my son since he got tanned so well at the summer camp.
我兒子在夏令營曬得好黑讓我幾乎認不出他了。

舉一反三 ▶▶▶

初級字

-fy （動詞字尾）做…動作

notify [ˋnotə͵faɪ]（v.）正式通知；告知

例 We were **notified** by the police that our car had been stolen.
警方通知我們的車被偷了。

---

dia- （字首）通過

diagnose [ˋdaɪəɡnoz]（v.）診斷

例 She was surprised that her condition was **diagnosed** as leukemia.
她很驚訝她的狀況被診斷為白血病。

實用字

-sis （名詞字尾）表「動作的狀態或過程」

diagnosis [͵daɪəɡˋnosɪs]（n.）診斷結果；診斷書

例 The doctor gave me a clear **diagnosis** after I got the results of my blood tests.
醫師在我取得驗血結果之後給了我清楚的診斷書。

-ion （名詞字尾）表「動作的狀態或結果」

recognition [͵rɛkəɡˋnɪʃən]（n.）認出；認可

例 The house had changed beyond **recognition** after the renovation.
那棟房子在翻修之後變得令人耳目一新。

notorious

-OUS（形容詞字尾）充滿⋯的

notorious [no`torɪəs]（adj.）惡名昭彰的；聲名狼籍的

例 Sam is **notorious** for being late to work every morning.
山姆出了名地每天早上都上班遲到。

-ance（名詞字尾）表「情況、性質、行為」

ignorance [`ɪgnərəns]（n.）無知

例 Please forgive my complete **ignorance** of what you have been through in the past.
請原諒我對於你過去經歷過的事情一無所知。

CO-（字首）一起

cognition [kɑg`nɪʃən]（n.）認知；認識

例 My graduate study was about preschool children's processes of perception and **cognition**.
我研究所的論文是關於學齡前兒童的認知理解過程。

pre-（字首）在⋯之前

precognition [ˌprikɑg`nɪʃən]（n.）預知；先知

例 **Precognition** often happens in dreams, where the dreamer sees a future event.
預知通常發生在夢中，做夢者在夢裡看見了未來發生的事。

Quiz Time

中翻英，英翻中

（　）1. cognition 　（A）無知 　　（B）認知 　　（C）預知

（　）2. 認出 　　　（A）recognize （B）ignorant （C）diagnosis

（　）3. diagnose 　（A）診斷 　　（B）注意 　　（C）忽視

（　）4. 告知 　　　（A）ignore 　（B）notice 　（C）notify

（　）5. notorious 　（A）知名的 　（B）無知的 　（C）惡名昭彰的

解答：1. B 2. A 3. A 4. C 5. C

和「動作」有關的字根 17

-grat-

▶ to please，表「喜好；取悅」

🎧 mp3: 104

衍生字

grace [gres]（n.）優美；優雅；恩典；（女子名）葛瑞絲（G 大寫）

例 "Amazing **Grace**" is a Christian hymn published in 1779 and has many modern interpretations known to many people.
《奇異恩典》是在一七七九年出版的基督教聖歌，它有許多現代翻唱版本為人所知。

字根 + 字尾

grat + tude = gratitude

徐薇教你記 大家都表達了喜愛開心之情就是「感謝、感激」。

-tude（名詞字尾）表「抽象的性質或狀態」
gratitude [ˈɡrætətjud]（n.）感激之情；感謝

例 He sent her a present to show his **gratitude** for her help.
他送她一份禮物來表達感謝她的協助。

字首 + 字根

a + gre = agree

a-（字首）朝向（= 字首 ad-）
agree [əˈɡri]（v.）同意；贊同

例 The residents all **agree** that the old building needs renovations.
居民們都同意這棟舊大樓需要整修。

字首 + 字根 + 字尾

in + grat + ate = ingratiate

in-（字首）在…裡面
-ate（動詞字尾）做出…動作
ingratiate [ɪnˈɡreʃɪˌet]（v.）使討好；使迎合

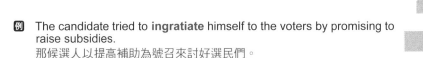

例 The candidate tried to **ingratiate** himself to the voters by promising to raise subsidies.
那候選人以提高補助為號召來討好選民們。

字首 + 字根 + 字尾 + 字尾

con + grat + ul + ation = congratulation

徐薇教你記 一起來表示喜歡、開心就是「祝賀、恭喜」。

con-（字首）一起，共同（＝字首 co-）
　　-ul（拉丁文）拉丁形容詞字尾
　　　　-ation（名詞字尾）表「動作的狀態或結果」
congratulation [kənˌɡrætʃəˈleʃən]（n.）祝賀；恭喜
例 **Congratulations** on your promotion!
恭禧你升職了！

舉一反三 ▶▶▶

<table>
<tr><td rowspan="3">初級字</td><td>

-ful（形容詞字尾）充滿…的
graceful [ˈɡresfəl]（adj.）優美的；典雅的
例 The whale disappeared beneath the surface of the ocean with a silent and **graceful** dive.
那頭鯨魚以安靜又優雅的下潛消失在大海表面。

</td></tr>
<tr><td>

congratulate [kənˈɡrætʃəˌlet]（v.）祝賀；恭喜
例 They **congratulated** me on achieving remarkable success in my work.
他們恭賀我在工作方面達成顯著的成就。

</td></tr>
<tr><td>

dis-（字首）表「否定」
disagree [ˌdɪsəˈɡri]（v.）不同意；不一致
例 You may **disagree** with my opinion, but you can't deny what I've done was out of goodwill.
你也許不認同我的見解，但你不能否定我的所作所為是出自於善意。

</td></tr>
<tr><td>實用字</td><td>

-ity（名詞字尾）表「狀態、性格、性質」
gratuity [ɡrəˈtjuətɪ]（n.）賞錢；小費
例 Waiters always expect some **gratuity** from customers, which usually supplement their salaries.
服務生總是期望從顧客那裡得到一些小費來補貼他們的薪水。

</td></tr>
</table>

和「動作」有關的字根 **-grat-**

3

-able（形容詞字尾）可…的

agreeable [ə`griəbl]（adj.）可以接受的；令人愉悅的；適合的

例 Are you **agreeable** to the solution they are providing?
你可以接受他們提供的解決方案嗎？

進階字

-ous（形容詞字尾）表「充滿…的」

gracious [`greʃəs]（adj.）慈祥的；和藹的

例 I was touched by seeing a little girl kneel down to pray for God's **gracious** mercy.
我因看到一位小女孩跪下祈求上帝慈悲的憐憫而感動。

in-（字首）表「否定」

ingratitude [ɪn`grætəˌtjud]（n.）忘恩負義；不知感恩圖報

例 Since she spared no effort to raise the orphan, she felt hurt by his **ingratitude**.
她盡心盡力地扶養那個孤兒，因此她對他的忘恩負義感到非常受傷。

❓ Quiz Time

中翻英，英翻中

（　）1. gratuity 　　（A）感謝 　　（B）恩典 　　（C）小費

（　）2. 典雅的 　　（A）graceful 　　（B）gracious 　　（C）gratitude

（　）3. ingratiate 　　（A）恭喜 　　（B）討好 　　（C）忘恩負義

（　）4. 適合的 　　（A）disagree 　　（B）agree 　　（C）agreeable

（　）5. congratulation 　　（A）祝賀 　　（B）優雅 　　（C）感激之情

解答：1. C 2. A 3. B 4. C 5. A

和「動作」有關的字根 **18**

-hab-/ -habit-

▶to have，表「擁有」

變形有：-hib-, -hibit-

🎧 mp3: 105

衍生字

habit

徐薇教你記 一直擁有的事情、興趣、動作就是「習慣」。

habit [ˋhæbɪt]（n.）習慣

例 It is his **habit** to drink a shot of espresso every morning.
每天早上喝一杯濃縮咖啡是他的習慣。

字首 + 字根

ex + hibit = exhibit

ex-（字首）向外
exhibit [ɪgˋzɪbɪt]（v.）展示；陳列（n.）展品；展覽

例 Her latest paintings will be **exhibited** at the art museum.
她最新的畫作將在美術館展出。

字首 + 字根 + 字尾

in + habit + ant = inhabitant

徐薇教你記 進來住在這裡不走了就是「居住」；這樣的人或物就是「居民」
或「棲息在此的動物」。

in-（字首）進入
inhabit [ɪnˋhæbɪt]（v.）居住於
        -ant（名詞字尾）做…動作的人事物
inhabitant [ɪnˋhæbətənt]（n.）某地的居民；棲息的動物

例 There are about two hundred **inhabitants** living on this small island.
這座小島上大約有兩百位居民。

舉一反三 ▶▶▶

<table>
<tr><td rowspan="2">初級字</td><td>-ion（名詞字尾）表「動作的狀態或結果」

exhibition [ˌɛksəˈbɪʃən]（v.）展示；陳列</td></tr>
<tr><td>例 Those antique collections will be on **exhibition** before the auction.
那些古董收藏品將在拍賣會之前陳列展示。</td></tr>
</table>

pro-（字首）向前

prohibit [prəˈhɪbɪt]（v.）禁止；阻止

例 The notice says "Parking is strictly **prohibited** on holidays."
告示上寫著「假日期間嚴禁停車」。

實用字

CO-（字首）一起；共同

cohabit [koˈhæbɪt]（v.）同居

例 I can never let my parents know that I'm **cohabiting** with my boyfriend.
我絕對不能讓我爸媽知道我目前和我男朋友同居。

---

habitat [ˈhæbəˌtæt]（n.）棲息地

例 The construction of a new airport will destroy the natural **habitat** of wildlife.
新機場的建設將會破壞野生動物的天然棲息地。

進階字

-al（形容詞字尾）有關…的

habitual [həˈbɪtʃʊəl]（adj.）習慣的；慣常的

例 The **habitual** thief can't get rid of his bad habit of pickpocketing.
那個慣竊改不掉扒竊的壞習慣。

---

in-（字首）在…裡面

inhibit [ɪnˈhɪbɪt]（v.）使拘謹；抑制；約束

例 The police set up some barricades in front of the gate to **inhibit** the movements of the protesters.
警方在大門前設置了一些路障來約束抗議者的行動。

Quiz Time

拼出正確單字

1. 展品；展覽 ＿＿＿＿＿＿＿＿＿＿＿
2. 習慣 ＿＿＿＿＿＿＿＿＿＿＿
3. 禁止 ＿＿＿＿＿＿＿＿＿＿＿
4. 居民 ＿＿＿＿＿＿＿＿＿＿＿
5. 棲息地 ＿＿＿＿＿＿＿＿＿＿＿

解答：1. exhibit 2. habit 3. prohibit 4. inhabitant 5. habitat

和「動作」有關的字根 19

-here-/-hes-

▶to stick，表「黏著」

🎧 mp3: 106

字根 + 字尾

(hes + ate = hesitate)

-ate（動詞字尾）使變成…

hesitate [ˋhɛzəˌtet]（v.）猶豫；躊躇

例 If you need any help, please don't **hesitate** to call me.
如果你需要任何幫助，請別猶豫立刻打給我。

字首 + 字根

(ad + here = adhere)

ad-（字首）朝向…

adhere [ədˋhɪr]（v.）黏附；附著

例 The surface of the door is so smooth that it is difficult for the paint to **adhere** to it.
這扇門的表面太光滑了，油漆沒辦法附著在上面。

(co + here = cohere)

徐薇教你記 理論一起黏過來了就會連貫有條理，因為前後都合在一起了。

CO-（字首）一起；共同

cohere [ko`hɪr]（v.）黏合；論據、理論等連貫有條理

例 They found that the incident didn't **cohere** with what they had learned before.
他們發現這個事件和他們早先所知道的連不起來。

舉一反三▶▶▶

初級字	-ive（形容詞或名詞字尾）表「有⋯性質的（東西）」 ad**hes**ive [əd`hisɪv]（adj.）有黏性的 （n.）黏著劑 例 We need some **adhesive** tape to stick those posters to the wall. 我們需要一些膠帶來將海報貼到牆上。
	-ent（形容詞字尾）具⋯性的 co**here**nt [ko`hɪrənt]（adj.）有條理的；前後一致的 例 Because she was frightened, she wasn't able to give a **coherent** account of what had happened. 因為她被嚇壞了，她無法對於發生的事情給予有條理的說明。
實用字	-ant（形容詞字尾）具⋯性的 **hes**itant [`hɛzətənt]（adj.）遲疑的；猶豫的 例 You look a little **hesitant** about giving the answer. Is there something wrong? 你在給予答案的時候看起來有些遲疑，怎麼了嗎？
	-ion（名詞字尾）表「動作的狀態或結果」 **hes**itation [ˌhɛzə`teʃən]（n.）猶豫；躊躇 例 The firefighter rushed into the burning house without **hesitation** to save the baby. 那名消防員毫不猶豫地衝進起火的房子搶救嬰兒。
進階字	ad**here**nt [əd`hɪrənt]（adj.）黏著的；附著的 （n.）追隨者；擁護者 例 Don't touch the **adherent** substance covering the surface. 別觸碰覆蓋在表面上的黏性物質。

in- （字首）使進入（＝字首 en-）

inherent [ɪnˈhɪrənt] （adj.）內在的；固有的

例 The doctor explained that there were more or less risks **inherent** in the surgery.
醫師解釋手術本身或多或少都會有些風險。

cohesive [koˈhisɪv] （adj.）有凝聚力的；團結的

例 Their high working efficiency showed the strong **cohesive** force between the team.
他們高度的工作效率展現了團隊之間強大的凝聚力。

Quiz Time

從選項中選出適當的字填入空格中使句意通順

cohere / adhere / hesitate / coherent / adhesive / hesitant

1. If you need any help, please don't _____ to call me.

2. The surface of the door is so smooth that it is difficult for the paint to _____ to it.

3. They found that the incident didn't _____ with what they had learned before.

4. I was so confused that I could not give a _____ answer.

5. Please get me some strong _____ for fixing the chair.

解答：1. hesitate　2. adhere　3. cohere　4. coherent　5. adhesive

-ly-

▶to loosen, to divide, to cut apart，表
「鬆開；分開；切開」

🎧 mp3: 107

字首 + 字根 + 字尾

ana + ly + sis = analysis

徐薇教你記 把東西從各個方向徹底鬆開來，就可以看到它的成份、內容或
是組成方式，這樣的過程就叫做 analysis 分析。

ana-（字首）表「向上、向後、徹底的」

-sis（名詞字尾）表「抽象的狀態或過程」

analysis [ə`næləsɪs]（n.）分析

例 We need to do a further **analysis** to find out what the material is.
我們需要進一步的分析來找出這個物質是什麼。

para + ly + ize = paralyze

徐薇教你記 人被鬆開來只能停在一旁，無法再跟大家一起前進，就是「癱
瘓了」。

para-（字首）表「在旁邊」

-ize（動詞字尾）表「使…化」

paralyze [`pærəˌlaɪz]（v.）癱瘓

例 The typhoon **paralyzed** the transportation system on the island.
颱風癱瘓了島上的交通系統。

舉一反三 ▶▶▶

初級字

-ize（動詞字尾）表「使…化」

analyze [`ænḷˌaɪz]（v.）分析

例 The scientists **analyzed** the water samples to see if they
were contaminated.
科學家分析了水質樣本以了解它們是否受到了汙染。

和「動作」有關的字根 -ly-

-ist （名詞字尾）表「具…專業的人」

analyst [`ænḷɪst] （n.）分析師

例 Most stock **analysts** failed to predict the sudden drop in stock prices.
大部分的股市分析師都沒有預料到股價會突然下跌。

補充 psychoanalyst [ˌsaɪkoˈænḷɪst] （n.）精神分析師

實用字

dia- （字首）表「穿越」

dialysis [daɪˈæləsɪs] （n.）血液透析；洗腎

例 Her uncle had to visit his doctor three times a week for renal **dialysis**.
她的伯伯必須每週去醫院洗腎三次。

cata- （字首）表「下降」

catalyze [`kætəˌlaɪz] （v.）催化

例 The introduction of the railway **catalyzed** the city's industrial growth.
鐵路的引進催化了這座城市的工業發展。

進階字

-electro- （字根）表「電」

electrolyte [ɪˈlɛktrəˌlaɪt] （n.）電解質

例 Besides water, sports drinks also contain **electrolytes**, carbohydrates, vitamins and minerals.
除了水以外，運動飲料還含有電解質、碳水化合物、維他命和礦物質。

-hydro- （字根）表「水」

hydrolysis [haɪˈdrɑləsɪs] （n.）水解

例 In the chemistry class, we learned about **hydrolysis** and how it is used to make soaps.
在化學課裡，我們學到了水解反應，以及它是如何被用在製作肥皂的過程。

Quiz time

填空

（　）1. 癱瘓：___lyze　（A）ana　（B）para　（C）cata

（　）2. 分析：___lyze　（A）para　（B）cata　（C）ana

（　）3. 血液透析：___lysis　（A）dia　（B）ana　（C）hydro

（　）4. 電解質：electro ___ 　（A）lyze 　（B）lyte 　（C）lysis

（　）5. 分析師：anal___ 　（A）ist 　（B）ian 　（C）yst

解答：1. B　2. C　3. A　4. B　5. C

和「動作」有關的字根 21

-man-/ -mant-

▶to think，表「思考」

原指「思考」，引申有思慮過多而變得「瘋狂」。

🎧 mp3: 108

字根 + 字尾

man + ia = mania

徐薇教你記　想到腦袋像得了病一樣，就是「…狂、狂熱」。-mania 後來也可當複合字尾，表「…狂」，如 kleptomania 偷竊狂、pyromania 縱火狂。

-ia（名詞字尾）…的病

mania [ˋmenɪə]（n.）狂熱

例　Julie has a sudden **mania** for jogging.
　　茱莉突然對慢跑開始狂熱了起來。

字首 + 字根 + 字尾

auto + ma + ic = automatic

徐薇教你記　automatic 字面上是指「依個人意志所進行的活動」，也就是自己去動作、自主性動作，就是「自動的」。

auto-（字首）自己

-ic（形容詞字尾）與…相關的

automatic [͵ɔtəˋmætɪk]（adj.）自動的

例 The **automatic** doors open themselves when people pass by.
這個自動門在人們路過時會自己打開。

舉一反三▶▶▶

初級字	-ic（形容詞字尾）與…相關的 **manic** [`mænɪk]（adj.）興奮的；焦躁不安的 例 The patient was a bit **manic** before taking the pills. 那病患在吃藥前有點焦躁不安。
	mania [`menɪə]（n.）狂熱 **maniac** [`menɪˌæk]（n.）狂熱份子；瘋子，狂人 例 He was quite gentle but he would become a **maniac** as soon as he took the wheel. 他人蠻溫和的，但他一開車就會變成一個瘋子。
實用字	**mantis** [`mæntɪs]（n.）螳螂 補充 螳螂的站姿很像人在祈禱，因祈禱時人會思考，後來就用 praying mantis 來指螳螂，也可簡稱為 mantis。 例 I'm surprised that a **mantis** kills not only small insects but also spiders for food. 我很驚訝螳螂不只殺小昆蟲，還會殺蜘蛛當食物。
	mantri（印度語）表「地方官員」 **mandarin** [`mændərɪn]（n.）(1) 華語；中國的官話（北京話）； (2) 柑橘 補充 印度語 mantri 指很會思考、會提出想法的地方官員。十七世紀時，西方人以印度語的 mantri 衍生出 mandarin 指中國的官員，後來又指這些官員所講的主要方言（官話），也就是我們現在所說的「中文、華語」。到十八世紀，西方人也將有深橘色外皮的橙稱為 mandarin，因為這種橙的顏色和中國官員們穿的官服很像，因此得名。 例 More and more people have started to learn **Mandarin** Chinese in recent years. 近年來有愈來愈多人開始學中文。
進階字	**mantra** [`mʌntrə]（n.）曼怛羅；咒語；口號 例 "Do the best" has become the **mantra** of our latest marketing campaign. 「做到最好」成為我們最新行銷活動的口號。

> **-ation**（名詞字尾）表「動作的狀態或結果」
>
> **automation** [͵ɔtəˋmeʃən]（n.）自動化
>
> 例 Many companies attended the conference about factory **automation**.
> 許多公司參加了有關工廠自動化的研討會。

Quiz Time

填空

（ ）1. 自動的：auto____ （A）mation （B）matic （C）manic

（ ）2. 狂熱：man____ （A）ia （B）ic （C）iac

（ ）3. 瘋子：man____ （A）ia （B）ic （C）iac

（ ）4. 螳螂：man____ （A）tic （B）iac （C）tis

（ ）5. 華語：Man____ （A）durin （B）darin （C）derin

解答：1. B 2. A 3. C 4. C 5. B

和「動作」有關的字根 22

-opt-

▶ to choose，表「選擇」

🎧 mp3: 109

衍生字

opt [ɑpt]（v.）選擇

例 Many middle-aged teachers **opted** to retire at the age of fifty-five.
許多中年老師選擇在五十五歲時退休。

字根 + 字尾

opt + ion = option

徐薇教你記 被選擇的東西就是「選項」。

-ion（名詞字尾）表「動作的狀態或結果」

option [`ɑpʃən]（n.）選項

例 The financial advisor offered the doctor a few **options** for investment.
理財專員提供那位醫生一些投資的選擇。

字首 + 字根 + 字尾

ad + opt + ion = adoption

徐薇教你記 去選擇了就是「領養」，也表示「採納」、「接受」了。

ad-（字首）去；朝向

adoption [ə`dɑpʃən]（n.）領養；收養；採用

例 The single mother was so poor that she had to put her child up for **adoption**.
那單親媽媽太窮困了，只好讓她的孩子被人收養。

舉一反三▶▶▶

初級字

adopt [ə`dɑpt]（v.）收養；採用

例 The boy was **adopted** when he was six months old.
那男孩在六個月大時被收養了。

-er（名詞字尾）做…動作的人或事物

adopter [ə`dɑptɚ]（n.）養父母；採用者

例 The company was the first **adopter** of the latest 3D printing technology.
這間公司是第一間採用最新 3D 列印技術的公司。

實用字

-al（形容詞字尾）與…有關的

optional [`ɑpʃənl]（adj.）可選擇的；非強制的

例 You must answer the questions in Form A, but the ones in Form B are **optional**.
你必須回答表 A 的問題，但表 B 則不是必填項目。

opine [o`paɪn]（v.）認為；發表意見
opinion [ə`pɪnjən]（n.）意見；主張
例 They asked the manager for his **opinions** on the new project.
他們詢問經理對於新計劃的意見。

進階字

CO-（字首）一起；共同
co-opt [ko`ɑpt]（v.）推舉…為新成員；強行拉攏；借用
例 The president was authorized to **co-opt** two financial managers into the board.
董事長得到授權要推選兩位財務經理進入董事會。

-ate（形容詞字尾）有…性質的
opinionated [ə`pɪnjənˌetɪd]（adj.）固執己見的；剛愎自用的
例 The ex-CEO was described as an arrogant and **opinionated** man.
那位前執行長被形容為一個自大又剛愎自用的人。

? **Quiz Time**

依提示填入適當單字，並猜出直線處的隱藏單字

1. Due to the scandal, the minister had no other _____ but to resign.

2. They asked the manager for his _____s on the new project.

3. We have to wear suits, but the ties are _____.

4. You can _____ a dog from the shelter instead of buying one.

5. The company was the first _____ of the latest 3D printing technology.

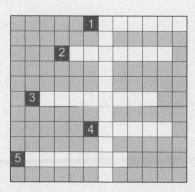

解答：1. option　2. opinion　3. optional　4. adopt　5. adopter

隱藏單字：opinionated

和「動作」有關的字根 23

-pand-/-pans-/-pass-

▶to spread，表「展開」

🎧 mp3: 110

衍生字

pace [pes]（n.）步伐；步調

例 He found everyone on the street walked at a snail's **pace** when he was in a hurry.
當他在趕時間的時候，他發現街上的每個人走路速度都超慢。

pass + age = passage

徐薇教你記 展開步伐走的地方就是「通道、走廊」。

-age（名詞字尾）表「集合名詞、總稱」
passage [`pæsɪdʒ]（n.）通道，走廊
例 There is only a narrow **passage** up to the mountain top.
往山頂只有一條狹窄的通道。

字首 + 字根 + 字尾

ex + pans + ive = expansive

徐薇教你記 expansive 源自字根 -pans- 表「展開（spread）」，向外展開的就是「開闊的、個性開朗的」；另一個 expensive（昂貴的）則是源自字根 -pens- 表「秤重（weigh）、付錢（pay）」，秤超過了就要多付錢，就是「昂貴的」。

ex-（字首）向外
　　-ive（形容詞字尾）有…性質的
expansive [ɪk`spænsɪv]（adj.）開闊的；爽朗的
例 They decided to hold the wedding party at the **expansive** dining room in this hotel.
他們決定將婚禮派對辦在這間飯店空間開闊的餐廳。

舉一反三 ▶▶▶

<table>
<tr><td rowspan="3">初級字</td><td>

port [port]（n.）港
passport [`pæs͵port]（n.）護照；通行證
例 Please have your **passport** ready before boarding.
登機前請先準備好您的護照。
</td></tr>
<tr><td>

-gier（古法文）表「人」的單字結尾
passenger [`pæsṇdʒɚ]（n.）乘客；旅客
例 All the **passengers** have to get through a security checkpoint before boarding.
所有乘客在上機前都要先經過安全檢查。
</td></tr>
<tr><td>

ex-（字首）向外
expand [ɪk`spænd]（v.）膨脹
例 Water **expands** when it freezes.
水在結冰時會膨脹。
</td></tr>
</table>

實用字	**-ion**（名詞字尾）表「動作的狀態或性質」 **expansion** [ɪkˋspænʃən]（n.）擴大，擴展；增大 **例** There is a steady **expansion** of trade between the two countries. 這兩國間的貿易穩定成長。
	com-（字首）一起；共同（= 字首 co-） **compass** [ˋkʌmpəs]（n.）羅盤；指南針；圓規 **例** The teacher showed the kids how to draw a circle with a pair of **compasses**. 老師示範給孩子們看如何用圓規畫出一個圓形。
進階字	**en-**（字首）使進入、使加入 **encompass** [ɪnˋkʌmpəs]（v.）包含；包括；籠罩 **例** Due to the terrible air pollution, the city has been **encompassed** by smog for days. 由於嚴重的空氣污染，這個城市已被霧霾籠罩了好幾天了。
	im-（字首）表「否定」 **impasse** [ˋɪmpæs]（n.）絕境；僵局 **例** The negotiation came to an **impasse** and nobody knew how to break it. 這場談判陷入僵局，沒人知道該如何是好。
	-able（形容詞字尾）可⋯的 **impassable** [ɪmˋpæsəbl̩]（adj.）無法通行的 **例** Heavy rain ruined the roads and many of them are still **impassable** right now. 大雨摧毀道路，到目前為止還有許多道路是無法通行的。

❓ Quiz Time

中翻英，英翻中

( ) 1. expansive （A）昂貴的 （B）開闊的 （C）無法通行的

( ) 2. 乘客 （A）passport （B）passage （C）passenger

( ) 3. pace （A）步伐 （B）通過 （C）走廊

( ) 4. 圓規 （A）compass （B）impasse （C）encompass

和「動作」有關的字根 24

-pel-/-puls-

▶to drive, to push，表「推；拉」

🎧 mp3: 111

衍生字

pulse [pʌls]（n.）跳動；脈搏

徐薇教你記　推來推去、拉來拉去，就會一直在跳動，一直跳動的就是「脈搏、脈動」。

例　Her **pulse** raced because of fear.
她的脈搏因為恐懼而加速。

補充　IPL = Intensive Pulse Light 如脈搏般密集跳動的光 = 脈衝光

字首 + 字根

ex + pel = expel

徐薇教你記　把人往外推出去，也就是「驅逐、逐出」。

ex-（字首）向外
expel [ɪkˋspɛl]（v.）驅逐；趕走

例　The man was **expelled** from the company for stealing money.
那名男子因為偷錢被公司開除了。

字首 + 字根 + 字尾

re + puls + ive = repulsive

徐薇教你記　repulsive 把東西一直推回去、不想接受，表示是「使人反感的」。

repulse [rɪˋpʌls]（v.）使厭惡；驅逐
repulsive [rɪˋpʌlsɪv]（adj.）使人反感的；相斥的
例 What a **repulsive** snake! Please get it away from me!
多麼令人討厭的蛇！請拿離我遠一點！

舉一反三▶▶▶

<table>
<tr>
<td rowspan="2">初級字</td>
<td>ap-（字首）朝向（= 字首 ad-）
appeal [əˋpil]（n./v.）呼籲；訴諸；迎合愛好
記 把人朝一個方向推去或拉來，也就表示有「吸引力」，會「引起興趣」。
例 I think we should **appeal** the judge's decision.
我想我們應該訴諸法官的決定。</td>
</tr>
<tr>
<td>im-（字首）進入（= 字首 in-）
impulse [ˋɪmpʌls]（n.）推動力；衝動
記 一直在裡面推、要你前進的東西，也就是「刺激、推動力」。
例 When I'm in a record store, I have an **impulse** to buy CDs.
當我在唱片行時，我有種想買 CD 的衝動。</td>
</tr>
<tr>
<td rowspan="2">實用字</td>
<td>com-（字首）一起（= 字首 co-）
compel [kəmˋpɛl]（v.）強迫；強求
例 What **compels** you to say such horrible things to people?
是什麼讓你對人們說出這麼可怕的事情？</td>
</tr>
<tr>
<td>dis-（字首）除去；拿開
dispel [dɪsˋpɛl]（v.）驅散；消除
例 We first want to **dispel** any rumors that we are dating.
我們最先想要消除的就是所有關於我們正在約會的謠言。</td>
</tr>
<tr>
<td rowspan="2">進階字</td>
<td>-ive（形容詞字尾）有…性質的
impulsive [ɪmˋpʌlsɪv]（adj.）衝動的；有推動力的
例 The **impulsive** shopper couldn't resist buying the expensive TV on the spot.
那個衝動的購物者當場無法抗拒買下那台昂貴的電視。</td>
</tr>
<tr>
<td>pro-（字首）向前
propel [prəˋpɛl]（v.）推動；驅策；激勵
例 The man's new book **propelled** him to stardom.
那個人的新書將他推上了明星的地位。</td>
</tr>
</table>

和「動作」有關的字根 **-pel-/-puls-**

和「動作」有關的字根 25

-plaud-/ -plod-

▶to strike，表「打擊；讚揚；鼓掌」

變形有：-plaus-, -plos-

🎧 mp3: 112

字首 + 字根

ap + plaud = applaud

徐薇教你記 雙手去打擊就是在「拍手、鼓掌」。

ap-（字首）朝向；去（= 字首 ad-）

applaud [ə`plɔd]（v.）鼓掌

例 The entire audience **applauded** the actress as she stepped onto the stage.

那名女演員站上舞台時，所有觀眾都報以掌聲。

ex + plod = explode

徐薇教你記 向外去打擊就是爆炸了。

ex-（字首）向外；在外面
explode [ɪkˋsplod]（v.）爆炸；爆發
例 The rabbit population has **exploded** in this area recently.
這個地區的兔子數量最近快速暴增。

im + plod = implode

im-（字首）進入（= 字首 in-）
implode [ɪmˋplod]（v.）向內崩塌；內爆
例 The scientists say that a supernova will **implode** and turn into a black hole.
科學家說超新星最後會向內崩塌內爆成為黑洞。

字首 + 字根 + 字尾

ex + plos + ive = explosive

-ive（形容詞字尾）有…性質的
explosive [ɪkˋsplosɪv]（adj.）爆炸性的；易爆炸的
（n.）爆裂物；炸藥
例 Trailers which carry **explosive** materials should carefully obey the safety regulations.
裝載易燃物質的卡車須小心遵守安全規則。

舉一反三 ▶▶▶

初級字

applause [əˋplɔz]（n.）掌聲
例 The pianist received thunderous **applause** at the end of the recital.
那名鋼琴家在獨奏會後獲得如雷的掌聲。

-ion（名詞字尾）表「動作的狀態或結果」
explosion [ɪkˋsploʒən]（n.）爆炸；爆破
例 The gas **explosion** caused a conflagration which killed hundreds of people.
那場氣爆造成的大火災燒死了上百人。

-ive（形容詞字尾）有…性質的

applausive [ə`plɔsɪv]（adj.）讚賞的；喝采的

例 As for my proposal, he burst into laughter, more scornful than **applausive**.
說到我的提案他突然大笑起來，輕蔑多過讚賞。

-ible（形容詞字尾）可…的

implausible [ɪm`plɔzəbl]（adj.）難以置信的

例 The whole process of finding the truth is ridiculously **implausible**.
尋找真相的整個過程荒謬得令人難以置信。

plaudit [`plɔdɪt]（n.）拍手喝采；讚揚

例 The young boy has received **plaudits** for his bravery and humility.
那個年輕的男孩因為勇敢和謙遜受到讚揚。

plausible [`plɔzəbl]（adj.）貌似真實有理的；花言巧語的

例 His excuses were so **plausible** that he conned all of us.
他的藉口貌似真實有理所以騙過了我們所有人。

❓ Quiz Time

填空

（　）1. 鼓掌：ap___ 　　（A）plode 　（B）plaud 　（C）plause

（　）2. 易爆炸的：ex___ive 　（A）plos 　（B）plod 　（C）plaus

（　）3. 難以置信的：___ible 　（A）implos 　（B）plaus 　（C）implaus

（　）4. 向內垮塌：___plode 　（A）ap 　（B）ex 　（C）im

（　）5. 讚揚：plau___ 　　（A）dit 　（B）sit 　（C）tid

解答：1. B 2. A 3. C 4. C 5. A

和「動作」有關的字根 26

-pris-/ -prehend-

▶to seize，表「捉；抓住」

🎧 mp3: 113

衍生字

prison [ˈprɪzn̩]（n.）監獄；監禁

例 The man was sent to the **prison** for murder.
那男人因殺人被送進了監獄。

prey [pre]（n.）獵物

例 Many snakes kill their **prey** by coiling tightly around them.
許多蛇是用緊緊纏繞的方式來殺死獵物。

字首 + 字根

sur + pris = surprise

徐薇教你記 在無預警的狀況把你抓起來，所以你會很「驚訝」。

sur-（字首）在…之上；超過
surprise [səˈpraɪz]（n.）驚訝；意外的事
　　　　　　　　（v.）使吃驚；使感到意外

例 Much to our **surprise**, she said no to his marriage proposal.
令我們驚訝的是，她居然拒絕了他的求婚。

com + prehend = comprehend

徐薇教你記 徹底將觀念和知識都抓住，就表示「懂了、領會了」。

com-（字首）一起；共同；徹底地（= 字首 co-）
comprehend [ˌkɑmprɪˈhɛnd]（v.）充分理解；領悟

例 We still don't **comprehend** why the manager quit his job and became a house husband.
我們仍舊無法理解為什麼經理要辭掉工作去當家庭主夫。

com + prehend + ion = comprehension

-ion （名詞字尾）表「動作的狀態或結果」

comprehension [ˌkɑmprɪˋhɛnʃən] (n.) 理解力；領悟能力

例 The exam is comprised of two parts: the first one is listening **comprehension** and the second part is speaking.
這個測驗包含兩個部分：第一個部分是聽力理解，第二個部分是口說測驗。

舉一反三▶▶▶

初級字

im- （字首）使進入（= 字首 in-）
imprison [ɪmˋprɪzn̩] (v.) 關押；監禁
例 The politician was **imprisoned** for two and half years on the charge of bribery.
該政客因被控賄賂遭監禁兩年半。

com- （字首）一起；共同（= 字首 co-）
comprise [kəmˋpraɪz] (v.) 包含；包括；構成
例 The team members are **comprised** mainly of athletes and athletic trainers.
團隊成員主要由運動員與運動防護員所組成。

ap- （字首）表「朝向」（= 字首 ad-）
apprehend [ˌæprɪˋhɛnd] (v.) (1) 領會；(2) 逮捕
例 She finally **apprehended** why she couldn't get a promotion.
她最後終於理解為何無法獲得晉升。

實用字

apprentice [əˋprɛntɪs] (n.) 學徒；徒弟
例 The studio doesn't offer board and lodging to their **apprentices**.
那間工作室沒有供應食宿給學徒們。

enter- （字首）在…之間（= 字首 inter-）
enterprise [ˋɛntɚˌpraɪz] (n.) 企業；公司；冒險精神
例 The collaboration between the hospital and the medical equipment **enterprise** was unusual.
那家醫院與醫療器材公司之間的合作關係不尋常。

-ive（形容詞字尾）有…性質的

comprehensive [ˌkɑmprɪˈhɛnsɪv]（adj.）綜合的；全面的；包
羅萬象的

例 She wrote a **comprehensive** list of what things she must buy in Rome.
她寫了一張關於在羅馬必買物品的詳盡清單。

進
階
字

re-（字首）返回

reprehend [ˌrɛprɪˈhɛnd]（v.）申斥；指責

例 We are not able to **reprehend** what we don't really comprehend.
我們無法指摘我們並非真正理解的事物。

-ile（形容詞字尾）有…能力的；有…傾向的

prehensile [prɪˈhɛnsḷ]（adj.）能抓握的；能纏繞的

例 There is a monkey hanging on the tree with its **prehensile** tail.
那裡有隻猴子用牠捲繞的尾巴吊掛在樹上。

Quiz Time

中翻英，英翻中

（　）1. comprise （A）領悟 （B）包括 （C）吃驚

（　）2. 申斥 （A）comprehend（B）apprehend（C）reprehend

（　）3. enterprise （A）企業 （B）學徒 （C）逮捕

（　）4. 監禁 （A）imprison （B）prey （C）apprentice

（　）5. comprehensive（A）能抓握的 （B）理解的 （C）綜合的

解答：1. B 2. C 3. A 4. A 5. C

和「動作」有關的字根 27

-punct-

▶to prick，表「穿刺」

🎧 mp3: 114

衍生字

punch [pʌntʃ]（n.）一拳；打孔機

（v.）用拳猛擊；打孔

例 The boy quickly **punched** the button to get the chance to answer the question.
那男孩快速搥下按鈕以得到答題機會。

point [pɔɪnt]（n.）點；觀點；得分

（v.）指向；對準

例 It's impolite to **point** at others.
用手指著別人是很不禮貌的。

字根 + 字尾

punct + al = punctual

徐薇教你記 打卡機打出一個洞，表示你很「準時」。

-al（形容詞字尾）有關…的

punctual [ˋpʌŋktʃʊəl]（adj.）準時的；守時的

例 The boss is always very **punctual**, so don't be late for the meeting tomorrow.
老闆總是非常準時，所以明天的會議別遲到了。

punct + ure = puncture

-ure（名詞字尾）表「過程、結果、上下關係的集合體」

puncture [ˋpʌŋktʃɚ]（n.）穿刺；刺孔

（v.）刺穿；戳破

例 A **puncture** wound should be carefully taken care of or it may get inflamed.
穿刺傷須很小心照料以免發炎。

字根 + 字根 + 字尾

acu + punct + ure = acupuncture

徐薇教你記 用針去穿刺就是針灸。

-acu- （字根）尖銳的；針
acupuncture [ˋækjʊˌpʌŋktʃɚ] （n.）針灸；針灸術
例 **Acupuncture** is a therapeutic approach of traditional Chinese medicine.
針灸是傳統中國醫學的一種治療手段。

字首 + 字根

ex + pung = expunge

ex- （字首）向外
expunge [ɪkˋspʌndʒ] （v.）刪去；勾銷
例 She tried hard to **expunge** the memory of the terrible accident.
她很努力想要刪去那場可怕意外的記憶。

舉一反三▶▶▶

初級字	ap- （字首）朝向；去（= 字首 ad-） **appoint** [əˋpɔɪnt] （v.）任命；指派 例 The legal consultant was **appointed** as one of the new board members of the company. 那名法律顧問被指派為該公司的新任董事之一。
	dis- （字首）表「否定」 **disappoint** [ˌdɪsəˋpɔɪnt] （v.）使失望 例 I'm sorry to **disappoint** you, but I have done my best after all. 很抱歉讓你們失望，但我真的盡力了。
實用字	-ation （名詞字尾）表「動作的狀態或結果」 **punctuation** [ˌpʌŋktʃʊˋeʃən] （n.）標點符號 例 You are supposed to improve your writing with better spelling and **punctuation**. 你在寫作上應該要改善拼字與標點符號。

-ent（形容詞字尾）具…性的

pungent [ˋpʌndʒənt]（adj.）氣味刺鼻的；話語或文章苛刻的

例 Some people can't stand the herb with a **pungent** smell.
有些人無法忍受擁有刺鼻氣味的藥草。

進階字

im-（字首）在…裡面（= 字首 en-）

impugn [ɪmˋpjun]（v.）抨擊；質疑

例 Those experienced staff members **impugned** the young man's competence as a leader.
那些資深員工質疑這名年輕小伙子身為領導人的能力。

-ous（形容詞字尾）表「充滿…的」

punctilious [pʌŋkˋtɪlɪəs]（adj.）一絲不苟的；循規蹈矩的

例 The countess was always **punctilious** in her dressing and manners.
那位伯爵夫人在穿著與舉止方面總是一絲不苟。

❓ Quiz Time

拼出正確單字

1. 準時的 ＿＿＿＿＿＿＿＿＿＿＿

2. 針灸 ＿＿＿＿＿＿＿＿＿＿＿

3. 標點符號 ＿＿＿＿＿＿＿＿＿＿＿

4. 使失望 ＿＿＿＿＿＿＿＿＿＿＿

5. 用拳猛擊 ＿＿＿＿＿＿＿＿＿＿＿

解答：1. punctual 2. acupuncture 3. punctuation 4. disappoint 5. punch

-scend-

▶to climb，表「爬升」

 mp3: 115

字首 + 字根

a + scend = ascend

徐薇教你記 去往上爬，就是「向上攀升」。

a-（字首）去；朝向（= 字首 ad-）
ascend [əˈsɛnd]（v.）向上攀升

例 The prince **ascended** to the throne after his father abdicated last month.
那王子在他爸爸上個月退位後繼承了王位。

de + scend = descend

徐薇教你記 往下爬，那就是「降落」囉！

de-（字首）向下
descend [dɪˈsɛnd]（v.）下降

例 The plane started to **descend**.
飛機開始降落了。

字首 + 字根 + 字尾

de + scend + ant = descendant

徐薇教你記 往下面去，一代一代的往下去的人就是「子孫」。

-ant（名詞字尾）…的人或物
descendant [dɪˈsɛndənt]（n.）子孫

例 The man claimed that he was a **descendant** of the royal family.
那男人宣稱他是皇室的後代。

舉一反三 ▶▶▶

<table>
<tr>
<td>初
級
字</td>
<td>

ascent [ə`sɛnt] (n.) 上升；上坡

例 They followed a steep **ascent** to the ancient temple on the cliff.
他們沿著陡坡往上走到了位在懸崖上的古廟。

</td>
</tr>
<tr>
<td></td>
<td>

ascend [ə`sɛnd] (v.) 攀升
ascendant [ə`sɛndənt] (n.) 飛黃騰達；蒸蒸日上

例 This political party is said to be in the **ascendant**.
據說該政黨正在壯大發展。

</td>
</tr>
<tr>
<td>實
用
字</td>
<td>

parachute [`pærəʃut] (n.) 降落傘
parascending [`pærəsɛndɪŋ] (n.)（由車或船拉的）滑翔傘運動

例 **Parascending** is a safe and fun activity which can be enjoyed at any age.
滑翔傘是任何年紀的人都能參與的一個安全又有趣的活動。

</td>
</tr>
<tr>
<td></td>
<td>

trans- （字首）越過
transcend [træn`sɛnd] (v.) 凌駕；超越

例 The movie director hopes to make a film that **transcends** national boundaries.
這個電影導演希望能拍出一部超越民族界限的影片。

</td>
</tr>
<tr>
<td>進
階
字</td>
<td>

descend [dɪ`sɛnd] (v.) 下降
condescend [ˌkɑndɪ`sɛnd] (v.) 以高人一等的地位降格做…；紆尊降貴做…

例 The princess **condescended** to play with the poor kids.
那位公主屈尊與那些貧窮的孩子一同玩耍。

</td>
</tr>
<tr>
<td></td>
<td>

transcend [træn`sɛnd] (v.) 凌駕；超越
transcendent [træn`sɛndənt] (adj.) 卓越的；傑出的；凌駕一切的

例 She described her idol's concert as the **transcendent** performance.
她形容她偶像的演唱會是無與倫比的超棒表演。

</td>
</tr>
</table>

? **Quiz Time**

拼出正確單字

1. 子孫　　_____
2. 上坡　　_____
3. 超越　　_____
4. 下降　　_____
5. 向上攀升_____

解答：1. descendant　2. ascent　3. transcend　4. descend　5. ascend

和「動作」有關的字根 29 ·····································

-ser-

▶to join、to put，表「**放置；結合**」

🎧 mp3: 116

衍生字

series [`sɪriz] (n.) 連續；一系列；一連串

例 Now you can watch the popular TV **series** on the Website.
　　現在你可以在這個網站觀賞這部受歡迎的電視連續劇。

字首 + 字根

(in + ser = insert)

徐薇教你記 把東西放進來，結合在一起，就是「嵌入、插入」。

in-（字首）使進入

insert [ɪn`sɝt] (v.) 插入；嵌入
　　　　 [`ɪnsɝt] (n.) 插入物

例 You should switch to **insert** mode, or your words will be deleted when you type.
　　你應該要切換到插入模式，不然你打字時會把字刪掉。

(de + ser = desert)

徐薇教你記 本來相連一起的東西卻把它們拆開了，也就是不要了、把它拋棄了；沙漠裡沒有人煙，就像是被人類拋棄的地方，所以沙漠也是 desert。

de- （字首）表「相反動作」
desert [dɪˋzɝt] （v.）拋棄；遺棄
　　　　[ˋdɛzɚt] （n.）沙漠

例 This kind of bird will **desert** its eggs if they are disturbed.
這種鳥若受到干擾，牠們就會捨棄牠們的蛋。

字首 + 字根 + 字尾

(as + ser + tion = assertion)

as- （字首）朝向（= 字首 ad-）
　　　-ion （名詞字尾）表「動作的狀態或結果」
assertion [əˋsɝʃən] （n.）斷言；明確肯定

例 If you quit now, it will verify his **assertion** that you are not suitable for the job.
如果你現在放棄，那就印證了他的斷言：你不適合這份工作。

舉一反三 ▶▶▶

初級字	**assert** [əˋsɝt] （v.）斷言；聲稱 例 He **asserted** his innocence, though I wasn't sure that I would believe him. 他聲稱他是清白的，但是我不確定我會相信他。 ex- （字首）表「向外」 **exert** [ɪgˋzɝt] （v.）運用權力；行使權力 例 I have **exerted** my influence on my parents, but they didn't change their mind. 我已經向我父母施加影響力了，但是他們不為所動。
實用字	-ed （形容詞字尾）表「被動的狀態」 **deserted** [dɪˋzɝtɪd] （adj.）被拋棄的；空蕩蕩的 例 The town was completely **deserted** after the outbreak of the dreadful plague. 那個城鎮在爆發嚴重的瘟疫之後就整個被遺棄了。

-ion（名詞字尾）表「動作的狀態或結果」

desertion [dɪˋzɝʃən]（n.）拋棄；擅離職守

例 The punishment for **desertion** depends on the circumstances of the case.
對於擅離職守的懲罰依照案例的情況而定。

進階字

-ive（形容詞字尾）表「有…性質的」

assertive [əˋsɝtɪv]（adj.）武斷的；果敢的

例 A person can't be both **assertive** and anxious at the same time.
一個人不可能同時果斷又焦慮。

-ion（名詞字尾）表「動作的狀態或結果」

exertion [ɪgˋzɝʃən]（n.）費力；運用／行使（權力等）

例 It is proved that **exertion** of authority over others is not always workable.
事實證明施加權力在他人身上並非總是可行。

insertion [ɪnˋsɝʃən]（n.）插入；嵌入

例 The **insertion** of those fine needles into the body looks scary.
那些細針插入身體的模樣看起來真嚇人。

？ Quiz Time

從選項中選出適當的字填入空格中使句意通順

insert / desert / assert / exert / series

1. Now you can watch the popular TV _____ on the Website.

2. This kind of bird will _____ its eggs if they are disturbed.

3. You have to _____ two more coins into the machine to continue the game.

4. She _____s that he stole money from her because he looks like a thief.

5. The board of trustees _____ed considerable influence within the school.

和「動作」有關的字根 30

-stinct-/ -stingu-

▶to prick，表「戳、刺」

🎧 mp3: 117

衍生字

sting [stɪŋ]（v.）叮，被蟲刺；引起刺痛

（n.）刺痛

例 A boy was **stung** by the jellyfish and was sent to the hospital right away.
有個男孩被水母刺到，而且立刻被送去醫院了。

字首 + 字根

(in + stinct = instinct)

徐薇教你記 在裡面刺一下馬上會有的反應，就是「直覺、本能」。

in-（字首）在…裡面
instinct [ˋɪnstɪŋkt]（n.）直覺；本能

例 All animals seem to have the **instinct** to sense and avoid danger.
所有的動物似乎都有能感知和避開危險的本能。

字首 + 字根 + 字尾

ex + stingu + ish = extinguish

徐薇教你記 向外去刺，一刺就破了，也就破滅了；因此也有滅火的意思。

ex-（字首）向外

　　　　-ish（動詞字尾）使變成…狀態

extinguish [ɪk`stɪŋgwɪʃ]（v.）熄滅；使希望破滅

例 We should **extinguish** the campfire before we leave the campsite.
我們離開營地前應該先熄滅營火。

舉一反三 ▶▶▶

<table>
<tr>
<td rowspan="2">初級字</td>
<td>　　-y（形容詞字尾）含有…的
stingy [`stɪndʒɪ]（adj.）小氣的
例 Don't be so **stingy** with your compliments. The kids need your encouragement.
別這麼吝於讚美人。孩子們需要你的鼓勵。</td>
</tr>
<tr>
<td>　　　　-er（名詞字尾）做…的事物
extinguisher [ɪk`stɪŋgwɪʃɚ]（n.）滅火器
例 A fire **extinguisher** is necessary for household safety.
對居家安全而言，滅火器是必須的。</td>
</tr>
<tr>
<td rowspan="3">實用字</td>
<td>ex-（字首）向外
extinct [ɪk`stɪŋkt]（adj.）滅絕的；絕種的；消失的
例 The Formosan clouded leopards were thought to be **extinct** in Taiwan.
台灣雲豹被認為已在台灣絕跡了。</td>
</tr>
<tr>
<td>　　　-ion（名詞字尾）表「動作的狀態或結果」
extinction [ɪk`stɪŋkʃən]（n.）滅絕；絕種
例 Many whale species are on the brink of **extinction**.
許多鯨魚種類都快要滅絕了。</td>
</tr>
<tr>
<td>dis-（字首）分開
distinct [dɪ`stɪŋkt]（adj.）顯著的；明顯不同的
例 The word "fast" has two **distinct** meanings: one means "quickly", and the other means "to eat no food for a period of time."
「fast」這個字有兩個明顯不同的意思：一個是指「快的」，另一個則是指「禁食齋戒」。</td>
</tr>
</table>

	-ion（名詞字尾）表「動作的狀態或結果」
	distinction [dɪˋstɪŋkʃən]（n.）差別；優秀
	例 There are no clear **distinctions** between the two reports.
	這兩份報告沒有什麼明顯的差別。

進階字

-ish（動詞字尾）使變成…狀態

distinguish [dɪˋstɪŋgwɪʃ]（v.）區分

例 A color-blind person can't **distinguish** between red and green.
　色盲的人無法辨別紅色和綠色。

in-（字首）表「否定」

indistinct [ˏɪndɪˋstɪŋkt]（adj.）不清楚的，模糊的

例 The ocean looked gray on a cloudy day, making the horizon
　somewhat **indistinct**.
　海洋在陰天看起來是灰色的，這也讓地平線看起來沒那麼清楚。

？ Quiz Time

拼出正確單字

1. 本能　　　　_____

2. 絕種的　　　_____

3. 明顯不同的　_____

4. 滅火器　　　_____

5. 區分　　　　_____

解答：1. instinct　2. extinct　3. distinct　4. extinguisher　5. distinguish

和「動作」有關的字根 31

-suad-/
-suas-

▶to advise，表「勸告」

🎧 mp3: 118

字根 + 字尾

suas + ion = suasion

-ion（名詞字尾）表「動作的狀態或結果」

suasion [ˋsweʒən]（n.）說服；勸告

例 The government intends to use moral **suasion** to keep the companies from moving abroad.
政府試著用道德勸說的方式來阻止公司行號移往海外。

字首 + 字根

per + suad = persuade

徐薇教你記 徹底地給你忠告就是要說服你。

per-（字首）穿過；徹底地

persuade [pɚˋswed]（v.）說服

例 The salesman is trying to **persuade** my mom into buying the latest vacuum cleaner.
那個銷售員一直試著說服我媽買那台最新的吸塵器。

dis + suad = dissuade

徐薇教你記 勸你往相反的方向去就是勸你不要做某事、勸阻的意思。

dis-（字首）表「相反意思的動作」

dissuade [dɪˋswed]（v.）勸…勿做某事；勸阻

例 The mother wanted to **dissuade** her son from going to the party.
那媽媽想勸阻她兒子不要去參加那場派對。

舉一反三 ▶▶▶

<table>
<tr><td>初級字</td><td>

-ion（名詞字尾）表「動作的狀態或結果」

persuasion [pɚˋsweʒən]（n.）說服

例 I think he will give you the chance. All he needs is a little gentle **persuasion**.
我認為他會給你機會，只需要稍微勸說他一下。

---

dissuasion [dɪˋsweʒən]（n.）勸阻；規勸

例 It took all our powers of **dissuasion** to convice her that the man was not her Mr. Right.
我們花了所有的力氣來勸阻她，讓她相信那個男人不是她的真命天子。

</td></tr>
<tr><td>實用字</td><td>

-ive（形容詞字尾）表「有…性質的」

persuasive [pɚˋswesɪv]（adj.）有說服力的

例 She is such a **persuasive** real estate agent, and there is not a house she can't sell.
她是很有說服力的房屋仲介，沒有她賣不出去的房子。

---

dissuasive [dɪˋswesɪv]（adj.）勸誡的

例 We can't deny that the potential loss of investment does have a **dissuasive** effect.
我們無法否認投資的潛在損失的確有種勸誡的效果。

</td></tr>
<tr><td>進階字</td><td>

as-（字首）朝向；去（= 字首 ad-）

assuage [əˋswedʒ]（v.）緩和；減輕

例 Andy has tried very hard to **assuage** his wife's grief of losing their son.
安迪非常努力在嘗試減緩他老婆對失去兒子的悲傷。

---

assuasive [əˋswesɪv]（adj.）緩和的
（n.）緩和劑

例 They found that any additional praise can no longer serve as **assuasive** to her anxiety.
他們發現再多的讚美也無法緩和她的焦慮。

</td></tr>
</table>

Quiz Time

填空

( ) 1. 勸阻：___suade   (A)dis   (B)as   (C)per

( ) 2. 勸告：___ion   (A)sua   (B)suad   (C)suas

( ) 3. 有說服力的：___asive   (A)dissu   (B)persu   (C)assu

( ) 4. 緩和劑：___asive   (A)dissu   (B)persu   (C)assu

( ) 5. 減輕：assu___   (A)ade   (B)age   (C)ave

解答：1. A 2. C 3. B 4. C 5. B

和「動作」有關的字根 32

-text-

▶to weave，表「編織」

🎧 mp3: 119

字根 + 字尾

text + ure = texture

-ure（名詞字尾）表「過程、結果、上下關係的集合體」

texture [ˈtɛkstʃɚ]（n.）質地；質感

例 Silk has a very smooth and soft **texture**.
絲有非常平滑和柔軟的質感。

> **con** + **text** = **context**

徐薇教你記 上下編織在一起的就是文章內容。

con-（字首）一起；共同（= 字首 co-）
context [ˋkɑntɛkst]（n.）上下文；文章脈絡

例 You can judge the meaning of the word through the **context**.
你可以透過上下文來判斷這個字的字義。

舉一反三 ▶▶▶

初級字	sub-（字首）在…之下 **subtle** [ˋsʌtl̩]（adj.）微妙的；隱約的 **例** She gave us a **subtle** smile when we inquired about her background. 當我們詢問有關她的背景時，她給了我們一個微妙的微笑。
	tissue [ˋtɪʃʊ]（n.）細胞組織；面紙 **例** Gina held a box of **tissues** all day for her runny nose. 吉娜因為流鼻涕整天抱著一盒面紙。
實用字	-ile（名詞字尾）表「具…性質的東西」 **textile** [ˋtɛkstaɪl]（n.）紡織品；織物 **例** Silk is an animal **textile** made from the fibers of the cocoon of the Chinese silkworm. 絲是一種由蠶繭的纖維製作而成的動物性紡織品。
	pre-（字首）在…之前 **pretext** [ˋpritɛkst]（n.）藉口；推託之詞 **例** He was late for work this morning on the **pretext** of suffering from diarrhea. 他今天早上以拉肚子為藉口上班遲到了。
進階字	-al（形容詞字尾）有關…的 **contextual** [kənˋtɛkstʃʊəl]（adj.）取決於上下文的 **例** Since we lack **contextual** clues, it's impossible to understand these isolated words. 由於我們缺乏上下文線索，根本不可能理解這些分離的文字。

textual [ˈtɛkstʃʊəl] (adj.) 文本的；原文的

例 The tasks of **textual** analysis are never easy jobs.
文本分析的任務從來就不是輕鬆的差事。

? Quiz Time

依提示填入適當單字, 皆填入小寫字母即可

直↓ 1. No one noticed the _____ difference between these two plans.

3. _____ analysis is a research method for studying documents.

5. Silk has a very smooth and soft _____.

橫→ 2. I handed her a _____ because she was crying.

4. You can judge the meaning of the word by the _____.

6. This country has a very powerful _____ industry.

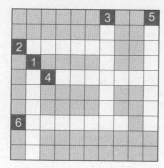

解答：1. subtle 2. tissue 3. textual 4. context 5. texture 6. textile

和「動作」有關的字根 33

-tor(t)-

▶ to twist，表「使扭曲；擰」

🔲 mp3: 120

記 towel 毛巾。擰毛巾要用扭轉的，才能把它擰乾。

衍生字

(torch)

> 徐薇教你記　源自字根 -tor-，最早的火把就是將幾條繩子搓擰在一起，然後沾上蠟或松脂而成。

torch [tɔrtʃ] (n.) 火把；火炬

例　Shine the **torch** over here so I can read these ancient markings.
在這裡點亮火把，這樣我才能讀這些古老的記號。

字首 + 字根

(re + tort = retort)

> 徐薇教你記　你擰我，我就把你擰回去，也就是「反駁、回嘴」。

re- (字首) 再次；返回
retort [rɪˈtɔrt] (v.) 反駁；回嘴

例　"I'll do whatever I want!" **retorted** Gina loudly.
吉娜大聲回嘴：「我想怎麼做都行！」

字根 + 字尾

(tort + ure = torture)

> 徐薇教你記　一直處在用力扭曲的過程中，就是種「折磨」。

-ure (名詞字尾) 表「過程；結果；上下關係的集合體」
torture [ˈtɔrtʃɚ] (n.) 折磨

例　Sitting through Professor Hamill's lecture is a form of **torture**.
坐著聽哈米爾教授的整場演講是某種形式的折磨。

舉一反三 ▶▶▶

3

初級字	dis- (字首) 完全地;徹底地 **distort** [dɪsˈtɔrt] (v.) 扭曲;歪曲 例 The politician **distorted** the truth about the poor economic data. 該名政客扭曲了經濟數據不佳所代表的真正意義。
	-ment (名詞字尾) 表「結果;手段;狀態;性質」 **torment** [ˈtɔrˌmənt] (n.) 折磨;痛苦;受到嚴刑拷打 [tɔrˈmɛnt] (v.) 折磨;使痛苦 例 The bullies **tormented** the poor girl until she cried out. 那些霸凌者折磨那可憐的女孩直到她大哭了起來。
實用字	ex- (字首) 向外 **extort** [ɪkˈstɔrt] (v.) 勒索、敲詐;強行侵佔 例 The bully has been **extorting** money from the children for years. 那個惡霸已經向那些小孩勒索錢財好些年了。
	torture [ˈtɔrtʃɚ] (n.) 折磨 **torturous** [ˈtɔrtʃərəs] (adj.) 折磨人的;充滿痛苦的 例 The **torturous** weather caused many to stay home on New Year's Eve. 折騰人的天氣讓許多人跨年只能待在家裡過。
進階字	con- (字首) 一起 (= 字首 co-) **contort** [kənˈtɔrt] (v.) 扭曲 例 Her face **contorted** with anger when she saw her boyfriend kissing another girl. 當她看到她男朋友在親另一個女生時,她的臉因憤怒而扭曲了。
	-ous (形容詞字尾) 充滿…的 **tortuous** [ˈtɔrtʃuəs] (adj.) 曲折的;繞圈子的 例 Detectives usually find that getting to the truth is a **tortuous** affair. 偵探們常發現要得知真相都要一直繞圈子。

? Quiz Time

填空

( ) 1. 反駁：___tort　　（A）dis　（B）ex　（C）re

( ) 2. 折磨：tort___　　（A）ure　（B）ent　（C）ous

( ) 3. 折磨人的：tort___　（A）ous　（B）uous　（C）urous

( ) 4. 扭曲：___tort　　（A）dis　（B）ex　（C）re

( ) 5. 火把：t___ch　　（A）ou　（B）or　（C）oa

解答：1. C 2. A 3. C 4. A 5. B

和「動作」有關的字根 34

-tribut-

▶to bestow，to pay，表「贈予；付出」　🎧 mp3: 121

字首 + 字根

at + tribut = attribute

徐薇教你記　我去贈與，全部都說是自己的，就是「歸功於、歸因於、歸咎於」。

at-（字首）朝向；去（= 字首 ad-）

attribute [əˋtrɪbjut]（v.）歸因於…
　　　　　　 [ˋætrəˌbjut]（n.）特質

例　There are certain **attributes** that leaders must possess.
　　一名領導者必須擁有一些特質。

字根 + 字尾

tribut + ary = tributary

-ary（形容詞字尾）與…有關的

tributary ['trɪbjəˌtɛrɪ] (n.) 進貢國；附屬國；分支

（adj.）附庸的；從屬的；旁支的

例 The **tributary** visit by the ambassador calmed relations between the two countries.
附屬國大使的來訪穩定了兩國的關係。

字首 + 字根 + 字尾

con + tribut + ion = contribution

徐薇教你記 所有東西全部一起送出去了，就是「貢獻、捐款」。

con-（字首）一起（= 字首 co-）

contribution [ˌkɑntrəˈbjuʃən] (n.) 貢獻

例 The invention of paper made a major **contribution** to the development of human civilization.
紙的發明對人類文明發展是一項重大的貢獻。

舉一反三 ▶▶▶

初級字	**tribe** [traɪb] (n.) 部族 例 The men belong to an ancient **tribe** of people who have settled along the Amazon River. 那些人屬於一個住在亞馬遜河沿岸的古老部族。 **tribute** ['trɪbjut] (n.) 貢品；貢金；致敬 例 This song is a **tribute** to all my family and friends. 這首歌我要獻給我家人和朋友們。
實用字	con-（字首）一起（= 字首 co-） **contribute** [kənˈtrɪbjut] (v.) 貢獻；捐助 例 Would you like to **contribute** to the museum's collection? 您願意贊助這間博物館的收藏嗎？

dis- （字首）分開；個別地
distribute [dɪ`strɪbjut] （v.）分配；分發
例 I think we should **distribute** the brochures at a busy MRT station.
我認為我們應該在繁忙的捷運車站派發小手冊。

進階字

dia- （字首）穿越；在…中間
diatribe [`daɪəˌtraɪb] （n.）惡罵；誹謗；諷刺
例 The professor went off on a **diatribe** about how we should never be lazy with our school work.
該名教授開口飆罵要我們絕不可怠惰課業。

re- （字首）返回
retribute [rɪ`trɪbjut] （v.）報應
例 He wanted to **retribute** for his best friend's betrayal.
他最好的朋友背叛了他，他想要進行報復。

？ Quiz Time

從選項中選出適當的字填入空格中使句意通順

attribute / contribute / distribute / tribute / tribe

1. In this _____, people get their first tattoos when they reach sixteen.

2. Would you like to _____ to the museum's collection?

3. This song is a _____ to all my family and friends.

4. We should _____ the brochures at a busy MRT station.

5. Organizational ability is an essential _____ for a good manager.

解答：1. tribe 2. contribute 3. tribute 4. distribute 5. attribute

-trud-/-trus-

▶to thrust, to push，表「推擠；強迫」

🎧mp3: 122

字首 + 字根

abs + trus = abstruse

abs-（字首）分離；離開
abstruse [æbˋstrus]（adj.）深奧的；難懂的

例 The professor tried to explain the **abstruse** theory in plain language.
那名教授試著用簡單的語言來解釋這個深奧難懂的理論。

ex + trud = extrude

徐薇教你記 向外去推就是「擠壓」。

ex-（字首）向外
extrude [ɛkˋstrud]（v.）擠壓出；擠壓成

例 You can press the bar down to **extrude** the noodles.
你可以向下壓這根桿子把麵條擠壓出來。

in + trud = intrude

徐薇教你記 往內進來推擠、強迫就是「侵擾」。

in-（字首）進入
intrude [ɪnˋtrud]（v.）闖入；侵擾

例 The radar detected a fighter jet **intruding** into our airspace.
雷達偵測到有台戰鬥機侵入我們的領空。

字首 + 字根 + 字尾

in + trud + er = intruder

-er（名詞字尾）做…動作的人事物
intruder [ɪnˋtrudɚ]（n.）入侵者；不速之客

例 To our relief, our dog didn't get hurt when he caught the **intruder**.
令我們欣慰的是，我們的狗狗在抓入侵者時沒有受傷。

舉一反三 ▶▶▶▶

初級字	pro-（字首）向前；在前面 **protrude** [proˋtrud]（v.）伸出；突出 例 The sculpture of nine frogs **protruding** from the water serves as a water level indicator of the Sun Moon Lake. 從水裡冒出來的九隻青蛙雕塑是日月潭水位高低的一種指標。
	-ion（名詞字尾）表「動作的狀態或結果」 **intrusion** [ɪnˋtruʒən]（n.）闖入；侵擾 例 Entering my bedroom without permission is truly an **intrusion** on my privacy. 未經允許進入我的房間真的是侵犯我的隱私。
實用字	-ive（形容詞字尾）有…性質的 **intrusive** [ɪnˋtrusɪv]（adj.）打擾的；侵入的 例 The actress was annoyed with the journalists' **intrusive** questions. 那位女演員被記者們唐突的問題惹惱。
	ob-（字首）朝向 **obtrude** [əbˋtrud]（v.）強迫接受；打擾 例 We hope not to **obtrude** any inconveniences on you. 我們希望沒有給您造成任何不方便。
進階字	-ion（名詞字尾）表「動作的狀態或結果」 **protrusion** [proˋtruʒən]（n.）突出物 例 Those **protrusions** spread all over the monster's back look disgusting. 那些散佈在怪物背上的突出物看起來好噁心。
	un-（字首）表「相反動作」 **unobtrusive** [ˌʌnəbˋtrusɪv]（adj.）不張揚的；不引人注目的 例 He tried to make himself **unobstrusive** by wearing a pair of sunglasses. 他藉由戴太陽眼鏡來試著讓自己不引人注目。

Quiz Time

填空

( )1. 闖入：___trude　　（A）ob　　（B）ex　　（C）in

( )2. 深奧的：___truse　　（A）abs　　（B）pro　　（C）unob

( )3. 突出：___trude　　（A）ex　　（B）pro　　（C）abs

( )4. 不速之客：intru___　　（A）der　　（B）sion　　（C）sive

( )5. 擠壓：___trude　　（A）ob　　（B）ex　　（C）in

解答：1. C 2. A 3. B 4. A 5. B

和「動作」有關的字根 36

-turb-

▶to disturb，表「擾亂」

🎧 mp3: 123

衍生字

trouble [ˈtrʌbl̩]（n./v.）煩惱；麻煩

例　The newcomer had a little **trouble** adapting to the new job.
那個新來的在適應新工作上有點小麻煩。

字根 + 字尾

turb + id = turbid

-id（形容詞字尾）表「狀態、性質」

turbid [ˈtɝbɪd]（adj.）混濁的；紊亂的

例　The river water became **turbid** after the heavy rain.
河水在大雨後變得混濁。

dis + turb = disturb

徐薇教你記 完全地騷擾就是「打擾、妨礙」。

dis-（字首）完全地
disturb [dɪsˋtɝb]（v.）打擾；妨礙
例 The letters "DND" stand for "Do Not **Disturb**."
字母 DND 代表的是「不要打擾」。

舉一反三▶▶▶

初級字	-ed（形容詞字尾）表「被動的狀態」 **troubled** [ˋtrʌbḷd]（adj.）不安的；憂慮的 例 "Bridge Over **Troubled** Water" is one of my mom's favorite songs. 《惡水上的大橋》是我媽媽最愛的歌曲之一。
	disturbed [dɪsˋtɝbd]（adj.）精神不正常的 例 The murderer was proven to be metally **disturbed** when committing the crime. 那名兇手被證實在犯下罪行時精神不正常。
	-ance（名詞字尾）表「情況、性質、行為」 **disturbance** [dɪsˋtɝbəns]（n.）干擾；紛亂 例 Farmers are tired of the **disturbance** caused by the weeds. 農夫受夠了雜草造成的干擾。
實用字	-ence（名詞字尾）表「情況、性質、行為」 **turbulence** [ˋtɝbjələns]（n.）亂流；混亂 例 Some passengers screamed when the plane ran into the **turbulence**. 有些乘客在飛機遇上亂流時尖叫。
	-some（形容詞字尾）會產生…的；易…的 **troublesome** [ˋtrʌbḷsəm]（adj.）令人煩惱的；棘手的 例 The application process has proven much more **troublesome** than we expected. 申請的過程比我們期望的都還要棘手許多。

和「動作」有關的字根 -turb-

進階字

-ity（名詞字尾）表「狀態、性格、性質」

turbidity [tɝ`bɪdətɪ]（n.）混濁；混亂

例 The pollution and **turbidity** in the lakes are caused by increasing human activity.
湖水汙染與混濁的情形是由日益增加的人類活動所造成。

turbine [`tɝbɪn]（n.）渦輪機

例 The machine which was powered by a **turbine** engine is already out of service.
那部由渦輪引擎驅動的機器已經退役了。

per-（字首）完全地；徹底地
perturb [pɚ`tɝb]（v.）使煩擾不安

例 I'm so glad that you don't seem to be **perturbed** by those rumors.
我很高興你似乎沒有因為那些謠言而煩擾不安。

? Quiz Time

中翻英，英翻中

（　）1. turbulence　　（A）亂流　　（B）混濁　　（C）麻煩

（　）2. 精神不正常的（A）troubled（B）disturbed（C）troublesome

（　）3. turbid　　　（A）棘手的（B）不安的　（C）混濁的

（　）4. 妨礙　　　　（A）perturb（B）disturb　（C）trouble

（　）5. turbine　　　（A）渦輪機　（B）混亂　　（C）干擾

解答：1. A 2. B 3. C 4. B 5. A

和「動作」有關的字根 37

-vari-

▶to change, to vary，表「變化；改變」

比 very（adv.）非常地

mp3: 124

衍生字

vary [ˋvɛrɪ]（v.）使不同；使有差異

例 New Year customs **vary** from country to country.
每個國家的過年習俗各有不同。

字根 + 字尾

vari + ity = variety

徐薇教你記 變化很多的狀態就是「多樣化」；綜藝節目有各種形式的表演，因此就叫做「variety show」。

-ity（名詞字尾）表「狀態、性質」

variety [vəˋraɪətɪ]（n.）多樣化；各種各樣

例 **Variety** is the spice of life.
變化乃生活的調味品。

字首 + 字根 + 字尾

in + vari + ant = invariant

in-（字首）表「否定」
　　-ant（形容詞字尾）具…性的

invariant [ɪnˋvɛrɪənt]（adj.）不變的

例 Driving alongside an autonomous car at a steady and **invariant** speed might lull the driver into becoming less attentive.
開自動駕駛車伴隨穩定不變的車速容易讓駕駛昏昏欲睡、注意力渙散。

初級字

-ous（形容詞字尾）充滿…的
various [ˋvɛrɪəs]（adj.）各種不同的

例 The down jacket comes in **various** colors for customers to choose from.
這款羽絨外套有各種不同的顏色可讓消費者選擇。

-able（形容詞字尾）有能力的、能…的
variable [ˋvɛrɪəb!]（adj.）多變的；反覆無常的

例 The weather in spring is always **variable**.
春天的天氣總是反覆無常。

實用字

-ation（名詞字尾）表「動作的狀態或結果」
variation [͵vɛrɪˋeʃən]（n.）變化；變動

例 A fast food dinner is an enjoyable **variation** for the kids on Friday night.
週五晚餐吃速食對孩子們來說是個令人開心的變化。

-ant（名詞字尾）做…的人或事物
variant [ˋvɛrɪənt]（n.）變種；變形
（adj.）不同的；變異的

例 Scientists are studying the new **variant** of the flu viruses.
科學家正在研究這個流感病毒的新變種。

進階字

-ance（名詞字尾）表「情況、性質、行為」
variance [ˋvɛrɪəns]（n.）分歧，不同；（美）特殊許可

例 Young people's opinions on career planning are often at **variance** with those of their parents.
年輕人對生涯規劃的想法常和他們父母的想法有所分歧。

-eg-（字根）做、執行（= 字根 -ag-）
variegated [ˋvɛrɪ͵getɪd]（adj.）色彩斑駁的；有斑點的；使多樣化的

例 The garden path was flanked by many **variegated** plants which make it colorful and lively.
這條花園小徑兩旁被許多斑葉植物包夾著，讓它看起來色彩繽紛又生氣蓬勃。

❓ Quiz Time

從選項中選出適當的字填入空格中使句意通順

various / variable / variant / variety / variation

1. _____ is the spice of life.

2. There is a lot of _____ between regions when it comes to average income.

3. The weather in spring is always _____.

4. Scientists are studying the new _____ of the flu virus.

5. The dress comes in _____ colors for customers to choose from.

解答：1. Variety　2. variation　3. variable　4. variant　5. various

和「動作」有關的字根 38

-vor-

▶to eat，表「吃」

🎧 mp3: 125

字根 + 字根

carn + vor = carnivore

徐薇教你記 吃肉的動物就指「肉食性動物」。

-carn-（字根）血肉

carnivore [`kɑrnəˌvɔr]（n.）食肉動物

例 Lions, tigers, and leopards are **carnivores**.
獅子、老虎和豹都是食肉動物。

和「動作」有關的字根 **-vor-**

(**herb** + **vor** = **herbivore**)

徐薇教你記 吃草的動物就指「草食性動物」。

-herb- (字根) 草
herbivore [ˈhɝbəˌvɔr] (n.) 食草動物

例 Giraffe, elephants, and antelopes are **herbivores**.
長頸鹿、大象和羚羊都是食草動物。

字根 + 字尾

(**vor** + **acious** = **voracious**)

-acious (形容詞字尾) 有…的傾向；充滿…的
voracious [voˈreʃəs] (adj.) 飢渴的；貪婪的

例 The girl is small, but she has a **voracious** appetite.
那女孩很嬌小，但她食量驚人。

字首 + 字根

(**de** + **vour** = **devour**)

de- (字首) 向下
devour [dɪˈvaʊr] (v.) 狼吞虎嚥；吞食

例 The competitive eater **devoured** two kilograms of steak in ten minutes.
那名挑戰食客在十分鐘內吃下了兩公斤的牛排。

舉一反三▶▶▶

初級字

-ous (形容詞字尾) 表「具…性質的」
carnivorous [karˈnɪvərəs] (adj.) 肉食性的

例 Can you recognize which are **carnivorous** plants?
你能辨認出哪些是肉食性植物嗎？

herbivorous [hɚˈbɪvərəs] (adj.) 草食性的

例 **Herbivorous** dinosaurs are usually characterized by long necks.
草食性恐龍通常以長長的脖子為特徵。

-omni- （字根）所有的

omnivore [ˋɑmnəˏvɔr] （n.）雜食動物

例 A balance of carnivores, **omnivores** and herbivores is required for the natural world.
肉食動物、雜食動物與草食動物之間的平衡對自然界來說是必要的。

local [ˋlokl] （adj.）地方的；當地的

localvore [ˋloklˏvɔr] （n.）只吃在地農產品的人（=locavore）

例 To be a **localvore** means you eat local food to avoid unnecessary pollution and waste produced during the transportation of food.
當個只吃在地食物的人意思就是你吃在地食物，以避免食材運送過程中產生不必要的污染及浪費。

omnivorous [ɑmˋnɪvərəs] （adj.）雜食性的；興趣廣泛的

例 Daisy is an **omnivorous** reader. She reads not only classical literature but also scientific journals.
黛西是個興趣廣泛的讀者，她不僅閱讀古典文學也閱讀科學期刊。

insect [ˋɪnsɛkt] （n.）昆蟲

insectivorous [ˏɪnsɛkˋtɪvərəs] （adj.）食蟲的

例 The giant anteaters are large **insectivorous** mammals.
巨型食蟻獸是大型的食蟲哺乳動物。

-pisc- （字根）魚

piscivorous [pɪˋsɪvərəs] （adj.）食魚維生的

例 Some extinct and prehistoric animals have been confirmed to be **piscivorous** through fossil evidence.
有些滅絕和史前的動物透過化石證據被證實為以食魚維生的。

Quiz Time

拼出正確單字

1. 狼吞虎嚥 _____

2. 食肉動物 _____

3. 食草動物 _____

4. 雜食動物 _____

5. 飢渴的 _____

解答：1. devour 2. carnivore 3. herbivore 4. omnivore 5. voracious

和「動作」有關的字根 **-vor-**

字彙索引

MEMO

MEMO

徐薇影音教學書
英文字根大全（下）

作　　者／徐薇

發 行 人／江正明

出 版 者／碩英出版社

地　　址／台北市大安區安和路二段 70 號 2 樓之 3

電　　話／(02)2708-5508

傳　　真／(02)2707-1669

徐薇英文官網／http://www.ruby.com.tw

責任編輯／賴依寬

中文編輯／黃怡欣、黃思瑜

英文編輯／Jon Turner、Keith Donald

影像製作／陳致穎、蘇子婷

封面設計／葉律妤、侯怡廷

錄音製作／風華錄音室

網頁製作／山水雲林股份有限公司

總 經 銷／大和書報圖書股份有限公司　　電話／(02)8990-2588

地　　址／新北市新莊區五工五路 2 號　　傳真／(02)2299-7900

出版日期／2019 年 9 月

　　二刷／2020 年 9 月

定　　價／650 元

國家圖書館出版品預行編目（CIP）資料

徐薇影音教學書：英文字根大全／徐薇著 . --
臺北市：碩英，2019.09
　　冊；　公分
　　ISBN 978-986-90662-6-6（下冊：平裝）

　　1. 英語 2. 詞彙

805.12　　　　　　　　　　　　108014259